KLARTEXT

**Horst Eckert,** 1959 in Weiden / Oberpfalz geboren, lebt als hauptberuflicher Autor in Düsseldorf. Wie kaum ein zweiter versteht er es, Spannung mit Tiefgang zu erzeugen, indem er Seelen in all ihren Schattierungen auslotet. Dabei erweist er sich zudem als schonungsloser Chronist unserer Zeit. Davon zeugen zahlreiche Auszeichnungen, zuletzt wurde »Sprengkraft« als einer der fünf besten deutschsprachigen Kriminalromane des Jahres 2009 für den *Friedrich-Glauser-Preis* nominiert. Eckerts Romane sind ins Tschechische, Französische und Niederländische übersetzt. • www.horsteckert.de

grafit Lizenzausgabe mit freundlicher Genehmigung des GRAFIT Verlags
Erstausgabe: Dortmund 1996
Druck und Bindung: GGP Media GmbH, Pößneck

ISBN 978-3-8375-0566-5

www.klartext-verlag.de

Horst Eckert

# Bittere Delikatessen

Kriminalroman

KLARTEXT

Kritik und Ansporn haben mir die Arbeit erleichtert. Vor allen anderen geht mein Dank an Kathie, Klaus, Stefan und Cornelia.

# Sonntag abend

## 1.

Das Gratin war fertig. Durch die Scheibe des Backofens konnte er sehen, wie die Sahne auf den Kartoffelscheiben braune Blasen warf. Er reduzierte die Hitze und stellte einen Teller zum Vorwärmen in den Ofen. Dann wischte er sich die Finger an der Schürze ab, die sich über seinem mächtigen Bauch wölbte, und warf einen Blick in seinen *Bocuse*.

*Alle Rebhuhnbrüstchen von jeder Seite leicht mit Salz und Pfeffer würzen. Auf der Hautseite zuerst in heißer Butter anbraten.*

Er gab Butter in die Pfanne, nicht zu knapp, und schaltete das Schnellkochfeld auf mittlere Stärke. Während das Fett schmolz, schnitt er die fertig geputzten Steinpilze in dünne Scheiben. Dann befolgte er die Anweisung des Kochbuchs. Es zischte und begann sofort zu duften.

Seit Jahrzehnten lebte er vom Handel mit kulinarischen Genüssen. Mit einem Partyservice hatte es begonnen, eine Kette exklusiver Restaurants war daraus geworden. Und Kochen war sein Hobby. Kochen, Essen und Trinken. Auf die Kalorien zu achten, hatte er schon vor vielen Jahren aufgegeben. Jeden Sonntag abend bereitete er einen kleinen Festschmaus, ganz für sich allein.

Es war sein heiliges, privates Ritual, das am Vortag begann, wenn er in seinen Büchern blätterte. Ein ganzes Regal umfaßte die Sammlung verschiedenster Rezepte, von der Hausmannskost vergangener Jahrhunderte bis zu neuesten Einfällen sterngekrönter Kochkunst. Seite für Seite wuchs seine Vorfreude. Das Wasser lief ihm im Mund zusammen, und wenn er sich auf eine bestimmte Menüzusammenstellung festlegte, richtete er sich ausschließlich nach der Willkür seiner Begierde, denn unabhängig von den Jahreszeiten bot der Markt am Karlsplatz alles frisch, wonach ihm gelüstete, von Kalbsbries und Gänsestopfleber bis zum wilden Spargel aus Italien oder Thailand. Und was es dort nicht gab, konnte er in seinem eigenen Feinkostgeschäft bekommen, geräuchertes Krokodilfleisch zum Beispiel oder Austern, am Morgen gefischt und vom eigenen Charterservice aus Irland eingeflogen.

Der Einkauf am Samstag war der erste Höhepunkt des Wochenendes. Den Nachmittag verbrachte er gewöhnlich mit Vorbereitungen in seiner Küche. Fonds mußten gekocht werden, Pasteten gebacken. Er nahm stets die Mengen, die die Rezepte für vier Personen vorsahen, denn er war ein guter Esser, und schon während der Zubereitung konnte er sich das Naschen nicht verkneifen. Er wußte, daß Völlerei als eine der sieben Todsünden galt. Sie würde ihm den Einzug in den Himmel verwehren, doch er fühlte sich bereits zu Hause im Paradies, wenn er ihr an jedem Wochenende hemmungslos frönte. Nur noch selten dachte er an längst vergangene Zeiten, als auch andere Todsünden sein Leben bestimmt hatten.

Den Sonntag begann er mit einem besonders ausgedehnten Frühstück, denn dies war das letzte Mahl vor dem abendlichen Festschmaus. Danach ging er spazieren, am Rhein oder durch den Wald oberhalb der Rennbahn, selbst bei schlechtem Wetter; solange, bis er Appetit verspürte, also selten länger als eine halbe Stunde. Der Nachmittag gehörte dann der Küche. Nur selten bemerkte er, daß er etwas einzukaufen vergessen hatte. In diesem Fall genügte ihm ein Anruf, jederzeit konnte er sich von einem seiner Angestellten nach Hause liefern lassen, was ihm fehlte. Er brauchte nur zu schnippen, und sie sprangen. Er hatte den Laden gut im Griff.

Heute war es der Wein gewesen. Zwar war sein Weinschrank stets gefüllt, doch kurzfristig hatte er sich für einen Tropfen entschieden, den er nicht zu Hause vorrätig hatte. Es hatte Vorteile, einen Partyservice zu betreiben. Man war flexibel.

Der dicke Mann goß sich etwas von dem Roten ein, der jetzt seit gut einer Stunde chambrierte, roch daran und ließ einen Schluck langsam über Zunge und Gaumen gleiten. Ein 82er Brunello, *Il Poggione*, wuchtig, majestätisch. Ein letzter Blick ins Kochbuch.

*Dann wenden und fertigbraten. Die Brüstchen sollen innen noch rosa sein.*

Er tat wie geheißen. *Brüstchen*, das Wort gefiel ihm.

Es klingelte an der Tür. Verdammt! Gerade jetzt. Er riß sich die Schürze über den Kopf und walzte den Flur entlang. Schnaufend spähte er durch den Spion. Er erkannte den Rücken einer Person, die einen Trenchcoat trug. Seltsam, an diesem Sommerabend. Und er sah langes, blondes Haar. War das etwa …? Sein Herz klopfte, als er die Tür öffnete.

»Du bist es? Was soll die alberne Verkleidung?«

Sein unerwarteter Gast trat wortlos ein. Im Hintergrund zischte es. Die Brüstchen!

»Warte eine Sekunde. Ich habe etwas auf dem Herd.« Keuchend trabte er zurück. »Bin gleich bei dir!«

Das Rebhuhn rasch vom Herd, fast hätte er die Weinflasche umgestoßen.

»So!«

Der Flur war leer. Er schloß die Wohnungstür, folgte dem Gast ins Wohnzimmer und blickte auf ein großes Küchenmesser, von der gleichen Sorte wie das, mit dem er gerade noch die Pilze geschnitten hatte. Bereits der erste Hieb durchtrennte seinen Kehlkopf und die Halsschlagader.

Der Puls preßte eine Blutfontäne aus der klaffenden Wunde. Heinz Fabian faßte sich an den Hals. Überraschung, dann erst Angst.

DER ABGRUND.

Er versuchte zu schreien. Es wurde nicht mehr als ein Röcheln. Ein Schwall warmen Blutes rann über seine

Finger auf die Brust hinunter. Ein häßlicher roter Fleck auf seinem Hemd, der rasch immer größer wurde. Fabian taumelte und brach zusammen.

DIE FINSTERNIS.

Die Fontänen aus dem Hals wurden mit jedem der letzten Pulsschläge kleiner.

Der Gast zog den blutbespritzten Mantel aus und wickelte das Messer darin ein. Und hatte ein Gefühl von Macht. Das Gefühl, eine Grenze überschritten zu haben.

# Montag

## 2.

*Morgenpost*, 26. Juni, Lokales:

POLIZEIPRÄSIDENT FANSELOW BALD IN PENSION? POSTENKARUSELL IM PRÄSIDIUM DREHT SICH WEITER

*Die Nachwehen der Affäre Bollmann halten an. Carlhanns Fanselow, der nach dem Tod Harald Bollmanns vor erst sechs Monaten als neuer Behördenchef vom Innenministerium zur Polizei versetzt worden war, scheint bereits über sein Ausscheiden nachzudenken. Wie aus informierten Kreisen bekannt wurde, will Fanselow bei den Landtagswahlen im nächsten Jahr für ein Mandat kandidieren und vorher in den Ruhestand gehen. Innenminister Lemke steht damit erneut vor dem Problem, die Führung des Polizeipräsidiums zu besetzen.*

*Als möglicher Nachfolger gilt unter anderem der Leiter der Kriminalpolizei, Kriminaloberrat Clemens Sonntag (56), nach Fanselow ranghöchster Polizeibeamter. Gegen ihn spricht der oft geäußerte Wunsch Lemkes, die Führungsspitzen im Lande verjüngen zu wollen.*

*Im Dezember letzten Jahres war Fanselows Vor-Vorgänger Hans-Werner Kurz aus gesundheitlichen Gründen vom Amt des Polizeichefs zurückgetreten. Dessen Nachfolger Harald Bollmann war nur sechs Tage im Amt. Bollmanns Tod und die damit verbundene Affäre hatten ein Postenkarussell in Bewegung gesetzt, das sich auch jetzt noch weiterdreht. Die Oppositionsparteien im Landtag warfen Innenminister Lemke vor, die Behörde als Karriereleiter für Freunde und Parteimitglieder zu mißbrauchen. Statt endlich Ruhe in den Polizeiapparat zu bringen, gefährde er so die öffentliche Si-*

*cherheit. Ein Sprecher des Innenministers wies gestern die Vorwürfe als unbegründet zurück.*

*Blitz*, 26. Juni, Innenteil, Rubrik »*Watzmannhaus intim*«

WATZMANNHAUS IN BLITZ UND DONNER
KOMPARSE FAST IN FLUTEN ERTRUNKEN

*Von Alex Vogel. Während uns am Rhein das Hoch »Xaver« zu schaffen macht, krachen in den Bergen die Gewitter. Die gestrigen Dreharbeiten zu Europas größter TV-Serie fielen buchstäblich ins Wasser. Beim Versuch, sich vor einem plötzlichen Wolkenbruch ans Ufer zu retten, kenterte auf dem Hallstädter See ein Ruderboot mit fünf Komparsen. Ein Nichtschwimmer konnte im letzten Moment gerettet werden. Die für heute geplanten Außenaufnahmen bei Bad Goisern wurden um eine Woche verschoben. Chefregisseur Dietling gibt sich dennoch optimistisch: »Das Watzmannhaus liegt gut im Zeitplan.«*

*Sämtliche Hauptdarsteller sind inzwischen in den MMD-Studios eingetroffen, wo am Samstag die Innenaufnahmen begonnen haben (BLITZ berichtete). Hektisches Treiben in den Hallen am Rhein: Während die Stars vor der Kamera bereits ihr Bestes geben, wird nebenan noch an der Kulisse gebaut. Mögliche Mehrkosten der Pro-Sat-Produktion durch den Wetterschock im Salzkammergut: 2 Mios! »Das kriegen wir wieder rein«, so der Kommentar eines Assistent-Managers. Ironie des Wettergottes: Am richtigen Watzmann in Oberbayern, nur 50 Kilometer entfernt, blieb es gestern trokken. Aus Kostengründen hatte man die Außenarbeiten nach Österreich gelegt!*

*Blitz*, letzte Seite:

XAVER LÄSST DIE DEUTSCHEN SCHWITZEN

*Drei Dinge bestimmen das Wetter in der kommenden Woche: Sonne, Sonne, Sonne. Hochkonjunktur für Bademeister und Eisverkäufer! Ein stabiles Hoch über Skandinavien bringt bis zum Freitag trockene Heißluft aus dem Osten. Die Wetterforscher nennen es Xaver – für Tiefs gibt es weibliche Namen. Dabei tragen gerade jetzt die Frauen dazu bei, daß wir soviel Spaß am Sommer haben, wie ein Bummel über die Rheinwiesen zeigt (Foto). Petra (16, Schülerin) lacht. Sie findet Bikinioberteile doof, sagt sie. Und bekräftigt diese Aussage mit zwei besonders hübschen Argumenten. Weiter so, Sommer!*

## 3.

Tom hatte den *Blitz* von hinten, mit dem Wetterbericht und dem Sportteil beginnend, nach vorn durchgearbeitet. An dem Foto auf Seite 3 blieben seine Augen hängen. Es zeigte zwei junge Frauen im Dirndl, die von Helfern aus einem See gezogen wurden. Die Brüste der beiden zeichneten sich deutlich unter dem durchweichten Stoff ab.

Das Boulevardblatt war immer für eine Augenweide gut.

Ein Krächzen des Polizeifunks riß Tom aus seinen Träumen. Bönte spielte gelangweilt an den Schaltern und ging die Frequenzen durch. Rauschen, Stimmen, Einsatzbefehle.

»Brauning«, sagte der Kollege zu Tom und drehte die Lautstärke hoch. Irgendwo in der Stadt raunzte ein leitender Beamter Befehle in seine Sprechmuschel. Es ging um eine männliche Leiche, und der Beamte verlangte nach Kollegen aus seinem Kommissariat sowie der Kriminaltechnik. Soviel konnte Tom verstehen.

»Ein Mord in Oberkassel. Kennst du Brauning?«

Tom schüttelte den Kopf. »Ich hatte noch nicht das Vergnügen.«

»Vergnügen? Naja. Der Chef des K1. Vor dem mußt du dich in acht nehmen. Rottweiler, so nennen ihn alle. Er ist ein brutaler Typ. Manche sagen, er sei trotzdem ein guter Bulle. Hat eben seine eigenen Methoden.«

Tom knabberte nachdenklich an den Spitzen seines Schnurrbarts. *Ein Mord in Oberkassel. Das K1.* Das Kommissariat für Tötungsdelikte galt als ein Sprungbrett innerhalb der Behörde. Dort wollte er hin, soviel stand für Tom fest. Rottweiler hin oder her. Wer im K1 eine gute Figur machte, hatte freie Bahn auf der Karriereleiter, das wußte Tom bereits nach drei Wochen Zugehörigkeit zur Kripo.

Statt dessen saß er nun seit Tagen mit Bönte in diesem schäbigen Zivilfahrzeug und observierte noch schäbigere Dealer. Routinearbeit, grauer Alltag beim K2 – Sitte, Rauschgift, vermißte Personen. Während das Krächzen und Knacken des Lautsprechers eine Pause machte, rammte ihm sein Kollege den Ellbogen in die Seite.

»Da kommt er!« rief Bönte.

Tom warf den *Blitz* nach hinten, nahm seine Brille ab und versuchte durchs Fernglas zu spähen.

Der Junge trat aus dem Tor. Sein heller Anzug leuchtete in der Morgensonne.

Es dauerte ein paar Sekunden, bis Tom die Schärfe gefunden hatte. Dann erkannte er den Dealer. Langes, schwarzes Haar fiel dem Jungen ins Gesicht, als er eine Zigarette anzündete.

»Ich seh was«, sagte Tom leise. »Die Jacke ist ausgebeult. Enzo hat etwas geholt.« Er ließ das Fernglas sinken und schaute grinsend seinen Nebenmann an.

»Das Depot!« bestätigte Bönte und hob seinen rechten Daumen. »Hat sich also doch gelohnt, hier rumzuhängen!«

Tom richtete den Blick wieder auf den Jungen. Dieser blickte sich mehrfach um, bevor er zu seinem Wagen ging. Den weißen Vectra seiner Beschatter konnte er nicht sehen.

»Ich bleib hier und seh mich um«, sagte Tom.

»Bloß kein Risiko! Vielleicht ist da drin noch ein Komplize!«

Sie hörten das Starten des Automotors vor der Lagerhalle.

Tom sprang aus dem Wagen. »Mach schon, sonst verlierst du ihn!«

»Du kannst da nicht allein reingehen, Thomas! Ich funke die Kollegen an. Rühr dich nicht von der Stelle, bevor die Streifenwagen da sind!«

»Jaja.«

»Versprochen? Fröhlich reißt mir den Kopf ab, wenn dir etwas passiert.«

»Scheiß auf den Dicken!« Tom faßte sich an die Seite, wo seine Waffe saß. »Mach schon! Fahr los!«

»Wart auf die Verstärkung!«

Tom grinste bloß und zeigte seinerseits den rechten Daumen. Schotter spritzte auf, als Bönte die Verfolgung des Jungen aufnahm. Ein Schwarm Stare stob in die Luft.

Nach einigen Sekunden legten sich der Staub und das Geschimpfe der Vögel.

Es war wieder still wie zuvor.

Nichts schien sich in der Lagerhalle zu regen. Es war ein verlassenes Gebäude im Osten der Stadt. Seit Jahrzehnten schien es keine Güter mehr beherbergt zu haben. Der Maschendrahtzaun bog sich an mehreren Stellen bis tief zum Boden, die Mauern waren verwittert, und das große Tor stand weit offen.

Ein schwarzes, gähnendes Loch.

Tom befingerte das Leder des Holsters und schluckte. Der Kies knirschte unter seinen Turnschuhen, als er langsam darauf zu ging.

## 4.

Um 9.10 Uhr erreichte Ben die Markgrafenstraße. Überall rotierten Blaulichter. Vor dem Haus Nummer 17 war der Teufel los.

Bens Magen knurrte, er hatte nicht gefrühstückt. Und in seinem Büro wurde gerade der Kaffee kalt, den er sich geholt hatte, bevor ihn Braunings Auftrag erreichte.

Drei Grünweiße und einen Transit der Einsatzhundertschaft zählte Ben, dazu gleich zwei Krankenwagen. Alles parkte in zweiter Reihe, der Verkehr war ins Stokken geraten. Er näherte sich mit seinem Dienstwagen, soweit es ging, und hielt vor einer noch nicht zugestellten Garageneinfahrt. Um ihn herum ertönte ungeduldiges Hupen, Nachbarn lehnten sich aus ihren Fenstern, immer mehr Passanten blieben vor dem Haus stehen. Ben schälte sich aus dem Auto und vergrub seine Fäuste in den Taschen seiner Leinenhose.

Der Uniformierte am Eingang erkannte ihn: »Zweiter Stock, Kollege. Du kannst es nicht verfehlen.«

»Wollt ihr nicht eure Leuchtreklame ausmachen?« antwortete Ben und wies auf die Grünweißen. Der Uniformierte grinste nur.

Ben betrat ein düsteres, muffiges Treppenhaus. Zwei Sanitäter kamen ihm entgegen. Auf ihrer Bahre lag eine ältere Frau mit Kopftuch, blaß, aber bei Bewußtsein. Oben standen Hausbewohner und versuchten, einen Blick durch die offene Wohnungstür zu werfen. Ein zweiter Uniformierter schirmte sie ab. Der K1-Beamte drängelte sich zu ihm durch.

»Wer war das?«

»Die Putzfrau. Türkin. Hat den Steifen entdeckt. Sieht nicht gut aus, da drin.«

Ben duckte sich, als er seine einszweiundneunzig durch die Tür schob. In der Wohnung hing ein dünner Nebelschleier. Es roch verbrannt. Im Flur, in der Küche, überall fummelten die Jungs von der Kriminaltechnik.

Ben bahnte sich den Weg ins Wohnzimmer. Hier dominierte der Geruch nach Blut. Jetzt verstand er, warum die Putzfrau einen Schock erlitten hatte. So etwas hatte auch er noch nie zuvor gesehen.

Der Tote lag auf dem Rücken, fast die gesamte Vorderseite war rot. Er mochte etwa sechzig Jahre alt gewesen sein und unglaublich dick. Was Ben vor allem anderen so erschrecken ließ, war dessen Hals.

Die Kehle des Mannes war eine einzige klaffende Wunde, quer durchs Doppelkinn von Ohr zu Ohr. Ein zweiter Mund, der häßlicher grinste, als es der erste jemals gekonnt hätte.

Blutspritzer waren an den Wänden und sogar an der Decke, jede Menge Blut auf dem Teppichboden. Ein Kriminaltechniker kniete neben der Leiche. Zwei Weißkittel warteten mit ihrer Trage auf das Ende der ersten Leichenschau.

Frank »Rottweiler« Brauning war auch schon da.

»Ich hoffe, Sie haben schon gefrühstückt, Engel«, sagte Bens Chef und zeigte auf den Toten. »Der kriegt seinen fetten Arsch ohne fremde Hilfe nicht mehr hoch. Heinz Fabian, der Wohnungsinhaber. Feinkost-Fabian, Sie wissen schon. Muß irgendwann gestern abend passiert sein.«

Ben kramte in seinem Gedächtnis: *Feinkost-Fabian* – Freßtempel, Schickeria, Geld.

Der Kriminaltechniker erhob sich und wischte sich die Hände ab. »Todesursache: Verblutung infolge einer Schnittverletzung im Halsbereich«, erklärte er.

»So was ähnliches hab ich mir fast gedacht«, höhnte Brauning.

Der Kollege ließ sich nicht beirren. »Es war ein einziger Schnitt. Tatort und Fundort sind identisch. Es gibt keine Spuren eines vorherigen Kampfes, keine Abwehrverletzungen. Der Schnitt war alles.«

»Danke«, sagte Ben und ging in die Küche, dem Rauch entgegen.

Er quoll aus dem Herd, den noch immer niemand

ausgeschaltet hatte. Ein Designerstück, das aussah wie ein Fernsehapparat. Ein makabres Programm, dachte Ben. Die Innenbeleuchtung ließ eine Schüssel mit verkohltem Inhalt erkennen. Die Arbeitsplatten ringsherum waren aus Edelstahl. Sie erinnerten Ben an die Obduktionstische im rechtsmedizinischen Institut, auf denen Fabian gleich landen würde. Fliegen kreisten um Teller und Schüsseln voller Lebensmittel – vertrocknete Fleischstücke, zerlaufene Butter, vergammelte Pilze. In der Spüle war Salat ertrunken, in einem Topf hatte Sauce eine Haut angesetzt. Dazwischen standen Flaschen mit edlen Etiketten. Wein, Öl, *aceto balsamico*. Zwei Uniformierte waren dabei, jede glatte Fläche in diesem Raum nach Fingerabdrücken abzusuchen.

Ben stellte den Herd ab. Ein Schlachtfeld. *Du machst ein Schlachtfeld aus deiner Küche*, hatte eine Freundin einmal zu Ben gesagt, als er ein Essen für sie bereiten wollte, um die Risse in ihrer Beziehung zu kitten. Das Essen wurde ein Mißerfolg.

»Bist du verrückt? Hier wird nichts angefaßt, solange wir nicht fertig sind«, protestierte einer der beiden Kriminaltechniker. Ben ignorierte ihn.

Er hörte das Bellen des Rottweilers: »Greifen Sie sich schon mal die Nachbarn. Halten draußen Vollversammlung. Irgendwer hat sicher etwas spitzgekriegt. Sowas geht nicht ohne Zeugen ab.«

Draußen stieß Ben auf Ria Pohl. Die Kollegin hatte der Rottweiler also auch herbestellt. Sie begrüßten sich stumm mit Handschlag und machten sich an die Befragung der Nachbarn, die im Treppenhaus lauerten. Ein Rentnerpärchen und eine junge Frau, die einen Säugling hielt.

Doch keiner von ihnen hatte etwas gehört oder gesehen. Nichts, *nada, niente*. Zwar hatte die junge Mutter den Geruch wahrgenommen, der sich im Laufe der Nacht breitgemacht hatte. Doch erst am Morgen gegen acht, als sie die Schreie der Putzfrau hörte, hatte sie die Polizei gerufen. Ria notierte die Namen, Ben verteilte

Visitenkarten. Bevor sie die drei weiter befragten, machten sie die Klingeltour an den Türen der übrigen Bewohner, vom Erdgeschoß bis unters Dach. Vergeblich, alles ausgeflogen.

Die Sanitäter verließen die Wohnung mit der verhüllten Leiche. Sie ächzten schwer, als sie die Bahre die Windungen des Treppenhauses hinunterwuchteten. Der Rentner hatte plötzlich einen Fotoapparat bei sich und knipste hinterher, angefeuert von seiner Frau. Ben ballte die Fäuste.

Er spürte Rias Hand auf seiner Schulter. »Laß ihn«, sagte sie leise. Ben schob die Hand weg. Der Vergleich seiner Küche mit einem Schlachtfeld stammte von Ria. Für sie hatte er damals gekocht.

Der Uniformierte an der Tür räusperte sich. »Haben Sie schon gehört? An der Tür sind keine Spuren eines gewaltsamen Eindringens. Und auf der Klingel sind keinerlei Fingerabdrücke. Komisch, was?« Ben sah Ria an und verdrehte die Augen.

Brauning trat zu ihnen. »Engel, Sie leiten die Sache. Pohl, Sie arbeiten mit, außerdem Baumann, Schranz und Miller. Alles ausquetschen, was rumläuft! Nachbarn, Geschäft, Familie und so weiter. Der Fall wird Schlagzeilen machen. Feinkost-Fabian – das gibt Druck. Ich seh den Staatsanwalt schon rumhampeln. Wir müssen sehen, daß wir das rasch klären, verstanden?«

»Na klar, Boß, wie immer«, sagte Ria.

Ben nickte der jungen Mutter zu, und sie ging voraus.

## 5.

Das Knirschen des Schotters dröhnte in Toms Ohren. Sein Herz klopfte, als er die Waffe aus dem Holster nahm. Er hatte keine Lust, bis zum Eintreffen der Streifenwagen zu warten.

Der Junge, den sie beschatteten, sollte die Beamten des K2 zu seinen Hintermännern führen. Die Festnahme eines großen Drogenkuriers – so hatte sich Tom seinen Einstand bei der Kripo erträumt. Ein solcher Erfolg würde auch Leute wie Brauning auf ihn aufmerksam machen. Und der Erfolg war um so größer, wenn er sich ihn nicht mit anderen teilen mußte.

Als er das Tor erreichte, ging er in die Hocke, um kein Ziel zu bieten. Tom hoffte, daß nur er das Knacken seiner Knie hören konnte. Langsam gewöhnten sich seine Augen an die Dunkelheit. So lautlos wie möglich schob sich Tom ins Innere.

Am ersten Hindernis machte er halt. Tom kauerte vor dem Gerippe eines Regals. Seine Hand krampfte sich fester um die P6. Er sah sich um.

Nichts als Regale, soweit er sehen konnte. Reihe um Reihe. Verrostet. Leer.

Er lauschte, doch er hörte nur den eigenen Atem. Es war eine Stille wie in der Sekunde vor einer Detonation.

Toms Brille rutschte. Er schob sie zurück und drückte sie wie zur Beschwörung fest gegen die Nasenwurzel. Er roch altes Eisen und Staub. Der Betonboden unter seinen Knien war kalt und hart.

Tom verlor die Geduld und sprang auf, die Waffe mit beiden Händen nach vorne gestreckt. Er rannte die Reihen entlang, bereit, sofort jeden Schuß zu erwidern. Er hetzte in den nächsten Gang, seine Schritte schallten durch die Halle, das Blut rauschte in seinem Kopf. Immer wieder schrammten seine Schultern gegen rostige Eisenträger. Er spürte es nicht.

Außer Atem erreichte er das Ende der Halle.

Kein Schuß, kein Drogenkurier, niemand.

Nur ein paar Sektkartons im hintersten Winkel der leeren Halle.

Keuchend blieb Tom stehen. Die Aufschrift nannte eine Marke, die sich seine Familie allenfalls zu Silvester leistete. Vier Kartons und jede Menge Holzwolle. Tom durchwühlte einen nach dem anderen, dann fand er den Stoff.

Es waren drei flache Plastikbeutel, bretthart und prall

gefüllt mit weißem Pulver. Tom schätzte das Gesamtgewicht auf rund ein Pfund – Kokain im Wert von vielleicht fünfzigtausend Mark. Der Rest des Depots, das Enzo und seine Bande hier angelegt hatten.

Tom war beeindruckt. Für einen Moment mußte er an Gabi und den Kleinen denken und daran, was sie sich alles für diese Summe leisten könnten. Als er sich umwandte, machte sein Herz einen Knall.

Er sah in die Mündungen dreier Pistolen.

Tom ließ sofort seine Waffe fallen und streckte die Hände in die Luft.

Es dauerte einige Minuten, den Kollegen klarzumachen, wer er war.

## 6.

»Eine schöne große Wohnung haben Sie«, sagte Ben und ließ den Blick schweifen. »Ich liebe hohe Decken. Bei mir zu Hause sieht's leider anders aus. Dachwohnung. Ich stoße ständig mit dem Kopf gegen die Schrägen.«

Sie lachte. »Eigentlich ist das hier zu groß für mich und Felix. Ich suche etwas Kleineres. Aber ich habe es nicht eilig. Mein Ex-Mann zahlt die Miete.«

Sicher nicht wenig, dachte Ben.

Felix streckte die Hand durchs Laufstallgitter und begann zu quengeln. Sein Schnuller lag außer Reichweite. Die junge Mutter blickte ungerührt zu Ben auf.

»Die Wohnung von Fabian liegt genau unter Ihnen. Er lebte allein?«

»Ja. Auch geschieden, soviel ich weiß. Aber schon lange.«

»Hatten Sie Kontakt?«

»Nein, kaum. Wir trafen uns nur ab und zu am Briefkasten oder bei den Mülltonnen. Er war ein netter Mann. Klar, auf den ersten Blick wirkte er häßlich, weil er so dick war. Aber er war immer freundlich und höflich.«

»Kennen Sie Bekannte von ihm? Angehörige?«

Die Frau schüttelte den Kopf. »Von Angehörigen hat er nie gesprochen. Ich weiß nicht, ob er überhaupt welche hatte. Meistens hat er nur über Wein und Trüffel geredet und so.«

»Hatte er in der letzten Zeit irgendwelchen Ärger? Hatte er sich irgendwie verändert?«

»Er stöhnte höchstens über die Steuer und über faule Angestellte, aber das tat er oft.«

»Namen?«

Sie schüttelte den Kopf.

»Wer besuchte ihn?«

»Keine Ahnung. Davon bekam ich nichts mit. Das Haus ist gut saniert worden. Durch diese Wände dringt kaum ein Laut. Höchstens ...«

»Ja?«

»Naja, höchstens, wenn die Studentin nebenan Besuch von ihrem Freund hat. Sie ist ein wenig laut, Sie wissen schon, was ich meine. Aber von unten hört man hier nichts.«

»Und gesehen?«

»Nein. Aber fragen Sie doch den alten Schmitz, der gegenüber von Fabian wohnt. Der weiß alles, was im Haus vorgeht. Ich glaube, der verbringt den halben Tag am Schlüsselloch.«

»Gestern abend waren Sie die ganze Zeit zu Hause?«

»Ja, seit der Kleine da ist, bin ich auch am Wochenende meistens daheim.«

»Wirklich nichts gehört oder gesehen? Streit? Geräusche? Ein lautes Wort?«

»Nein, nichts. Nur ...«

»Von nebenan.«

»Genau.«

Felix quengelte wieder. Sie hob ihn aus dem Laufstall. »Ich glaube, er hat Durst«, sagte sie.

Ben verabschiedete sich.

Auf diesem Stockwerk gab es zwei weitere Türen. An der einen war ein Holzschild mit handgemalten Blümchen und dem Namen *Valetta*, aus der anderen kam gerade Ria Pohl.

»Und?« fragte Ben.

Seine Kollegin Ria verdrehte nur die Augen.

## 7.

Auf dem Rückweg hatte Tom einen Ventilator gekauft. Es gebe nur noch eine Sorte, Restposten, hatte der Verkäufer gesagt, als Tom völlig durchgeschwitzt die Elektroabteilung gefunden hatte. Er müsse sich rasch entscheiden, hatte der Mann im Kittel gedrängt, denn innerhalb der nächsten Stunde wäre alles verkauft.

Xaver hieß das Hoch, und wenn Tom dem Wetterbericht glauben konnte, würde es sich bis weit in den Juli halten. Tom hatte genug geschwitzt in der letzten Stunde.

Die Kollegen hatten sich geweigert, ihn auch nur bis zur Bushaltestelle zu bringen. Nicht einmal den Weg hatten sie ihm gezeigt. Sture Idioten. Sie waren schuld, daß er sich die Seele aus dem Leib rennen mußte.

Aus einer glühendheißen Telefonzelle hatte er der *Sonderkommission Koks* Meldung gemacht. Der Junge, das Depot, kein Wort jedoch von seinem Alleingang und dem Krach mit den Kollegen.

Dann hatte ihn ein übervoller Bus auf Schleichwegen durch die Stadt geschaukelt. Mit seinen großen Scheiben war er Tom wie ein fahrendes Treibhaus erschienen. Und dort hatte er die Maskenbildnerin kennengelernt.

Tom drückte die raschelnde Kaufhaustüte an seine Brust, als er das Präsidium betrat. Die Festung, so nannten die Kollegen das Gebäude. Mit dem Taxi wäre er dreimal so schnell hier gewesen. Doch die Behörde bezahlte ihm so etwas nicht.

Auf die Idee mit dem Ventilator hatte ihn die Maskenbildnerin gebracht. Sie hatte eine ganze Weile neben ihm gesessen, und Tom hatte die Gelegenheit benutzt, seinen Charme zu erproben. Seit er verheiratet war und erst recht seit der Kleine auf der Welt war, brauchte er das ab und zu. Den Beweis, daß er noch flirten konnte und auch andere Frauen als Gabi Gefallen an ihm fanden.

Sie hatte ihn an Sinead O'Connor erinnert, die Sängerin. Auf dem Kopf hatte sie nur millimeterkurze Haarstoppeln. Ihr Lachen hatte ein angenehmes Kribbeln durch Toms Brust gejagt. Sie kannte eine Menge Prominente, und, um mitzuhalten, hatte er ein wenig mit seiner Arbeit geprahlt. Schließlich waren sie auf die Schweinehitze zu sprechen gekommen. Ohne Ventilator würde sie es an ihrem Arbeitsplatz, in der *Maske*, gar nicht aushalten, hatte sie gesagt.

Mit großen Schritten durchquerte Tom die Halle. Er war sicher, die Kleine beeindruckt zu haben. Sein Charme funktionierte noch, darauf war Tom stolz. Und ebenso stolz war er darauf, daß er das Depot entdeckt und allein untersucht hatte. Sie würden lange suchen müssen, um einen zweiten Nachwuchsmann mit soviel Mumm zu finden.

Als Tom den Paternoster bestieg, stieß er mit dem Leiter des K1 zusammen. *Rottweiler, so nennen ihn alle. Ein brutaler Typ*. Unwillkürlich duckte sich Tom.

»So, den Vormittag mit Shopping verbracht, junger Mann?« Brauning grinste und musterte Tom herablassend.

Knarrend bewegte sich die Holzkabine nach oben. Tom fiel keine Antwort ein. Vor Menschen, die ihre Macht mit Genuß zur Schau stellten, wurde er urplötzlich ein anderer: klein, hilflos, unbedeutend.

»Wie heißen Sie?«

»Swoboda, Thomas Swoboda, Kommissar im K2.«

»Der Bruder von Mike Swoboda?«

Auch das noch. »Äh – ja.« *Scheißbruder*.

»Na, da sehen Sie mal zu, daß Sie Ihrem Namen alle Ehre machen. An schönen Tagen wie diesem hat er es locker auf zwei, drei Festnahmen gebracht! Wie lange sind Sie schon bei der Kripo?«

»Drei Wochen.« Tom spürte schon wieder Schweißtropfen auf seiner Stirn.

»Ein Frischling also.« Brauning blickte auf die Tüte.

Tom meinte, eine Erklärung abgeben zu müssen: »Ventilator.«

»Geht heiß zu bei Rauschgift und Sitte, was?« Braunings Grinsen wurde breiter.

»Ja, äh – Wiedersehen.« Gerade noch rechtzeitig sprang Tom ab. Beinahe wäre er mit Brauning in die Chefetage gefahren.

## 8.

Als erstes öffnete Ben das Küchenfenster, um den Geruch nach Verbranntem abziehen zu lassen.

»Was sagen die zwei Alten?« Ben sah sich um. Eine Riesenküche.

»Fabians Geschiedene ist Schauspielerin, lebt aber schon lange nicht mehr in der Stadt. Seine Tochter ist auch Schauspielerin, aber auch sie hat hier nie jemand gesehen. Fabian soll ein Einzelgänger gewesen sein. Viel unterwegs, selten Besuch. Gestern abend war es völlig still, bis auf …«

»Ich weiß.« Wo in der Wohnung darüber der Laufstall stand, war hier eine Art Vitrine. Ben sah nichts als Flaschen. Der Schrank summte leise.

»Die zwei haben mich vielleicht genervt!« klagte Ria. »Die haben vor Monaten Anzeige erstattet, weil ihre Nachbarin stöhnt. Die Kollegen haben nichts unternommen, und die Alten wollten ihren Ärger an mir auslassen.«

Ben öffnete die Glastür. Es war ein Kühlschrank. »Wozu braucht man sowas?«

»Lauter edle Tropfen«, sagte Ria und strich ihre langen, dunklen Locken aus dem Gesicht. »Wahrscheinlich war Fabian zu faul zum Treppensteigen. Oder der Keller ist zu warm, um guten Wein zu lagern.«

»Damit kenne ich mich nicht aus.«

»Immer noch Antialkoholiker?«

Ben brummte statt einer Antwort. Vor einem halben Jahr war Ria ins K1 versetzt worden, seitdem mußten sie zusammenarbeiten. Sie hatten vereinbart, so zu tun, als sei nie etwas gewesen. Ben rechnete nach. Fünf Jahre war es her. Sie hatten beide kurz vor dem Abschluß der Verwaltungshochschule gestanden. Ria war seitdem etwas rundlicher geworden, doch ihr Gesicht war noch genauso hübsch wie damals. Über ihr jetziges Privatleben wußte er nichts. Es ging ihn nichts an.

Sie folgte ihm ins Wohnzimmer. »Was sagt die junge Mutter?«

Ben schüttelte nur den Kopf.

Eine Kreidespur markierte die Umrisse des Toten auf dem Teppichboden. Bis auf die Blutflecken gab es keine Spuren eines Kampfes. Auf den ersten Blick schienen keine Gegenstände zu fehlen.

»Er hat seinen Mörder gekannt und wurde überrascht.«

»Na prima, das schränkt den Kreis der möglichen Täter schon mal ein. Wieviel Bekannte wird ein Gastronom wohl haben, der mehrere Läden betreibt und einen Partyservice?«

Ben telefonierte mit der Festung und setzte Baumann, Schranz und Miller in Bewegung. Sie sollten die Angestellten des Freßimperiums unter die Lupe nehmen.

Als er auflegte, zeigte Ria ihm ein Fotoalbum. »Das einzige. Besonders sentimental war Fabian anscheinend nicht.«

Ben sah Hochzeitsfotos. Sechziger Jahre, schätzte er. Der Bräutigam war der Feinkost-König, damals noch schlank. Die Braut kam Ben bekannt vor.

»Angelika Franke«, erklärte Ria. »Die habe ich erst neulich im Fernsehen gesehen. Samstag abend, die UNICEF-Gala.«

»Seit wann guckst du dir sowas an?«

Ria wandte sich ab und legte das Album zurück. Ben beeilte sich, mit dem Wohnzimmer fertigzuwerden. Zuviel Blut. Zu wenige Spuren.

Die Wohnung hatte drei große Zimmer, Diele, Küche und Bad. Die Decke schien hier noch höher zu sein als im Stockwerk darüber. Hätte hier kein Toter gelegen, würde ihm die Wohnung gefallen. Selten hatte Ben in Innenräumen soviel Luft über dem Kopf gehabt.

Bevor er die Spiegeltüren des Schlafzimmerschranks öffnete, hielt er einen Moment inne. Die Sonne fiel auf sein braunes Haar. Er trug es kurz und zurückgekämmt. Noch hatte er keine Spur von Grau entdeckt, und künftige Geheimratsecken deuteten sich nur zaghaft an. Er hatte die Zukunft noch vor sich, aber keinen Schimmer, was sie bringen könnte. Vielleicht besser so.

Im Schrank hing ein Dutzend zeltähnlicher, grauer Sakkos, und mehrere Stapel korrekt gefalteter, weißer Hemden lagen in den Fächern. In einer Kommode stieß Ben auf Zeitungsausschnitte. Mit der Schere säuberlich aus *Blitz* und *Morgenpost* ausgeschnitten und in einer Schublade verwahrt. Artikel, die erst wenige Tage alt waren. Immer wieder las Ben die Namen *Watzmannhaus* und Nora Fabian. Ein Foto zeigte eine attraktive Blondine, auch sie kam Ben bekannt vor. Er rief Ria.

»Nora Fabian – seine Tochter«, sagte sie.

»Also zumindest ein *bißchen* sentimental«, sagte Ben. »Hast du noch etwas entdeckt?«

»Nein. Für jemanden, der schon seit Jahren hier wohnt, wirkt die Wohnung sehr clean. Zu clean für meinen Geschmack. Das wär's dann wohl.«

»Muy bien«, meinte Ben. »Dann nehmen wir uns die Tochter vor.«

Ria streifte seine Schulter. »Gehst du noch zum Spanischunterricht?« fragte sie.

»Nein.«

»Ich habe auch nicht wieder angefangen, seit damals. Ich sage immer, ich habe keine Zeit. Aber in Wirklichkeit bin ich einfach zu faul.«

»Ich habe auch keine Zeit«, sagte Ben. Er warf einen Blick in die Nachtkästchen zu beiden Seiten des Betts.

»Spielst du noch manchmal den großen Tröster?« fragte Ria unvermittelt.

Ben fuhr herum. *Der große Tröster*. Sein alter Spitzname. »Woher ...«

» ... ich das weiß? Hör mal, wir arbeiten in ein und derselben Behörde. Solche Dinge sprechen sich herum.«

»Das war, als ich Streifendienst machte. Das ist lange her. Ich hatte genug Probleme damit. Und jetzt ist Schluß, verdammt noch mal! Ich will davon nichts mehr hören.« Verärgert stieß Ben mit dem Fuß gegen einen Stapel Zeitschriften, der zwischen Bett und Fernsehgerät lag. »Und was ist das?«

»Sexheftchen. Harmlos.«

Ben hob das oberste auf. *Jung und frei – das FKK-Magazin*. Das Titelbild: Zwei nackte Mädchen, die eine vielleicht neun Jahre alt, die andere etwas älter mit ersten Anzeichen sprießender Brüste. »Harmlos nennst du das?«

Ria Pohl zuckte mit den Schultern.

Weitere Hefte: *Neues aus der internationalen Welt der FKK-Jugend*. Im Inneren der Hefte weitere Nackte: Familien beim Volleyballspiel am Strand, Frauen am Strand – und immer wieder Kinder. Überschriften: *Mit Papi in die Ferien* und *Nackt sein – die natürlichste Sache der Welt*. Kinder beiderlei Geschlechts, schräg von unten fotografiert, an nichts Böses denkend, lachten sie in die Kamera. Ein nacktes Mädchen, das auf dem Rücken eines dikken FKK-Anhängers ritt. Ein nackter Junge, gefesselt an einen Baum. *Die natürlichste Sache der Welt*. Ben sah rot. Auf seiner Stirn übte eine Ader Steptanzen.

»Daran hat er sich aufgegeilt, dieser Kinderficker! Das nennst du harmlos? Das ist eine Wichsvorlage für VERDAMMTE KINDERFICKER!«

»Schrei mich nicht an, Ben. Ich sag doch nur, daß das ganz legale Hefte sind. Die kriegst du an jedem Kiosk.

Deswegen wird kein Mensch umgebracht.«

»EIN SCHEISS-KINDERFICKER!« Ben trat nach dem Stapel. Die Zeitschriften flogen durch das Zimmer.

»Beruhig dich, Ben! In der ganzen Wohnung gibt es sonst keinerlei Anhaltspunkte auf abartige Neigungen. Fahren nicht alle Männer auf Fotos von nackten Mädchen ab?«

»Spinnst du, Ria?«

»Stimmt. Nicht alle. Du stehst mehr auf reifere Frauen.«

»Schluß jetzt! Laß uns gehen.«

Im Treppenhaus fiel Bens Blick auf das Türschild gegenüber. Geschwungene, lateinische Buchstaben auf Messing: *J. Schmitz*. Er drückte auf den Klingelknopf – keine Reaktion.

»Der ist nicht da«, erklärte eine junge Frauenstimme. Ein Pärchen, bepackt mit Einkaufstüten, kam die Treppe emporgestiegen. »Wie sind Sie überhaupt ins Haus gekommen?«

Ben antwortete: »Kriminalpolizei. Sie wohnen hier?«

»*Ich* wohne hier, wieso?« sagte das Mädchen. Ihr Mißtrauen hatte nicht nachgelassen.

»Valetta? Einen Stock höher?« fragte Ben. Ria grinste.

»Valetta Brunner, ja, wieso?«

»Herr Fabian, Ihr Nachbar, wurde gestern abend ermordet. Ich weiß, daß Sie zu Hause waren. Haben Sie irgendwas gehört oder gesehen?«

»Ermordet? Der Fabian?«

»Besucher? Streit?«

»Nein«, sagte Valetta.

»Doch«, mischte sich ihr Freund ein. »Kein Streit, aber ein Besucher. Als ich gestern abend die Treppe hochging, kam mir ein Mann entgegen, dem ich hier noch nie begegnet bin. Das war so um sieben – oder, Valetta?«

»Später, glaube ich«, sagte die Studentin zögernd.

»Oder acht«, fuhr der Junge fort. Und dann beschrieb er ihn.

## 9.

»Wir arbeiten hier jeden Tag und rund um die Uhr. Unser Studio ist eines der drei größten in Deutschland. Und mit Abstand das produktivste«, sagte der Mann, der sich als Produktionsassistent vorgestellt hatte.

Ben war froh, daß die lange Fahrt an den Stadtrand zu Ende war. Ihm war unbehaglich, wenn er mit Ria allein im Auto saß, und er haßte dieses Gefühl.

»MMD arbeitet nicht nur für *Pro-Sat*. Aber das *Watzmannhaus* ist derzeit unser größter Auftrag. An jedem Drehtag produzieren wir eine Folge von knapp dreißig Minuten. Fünfundzwanzig Folgen hat die erste Staffel, und für die zweite haben wir mit *Pro-Sat* bereits eine Option unterzeichnet.«

Sein Leinenjackett hatte Ben im Kadett zurückgelassen. Mit wehenden Locken schritt Ria über den Asphalt. Zwischen ihnen ging der Produktionsassistent. Er redete wie ein Wasserfall und lobte seine Firma, als habe er es mit Kunden aus der Fernsehbranche und nicht mit Polizisten zu tun.

»So eine Daily Soap ist wie ein Kreuzfahrtschiff, das man auf Kurs halten muß. Man weiß, wo es an Land gehen soll, und diese Punkte muß man präzise und pünktlich ansteuern. Tag für Tag.«

Sie hatten das Studiogelände nicht gleich gefunden. Für eine Traumfabrik lag es recht unidyllisch in einem Gewerbegebiet zwischen Möbelmarkt und Schlachthof. Irgendwo dahinter vermutete Ben den Rhein. Das Schild hätten sie beinahe übersehen. *MMD*. Weiß der Himmel, wofür das stand.

Erst vor wenigen Monaten hatte sich die Produktionsgesellschaft hier niedergelassen. Presse und Lokalpolitik hatten die Entscheidung als erfolgreiche Standortpolitik gefeiert und als Imagegewinn im Vergleich zur ewig rivalisierenden Nachbarstadt stromaufwärts. Auch der Sender *Pro-Sat* hatte hier einige Büros angemietet. Weiß der Teufel, wieviel an Subventionen das den Stadtkämmerer gekostet hatte.

»Letzte Woche haben wir in den österreichischen Alpen mit den Außenaufnahmen begonnen. Seit Samstag drehen wir parallel hier. In dieser Halle entsteht die Indoor-Location für das *Watzmannhaus*. Zwanzig Sets auf insgesamt 1700 Quadratmetern Studiofläche. Es wird die größte Daily, die es jemals im deutschen Fernsehen gab. Ein Riesenaufgebot an richtig großen Stars. Das Starprinzip ist unser selling point. Nora Fabian wird nur einer von vielen klangvollen Namen sein, wenn auch der wichtigste. Und dabei sind die Kosten revolutionär niedrig. Ein Controller-Team überwacht die Produktion. Alles nur eine Frage des Managements.«

Der Assistent sagte »Lokäschen« und »Prodakschen«. Er trug Zweireiher, bunte Fliege und einen Brilli im Ohr. Sie näherten sich einem Gebäude, dessen Tore weit aufstanden. Menschen gingen geschäftig ein und aus, ein Gabelstapler brachte Kisten, Ben hörte Baulärm.

Drinnen war es noch heißer als vor dem Tor. Es roch nach Lack, Staub und Ozon. Brilli-Boy stolperte über ein Kabelgewirr und warnte: »Vorsicht.« Dann zückte er ein Mobiltelefon und wählte. »Einen Moment, bitte.«

Die Halle war so groß, daß man glauben konnte, im Freien zu stehen, solange man nicht nach oben sah. Hoch unter dem Dach überspannte ein Stahlgerüst fast die gesamte Konstruktion, zahllose Scheinwerfer hingen daran. Einige brannten, andere wurden ein- oder ausgeschaltet. Leute im Blaumann liefen umher, Typen mit Baseballkappen und Walkie-talkies; aber Kameras oder Schauspieler bemerkte Ben nicht. Neben ihnen wurden große, bemalte Spanplatten aufgerichtet und zusammengenagelt. Es sah weder nach Watzmann aus noch nach einem richtigen Haus.

»Werd nicht ungeduldig, Ben«, sagte Ria. »Wir haben doch schon die genaue Beschreibung eines wichtigen Zeugen, vielleicht ist es sogar der Täter. Und vielleicht kann uns die Tochter sagen, wer das ist.«

»Vielleicht, vielleicht.«

Der Produktionsassistent steckte das Handy weg. »Sorry. Ich erfahre gerade, daß die Schauspieler einen Tag off haben.«

»*Off*?«

»Ja, drehfrei. Sorry. Nora Fabian können Sie erst morgen wieder hier antreffen.«

Das hätte er ihnen auch gleich sagen können.

Beim Hinausgehen lief ihnen der *Blitz*-Reporter über den Weg. Ben nahm Alex Vogel beiseite, außerhalb der Hörweite der anderen, während Brilli-Boy unbekümmert auf Ria einquasselte.

»Alex, ich hab was für dich«, sagte Ben leise. Der Bulle und der Schreiberling, eine alte Bekanntschaft zum gegenseitigen Nutzen. Geben und Nehmen – Infos und Kohle. »Ein toter Promi, ermordet.«

Der schmächtige Vogel winkte ab. »Ich weiß, Feinkost-Fabian. Wenn du etwas wirklich Neues hast, ruf mich an.«

»Seit wann interessiert sich der *Blitz* nicht mehr für Blutgeschichten?«

»Da sind schon längst Kollegen dran. Zu denen kein Wort! Die sollen selbst recherchieren. Du arbeitest nur für mich, verstanden?«

»Wie bei uns. Die Konkurrenz sitzt im eigenen Haus.«

»Du hast mich verstanden.«

»Alex, du hättest die Leiche sehen sollen. Soviel Blut könnt nicht einmal ihr auf die erste Seite packen.«

»Na prima, aber mich interessiert zur Zeit nur das *Watzmannhaus*. Die Mutter aller Seifenopern. Backstage-Geschichten für die Hausfrau in der Kittelschürze. Der ganze Tratsch. Jeden Tag eine *Blitz*-Geschichte, weil unser Verleger auch bei *Pro-Sat* mit drinhängt. Weißt du, was das bedeutet? Jeden Tag hängt mir der Lokalchef in den Ohren: Denk an die Kittelschürze! Harte Arbeit, sich ständig was aus den Fingern zu saugen, das sag ich dir. Ich bin mehr in diesen blöden Studios als in der Redaktion.«

Ben ließ sich nicht abwimmeln. Vogel kannte Gott und die Welt und sicher auch den Toten. »Es gibt Berührungspunkte, Alex. Der Star deiner Seifenoper ist die Tochter des Toten. Wir arbeiten an der gleichen Geschichte. Laß uns kooperieren, gib mir einen Tip!«

Der Reporter riß die Augen auf und hackte seinen Zeigefinger in Bens Brustbein. »Bingo, Großer! Am Samstag hatte die Diva ihren ersten Arbeitstag hier. Und gleich nach Drehschluß war auch der dicke Kaviar-Dealer da. Es soll Krach gegeben haben in der Garderobe. Gib mir die schmutzigen Details! Fünfmal Clara Schumann, wenn du mir steckst, worum es ging! Abgemacht?«

»Abgemacht.«

»Sehen wir uns heute abend im *Notorious*?«

»Abgemacht.« Ben rieb sich die Brust. Das würde einen blauen Fleck geben.

Er ließ Vogel stehen, fragte Brilli-Boy nach der Adresse Nora Fabians und schickte Ria zum Herumhören in die Garderoben.

Bingo: Krach zwischen Tochter und Vater am Vortag des Mordes.

Bingo: Ein mögliches Motiv.

Und Bingo: Fünf Scheine vom *Blitz* – die Nebeneinnahmen flossen weiter.

## 10.

Beobachtungsposten in der Goldsteinstraße, Innenstadt. Jugendstilhäuser mit Parkblick. Hier würden die Makler einem Polizeibeamten im gehobenen Dienst keine Chance geben. Jeder Kokaindealer hatte es da leichter, dachte Tom.

Ein Haus am Park wäre ideal für Tobi, seinen Kleinen. Tom hatte sich vorgenommen, den Aufstieg zu schaffen, bevor er alt und grau werden würde. Sein Sohn sollte stolz auf ihn sein.

Der Vectra stand zum Glück im Schatten. Toms zweites Zuhause. Bönte kam von der Imbißbude zurück. Frikadellen mit Kartoffelsalat und Mineralwasser, das nach Dose schmeckte. Wenigstens war es kalt.

Bönte sagte: »Du siehst doch ein, daß es besser war, daß ich zwei Streifenwagen angefordert habe? Du hättest da unmöglich allein reingehen können. Auch wenn wir außer dem Spaghetti niemanden gesehen haben. Hätte doch jemand drinsein können. Das tut man einfach nicht.«

Tom nickte eifrig. »Völlig klar.«

Er ärgerte sich über Fröhlich, den Dicken. Ungerührt und ohne jede Anerkennung hatte er Toms Bericht entgegengenommen und ihn zurück zu Bönte geschickt. Hoffentlich würden die Streifenbeamten ihn nicht bei Fröhlich verpfeifen. Das fehlte noch.

»Und das Depot war leer?« fragte Bönte.

»Fast. Gerade mal ein Pfund, wo vielleicht mal zehn Kilo lagen.« Toms Gehirn ratterte: Zehn Kilo Kokain gleich eine Million Mark Endverkaufspreis. Und das alles in einem unbewachten Schuppen, in offenen Sektkartons. Wahnsinn.

Bönte nickte in Richtung Jugendstilfassade. »Wahrscheinlich pfeift er sich grade 'ne Prise von dem Schnee rein.«

Die Order des K2-Chefs: Verschärfte Bewachung von Spaghetti-Enzo. Über den Jungen sollten sie die richtig großen Fische schnappen. Die Sonderkommission war in fiebriger Aufregung, vor allem Hauptkommissar Fröhlich. Der K2-Chef witterte seine Chance, beim Innenminister Eindruck zu schinden. Wahrscheinlich hatte er es bitter nötig.

»Da kommt der Spaghetti!« rief Bönte

Sie starteten und verfolgten den Jungen zum Bahnhof. Aus der Distanz beobachteten sie, wie er sich mit Kleindealern traf, ausgemergelten Gestalten, die in

Grüppchen auf dem Vorplatz herumstanden. Sie kratzten sich die Arme, während Enzo mit ihnen tuschelte.

»There is no business like *snow*business«, kommentierte Bönte.

Sie blieben sitzen. Die Order Fröhlichs: Nicht Einschreiten, nur Beobachten. Tom bediente die Videokamera.

Der langhaarige Junge kam mit federndem Schritt zurück und stieg in sein Auto. Bönte setzte den Vectra wieder in Bewegung.

Nach kurzer Verfolgung sagte Tom: »Er besucht seine Freundin.«

Sein Kollege verzog die Mundwinkel. »Fernseh-Tussi, Schickeria. Das meiste von seinem Pulver setzt er in diesen Kreisen ab, nicht am Bahnhof. Da kannst du Gift drauf nehmen. Für das Geld, das die ausgeben, um sich eine Prise in die Nase zu jagen, könnte ich wahrscheinlich eine Woche lang in Altbier duschen. Diese Fernsehschnösel würde ich zu gern mal hochgehen lassen!«

## 11.

Von der Straße aus gesehen war es ein unscheinbares Haus. Niedrig, kleine Fenster, eine dunkle Holztür mit Vordach. Ben parkte neben der efeuumrankten Mauer, die das Grundstück uneinsehbar machte. Es war still, nicht einmal ein Vogellaut. Die Mittagshitze schien alles Lebende zu lähmen.

Als Ben vor der Tür stand, rekapitulierte er, was er über Nora Fabian wußte. Seine Erinnerung, die frühen Siebziger: *Die Kinder vom Ammerhof*, ein süßes Mädchen in einer Fernsehserie seiner Kindheit, die Tochter eines Ponyhofbesitzers. Die späten Siebziger und frühen Achtziger: die Entdeckung durch den neuen deutschen Film und Starruhm in Frankreich. In den Jahren danach: Affären, Alkohol und der Absturz, den die

Hauptrolle in einem Softsex-Film beschleunigte statt aufhielt. Und jetzt: das Comeback der Nora Fabian, *Pro-Sat* hatte ihr die Hauptrolle im *Watzmannhaus* gegeben. Neuer Glanz und vermutlich dicke Gage, Nora Fabian offensichtlich trockengelegt. Aus der Tochter war die Besitzerin geworden und aus dem Ponyhof ein Ferienhotel in den Alpen.

Ben drückte auf die Klingel.

Es blieb still.

Er sah sich um. Viel Grün, von den Nachbarvillen war nur wenig zu sehen. Außer seinem klapprigen Dienstwagen parkte kein Auto in der Straße. Hier hatte man selbst für Besucher Garagen. Über dem weichen Asphalt flirrte die Luft. Zwei Fliegen jagten sich vor seiner Nase, ließen sich kopulierend auf dem Türknauf nieder. Als Ben ein zweites Mal die lautlose Klingel drücken wollte, ging die Tür auf. Die Fliegen schossen hoch, und er sah in das Lächeln einer Frau. Mitte Zwanzig, schulterlanges braunes Haar und von einer unbeschwerten Frische, die mit Abkühlung nichts zu tun hatte.

»Engel. Benedikt Engel, Kriminalpolizei.«

»Ich wußte gar nicht, daß bei der Polizei so attraktive Männer arbeiten.«

Ben lächelte zurück. »Zwecklos. Mit Komplimenten lasse ich mich nicht bestechen.«

»Womit dann?«

»Ich möchte Nora Fabian sprechen.«

»Schade. Nora Fabian?«

»Sie haben es exakt erfaßt.«

»Na gut, weil Sie es sind. Kommen Sie rein, folgen Sie mir.«

In der Eingangshalle hingen Filmplakate. Eine Blondine mit wechselnden Filmpartnern. Umarmungen, Kußszenen, gestellte Standfotos. Darunter die Titel: *Ein Käfig voller Irrer - Die erste Metro – Sommer der Leidenschaft*. Die Brünette führte Ben eine Wendeltreppe hinab. Er roch ihr Parfüm und war irritiert. Sie trug eine weiße Kittelschürze, war aber ganz anders als die Zielgruppe von Alex Vogels Klatschgeschichten.

Sie standen auf einem grellbunten Designerteppich und sahen durch die Glasfront auf einen weitläufigen Garten, der sanft abfiel. Über blühende Hortensiensträucher ragte ein roter Sonnenschirm.

Die Brünette schob eine Tür zur Seite. »Nora ist unten am Pool.«

Sie saß im Schatten, in einen leichten, goldenen Kimono gehüllt. Das Wasser warf Lichtreflexe auf ihr Gesicht und ihr langes, blondes Haar. Sie hatte volle, ungeschminkte Lippen, hohe Wangenknochen, und auf einem war ein kleiner Schönheitsfleck. Ben schätzte die Schauspielerin auf sein Alter, Mitte Dreißig. Sie machte sich gut vor den Sträuchern mit ihren dicken, blauen Blüten. *Flora del mundo*, dachte Ben.

Nora Fabian zog die Brauen hoch, die Mundwinkel schräg und schien zu verkünden: Die Welt ist ein Witz, mir macht keiner etwas vor.

Die Fassade eines Stars, dachte Ben. Haarfarbe vielleicht echt, Schönheitsfleck aufgemalt.

Als er sich vorgestellt hatte, bot sie ihm mit einer Geste den zweiten Gartenstuhl an. Der Kimono klaffte für einen Moment auseinander und enthüllte eine Menge an sonnengetönter Haut. Die Schauspielerin zog den goldenen Stoff ohne Hast zurecht und sah Ben mit unverändertem Lächeln ins Gesicht: Euch Männer wickle ich um den Finger.

Auf einem Tischchen stand Kaffee, daneben lagen Zeitschriften. Irgendwo zirpten Grillen. Ein leichter Wind kräuselte das Wasser und ließ die Reflexe tanzen. Wie angenehm, ein Serienstar zu sein.

Weniger angenehm war Bens Rolle – Madame, Ihr Vater ist tot. Er hatte diesen Part schon mehrmals spielen müssen. Doch die Schauspielerin schaffte es, ihn diesmal zu überraschen.

Sie nahm die Sonnenbrille ab und blinzelte ihn an.

Kurzes Schweigen, dann ihr Antworttext: »Ich spielte einmal in *Derrick* mit. Da kam die Polizei immer zu zweit.«

»Und nur so, wie man es im Fernsehen sieht, ist es richtig, wollen Sie sagen?« Ben kramte in der Innentasche seines Sakkos und wies sich aus. »Urlaubszeit. Personalknappheit. Da kommt es schon mal vor, daß wir allein aufkreuzen.«

»Nein, ich glaube Ihnen«, sagte die Luxusblondine. Sie zündete sich eine Zigarette an. Goldenes Feuerzeug, zitternde Finger. »Soll Iris Ihnen Kaffee bringen?«

»Bitte, machen Sie sich keine Umstände.«

»*Sie* machen sich Umstände. Um mir zu sagen, daß Fabian tot ist, hätten Sie nicht hierherzukommen brauchen, nicht einmal allein.«

»Er wurde ermordet.«

Hastiges Inhalieren. »Ermordet? Und jetzt wollen Sie von mir hören, wer Fabian umgebracht hat?«

Ben versuchte, hinter die Fassade zu sehen. »Und?«

»Ich weiß es nicht. Es interessiert mich nicht. Ich habe zwanzig Jahre lang nichts von ihm gehört.« Sie sog tief und lange an der Zigarette.

»Stimmt nicht. Vorgestern war er bei Ihnen.«

Sie schnippte Asche auf das Gras. »Ja, nach zwanzig Jahren zum ersten Mal. Ohne Voranmeldung. Irgendein Idiot hat ihn ins Studio gelassen. Ich wollte ihn nicht sehen.«

»Zeugen sagen, Sie haben gestritten.«

»Ich habe ihn hinausausgeworfen.« Ihre grünen Augen schienen zu leuchten.

»Kein sehr inniges Verhältnis.«

»Er war nicht mein richtiger Vater. Er war Mamas zweiter Mann.« Sie stellte ihr Lächeln noch schräger. »Meine Kindheit war die Hölle.« Sie drückte die Zigarette aus. Nein, sie schlug mit dem Stummel auf den Aschenbecher ein.

Schritte klapperten auf den Steinfliesen. Es war Iris, die vornehme Kittelschürze. Sie trug das gleiche frische

Strahlen wie zuvor, nur schien es Ben plötzlich fehl am Platz. Iris stellte ein Tablett auf den Gartentisch. Zwei Gläser mit Wasser und Eiswürfeln sowie ein kleiner Teller. Sofort griff die Schauspielerin danach.

»Danke, Iris. Eine Erfrischung, Herr Engel?« fragte Nora Fabian und reichte ihm ein Glas. Mit der anderen Hand ließ sie das, was auf dem Teller gelegen hatte, in der Tasche ihres Kimonos verschwinden. Doch Ben hatte die Tabletten gesehen. Kleine Bomben, gelb und grün.

Iris ging, ihr Gesicht mit dem Tablett gegen die Sonne abschirmend. Eine Wespe surrte um den Tisch. Die Schauspielerin ließ das Eis in ihrem Glas klackern.

»Sie sehen, ich kann Ihnen nicht weiterhelfen.« Klack-Klack.

»Mit wem hatte er sonst noch Streit?«

»Keine Ahnung.« Klack-Klack.

»Hatte er Feinde? Wer waren seine Freunde?«

»Keine Ahnung.« Klack-Klack-Klack.

»Kennen Sie einen stämmigen, muskulösen Mann um die Vierzig?« Ben sah in sein Notizbuch. »Goldkettchen, Schnauzbart, rund einen Kopf kleiner als ich und lange graue Haare, zum Pferdeschwanz zusammengebunden?«

Sie schüttelte die blonde Mähne. »Klingt ja reizend. Ist das der Mörder?«

»Ich fragte, ob Sie ihn kennen.«

»Nein. Ich kenne keine kleinen Muskelmänner mit Goldkettchen.«

»Wo waren Sie gestern abend zwischen acht und elf Uhr?«

»Sie verdächtigen doch nicht etwa *mich*?« Sie stellte ihr Glas ab und tat überrascht – oder war es wirklich. Unschuld oder verdammt gute Schauspielerei. Ben sah dünne, weiße Linien, die quer über die Innenseiten ihrer Unterarme liefen. Für einen Moment war er irritiert.

»An einem Tag streiten Sie mit ihm, am nächsten ist er tot. Und Sie sind auch noch erleichtert darüber. Was soll ich davon wohl halten, Frau Fabian?«

»Also gut. Mein Alibi.« Sie zündete sich eine neue Zigarette an. Ihr Zittern war stärker als zuvor. »Zwischen acht und elf.« Sie blies eine Menge Qualm mit voller Kraft aus ihrer Lunge. »Da war ich bei Max. Er wird es Ihnen bestätigen.«

»Max und wie noch?«

»Max Traube. Ein sehr guter Freund und Kollege. Wir haben die ganze Zeit zusammen verbracht. Text einstudiert für das *Watzmannhaus*. Ich bin erst gegen Mitternacht zurückgekommen.«

»Mit dem Taxi?«

»Nein, äh, Max hat mich nach Hause gefahren.« Flehende Augen, keine Fassade.

Ben notierte die Adresse des Freundes.

»Ich weiß, es muß befremdend auf Sie wirken, Herr Kommissar, aber ich möchte nicht die trauernde Tochter spielen. Das wäre Heuchelei. Sie wissen jetzt, daß ich trotzdem keine Mörderin bin. Fragen Sie Max.«

»Sicher. Ich bitte Sie, noch einmal sorgfältig nachzudenken, ob Ihnen nicht doch noch etwas einfällt, was zur Aufklärung beitragen kann. Vielleicht hat Heinz Fabian eine Andeutung gemacht, als er Sie am Samstag besuchte. Feinde, Konkurrenten, irgend etwas, was ihn beunruhigte. Oder es gibt eine Sache von früher. Vielleicht fällt Ihnen ein, ob er Feinde hatte oder Streit in der Zeit, als Sie noch Kontakt zu ihm hatten.« Er gab ihr sein Kärtchen. »Ich möchte Sie bitten, morgen ins Präsidium zu kommen. Wir nehmen dann Ihre Aussage zu Protokoll. Sie wissen ja, wie das bei Beamten so ist. Wir brauchen alles schriftlich.«

Sie standen auf. Nora gab ihm die Hand, einen kleinen Moment zu lange. »Morgen? Ich glaube nicht, daß ich da Zeit habe. Wissen Sie was? Kommen Sie doch heute abend noch einmal vorbei. Vielleicht fällt mir bis dahin etwas ein. Ich werde mir Mühe geben. So gegen sechs, wie wär's?« Dabei pflückte sie eine Blüte vom Strauch und steckte sie Ben ans Revers.

Er roch den Duft und sah den kleinen, braunen Punkt auf ihrer Wange ganz nah. Ben dachte an Vogels Auftrag. »Okay.«

Sie nestelte noch immer an der Blüte herum. »Wissen Sie, wie man diese Blumen in Spanien nennt? Weltblume. Die blauen sehen tatsächlich aus wie kleine Erdkugeln.« Nora Fabian trug wieder ihr patentiertes Starlächeln: Ihr Männer seid alle gleich. Ihr lauert nur darauf, daß sich mein Kimono wie durch Zufall öffnet.

Vielleicht ist es auch umgekehrt, dachte Ben. Leberfleck echt und Haare gefärbt.

## 12.

Max Traube wohnte in einem Haus, das zu einem sogenannten *Aparthotel* gehörte. Es bot Wohnungen für Geschäftsreisende, die länger als nur ein paar Tage blieben und mehr Auslauf in ihren vier Wänden brauchten als ein normales Hotelzimmer bot. Der Mann an der Rezeption verwies Ben zum Nebengebäude. Dort gab es einen separaten Eingang mit Klingelschildern, auf denen die Namen berühmter Maler standen. Ben drückte bei *Rembrandt*.

Als Traube ihn an der Wohnungstür im ersten Stock empfing, erkannte Ben, daß er den Schauspieler an diesem Tag schon einmal gesehen hatte – auf einem der Filmplakate in Nora Fabians Villa.

Traube war ein schlanker, asketisch wirkender Endfünfziger. Graumeliertes, sehr kurz geschnittenes Haar. Im *Watzmannhaus* spielte er den Hausdiener, eine komische Rolle. Auf den ersten Blick schien er alles andere zu sein als ein Komödiant, doch gerade darin mußte er gut sein. Ben hatte Traube einmal im Kino gesehen, in der Rolle des unglücklich Verliebten. Der Titel des Films fiel ihm nicht mehr ein.

Traube bat Ben in sein Apartment. Es wirkte so kalt und anonym, wie es bereits die Fassade des Hotels versprochen hatte. Gegenüber der Küchenzeile hing das einzige Bild, eine Reproduktion: Der Mann mit dem Goldhelm.

»Womit kann ich Ihnen behilflich sein?« Traube fuhr sich über das Stoppelhaar. Er bemühte sich um ein Lächeln, doch es wirkte melancholisch.

Der Raum war perfekt aufgeräumt, was den Eindruck der Kälte noch verstärkte. Entweder kam zweimal täglich ein Zimmermädchen, oder Traube war ein Pedant. Ben blickte auf dessen Bügelfalten und tippte auf letzteres.

»Wo waren Sie gestern abend zwischen acht und elf Uhr?«

»Wieso wollen Sie das wissen? Wessen verdächtigen Sie mich?« Traube riß seine ohnehin großen, dunklen Augen noch weiter auf. Dadurch wirkten sie erst recht traurig.

Ben sagte: »Erst Sie, dann ich.«

»Nun gut. Ich war hier. Zusammen mit Nora, meiner Kollegin Nora Fabian. Wir aßen eine Kleinigkeit zu Abend, tranken Tee, redeten und übten für unsere Serie. – Jetzt sind Sie dran.«

»Nora Fabians Vater wurde ermordet, und ...«

»Ach, ermordet?«

» ... und Nora hat Sie als Alibizeugen benannt.«

»Heißt das, Sie verdächtigen Nora Fabian?«

Ben schwieg und wartete.

»Nun, sie war es nicht, weil sie bei mir war, womit sich Ihr Verdacht in Wohlgefallen auflöst. Das wär's dann wohl?«

»Warum proben Sie, wenn am nächsten Tag drehfrei ist?«

»Wir proben jeden Tag. Wir gehören nicht zu der Sorte Schauspieler, die erst auf dem Set zum ersten Mal in ihren Text schaut. Wir sind Profis vom alten Schlag. Nora hat viel von mir gelernt. Und wir mögen es, den Abend gemeinsam zu verbringen. Wir sind befreundet.

Schon lange.« Traube versuchte, sich wieder ein Lächeln abzuringen.

»Haben Sie etwas miteinander?«

»Ich bitte Sie, Sie fragen reichlich direkt!« Traube spielte den Empörten. Vielleicht hatte Nora auch ihm einen Blick auf ihre Brüste gegönnt. »Wir sind seit Jahren gute Freunde. Diese Auskunft muß Ihnen genügen.«

»Kannten Sie Heinz Fabian, Noras Vater?«

»Stiefvater«, verbesserte der Schauspieler.

»Genau. Und?«

Traubes Antwort kam zögernd. »Nein.«

»Was wissen Sie über ihn? Nora hat Ihnen sicher viel von ihm erzählt.«

»Nein, hat sie nicht. Und jetzt bitte ich Sie, mich zu entschuldigen. Ich habe zu tun.«

»Okay. Letzte Frage: Haben Sie Nora ein Taxi gerufen, oder verließ sie die Wohnung einfach so?«

»Weder noch. Ich fuhr sie persönlich nach Hause. Das war gegen Mitternacht.«

»Haben Sie dafür Zeugen?«

Traube lief rot an und wurde laut. »Wieso fragen Sie das? Wieso um alles in der Welt brauche ich dafür einen Zeugen?«

Ben antwortete ruhig: »Weil es besser wäre. Für Nora, für Sie und für mich. Können Sie beweisen, daß Nora Fabian bei Ihnen war?«

»Unverschämtheit!« kreischte Traube. Auf seiner Stirn traten die Adern hervor. »Ich brauche keinen Zeugen! Nora Fabian ist mein Zeuge! Sie wissen anscheinend nicht, mit wem Sie es zu tun haben! Ich werde mich bei Ihrem Vorgesetzten über Sie beschweren!«

Offensichtlich ein Hysteriker, dachte Ben. »Tun Sie das. Machen Sie einen Termin im Präsidium. Bei der Gelegenheit können wir Ihre Aussage auch gleich zu Protokoll nehmen.«

Als er die Tür des Apartments hinter sich schloß, fiel ihm der Titel des Films ein: *Die Rache des Musketiers.*

Traube spielte darin eine fröhliche Rolle.

Zum Totlachen komisch.

## 13.

*Kommission Fabian* nannte sich die kleine Gruppe, die im Büro des K1-Chefs versammelt war. Wie immer ließ sich Brauning keinen Ermittlungsschritt entgehen.

Ben hatte gerade den Bericht des Pathologen erhalten. Schnelle Arbeit, aber keine neuen Anhaltspunkte. Tatwaffe war wahrscheinlich ein großes Messer mit glatter Klinge gewesen. Ein einziger Hieb hatte genügt, Fabians Hals zu zerfetzen. Der Schnitt ging bis an den Halswirbel.

Jeder gesunde Erwachsene war kräftig genug für eine solche Tat. Der Gerichtsmediziner konnte nicht einmal sagen, ob der Täter ein Rechtshänder war.

Fabian hatte mehrere Restaurants besessen, dazu einen Feinkostladen mit Edelimbiß und einen Partyservice. Baumann und Schranz hatten bereits mit einem Großteil des Personals gesprochen. Auch nichts, *absolutamente nada*. Die Buchhaltung war in Ordnung. Die Lokale florierten und hatten keinen schlechten Ruf.

Miller hatte Akten gewälzt. Fabian war nicht vorbestraft gewesen, er hatte nie ein Ermittlungsverfahren am Hals gehabt. Keine Anzeige wegen Unzucht mit Minderjährigen, nicht einmal Steuerbetrug. In keiner Untersuchung wegen Schutzgelderpressung war je der Name Fabian gefallen. Auch beim Ordnungsamt hatte Miller nachgefragt. Fehlanzeige. Fabians Imperium schien sauber zu sein. Morgen wollten sie Laden und Partyservice besuchen.

Ria Pohl berichtete von der Aussage einer Maskenbildnerin in den MMD-Studios – Nora Fabians Streit mit ihrem Stiefvater. Laut der Zeugin hatte die Fabian mit Handgreiflichkeiten gedroht und war nahezu durchgedreht.

Brauning zog die Stirn kraus, Baumann schnippte mit dem Finger. Ria sagte: »Wenn ihr mich fragt ...«

»Sie hat ein Alibi«, unterbrach Ben. »Sie sagt, sie war in der fraglichen Zeit bei einem Kollegen namens Traube, und der bestätigt es in allen Details.«

»Weitere Zeugen?« fragte Brauning.

»Nein. Als ich Traube darauf ansprach, führte er sich auf wie Rumpelstilzchen.«

Ria schüttelte ihre Locken. »Ein windiges Alibi«, insistierte sie.

»Was würdest du tun?« fragte Ben.

»Vielleicht war sie wirklich bei Traube, hat aber den Mord zuvor in Auftrag gegeben. Vielleicht ist der Grauhaarige, den der Junge im Treppenhaus gesehen hat, ein Auftragskiller gewesen.«

»Vielleicht, vielleicht.«

»Eine Festnahme gibt es nicht ohne Beweise. Finger weg!« Rottweilerbellen. »Für die Statistik des Staatsanwalts zählt nur die Quote der Verurteilungen. Wenn der die Möglichkeit sieht, daß ein Anwalt den Angeklagten rauspaukt, dann erhebt er erst gar nicht Anklage. Und eine wie die Fabian kann sich verdammt gute Anwälte leisten. Leute, ihr kennt das doch: Ein Festgenommener, den wir wieder laufenlassen müssen, weil der Staatsanwalt ihn nicht will, der ist nicht gut für *unsere* Statistik. Also, solange wir das Alibi der Fabian-Tochter nicht widerlegen können oder sonstwie Beweise haben, gibt es keine Festnahme, verstanden?«

Ben beschwichtigte: »Ist doch klar, Chef. Ich nehme die Frau unter die Lupe.« Er spürte den Seitenblick von Ria und fuhr fort: »Ich fasse zusammen: Wir haben eine Stieftochter, die mit Fabian gestritten, aber ein Alibi hat. Und wir haben die Beschreibung des Grauhaarigen. Phantombild?«

Brauning nickte. »Ja. Sobald wie möglich an alle Dienststellen, aber noch nicht an die Medien.«

»Organisierst du das, Ria?« fragte Ben, während

Brauning versuchte, den Polizeizeichner telefonisch zu erreichen.

»Ja, mach ich.«

»Und wenn du schon rausfährst, kannst du auch noch mal bei Schmitz klingeln. Der soll sehr neugierig sein. Vielleicht hat er etwas bemerkt.«

Ria nickte.

»Und außerdem ...«

»Ich weiß. Außerdem die anderen Nachbarn, die wir am Vormittag nicht angetroffen haben. Na prima, das kann spät werden. Dann wünsch ich schönen Feierabend.«

»Von wegen Feierabend«, sagte Ben. »Ich fahre noch einmal zur Stieftochter raus. Das kann auch spät werden.«

Die Kollegen grinsten. Ria verdrehte die Augen.

## 14.

Scheißventilator. Das Ding war eine Enttäuschung.

Tom putzte seine schweißverschmierte Brille und starrte das blöde, surrende Ding an. Gequirlte Heißluft. Gut zum Haaretrocknen, doch der Raum blieb so heiß wie eine Sauna in der Wüste, falls es so etwas gab. Nach einem kalten, verregneten Frühjahr nun das andere Extrem. Den ganzen Nachmittag hatte die Sonne in den Raum geknallt. Es war das mieseste Büro der gesamten Festung, mutmaßte Tom. Wahrscheinlich hatte er es deswegen bekommen, als Neuling im zweiten Kommissariat – Sitte, Rauschgift, vermißte Personen. Ein Scheißkommissariat.

Toms Schicht ging endlich zu Ende. Zwei Kollegen hatten die weitere Observierung Spaghetti-Enzos übernommen. Der junge Dealer war jetzt bei seiner Freundin. Wenn die beiden Kollegen Glück hatten, würde es für sie immerhin eine ruhige Nacht werden – bei angenehmeren Temperaturen.

Siebzehn Uhr. Noch genug Zeit für den Supermarkt. Tom hatte versprochen, beim Grillabend der Eltern für das Essen zu sorgen.

Seinen Bericht hatte er getippt: die Entdeckung des Depots, der Weiterverkauf an die Kleindealer. Ein guter Bericht. Tom war zufrieden. Wenn die *Sonderkommission Koks* die Hintermänner des Jungen schnappte, würde ein gehöriges Stück des Erfolges auf ihn abfallen. Und mit einer guten Beurteilung durch den dicken Fröhlich könnte er es ins K1 schaffen. Braunings Abteilung, das Sprungbrett. Tom verschloß seine P6 in der Schreibtischschublade.

Er dachte an Nackensteaks und Bratwürste, als das Telefon klingelte.

Es war Sinead O'Connor aus dem Bus. Eigentlich hatte Tom ihr seine Visitenkarte nur aus Prahlerei gegeben. Doch sein Adrenalinspiegel explodierte, und er verstand nur *Watzmann*. Die Maskenbildnerin mußte alles zweimal sagen, bis er kapierte: Sie wollte mit ihm auf ein Sommerfest gehen, das ihr Arbeitgeber am Dienstag abend veranstaltete. Sie hatte zwei Karten, und Tom sollte sie morgen bei sich zu Hause abholen.

Das Kribbeln in Toms Brust war wieder da. Er hörte ihr Lachen, und er sagte ja. Sinead hieß Jeannette. Sie sprach von Stars, Musik und *fun*, und Tom dachte daran, daß er eine Ausrede für Gabi erfinden müßte.

Eine leichte Übung.

## 15.

Nora öffnete selbst. Sie hatte den Kimono gegen eine lange, enganliegende Hose und ein einfaches T-Shirt getauscht. Die Haare hatte sie hochgesteckt. Als sie Ben erkannte, zog sie die Augenbrauen hoch. »Was wollen Sie schon wieder?« schnauzte sie ihn durch die halbgeöffnete Tür an.

»Ich dachte, Sie hätten mich eingeladen.«

»Seit wann fangen Bullen an zu denken?«

»Gut, dann eben nicht. Wiedersehen«, sagte er, ohne sich von der Stelle zu bewegen. Sie ist schön, dachte er. Richtig schön.

Die Schauspielerin begann zu grinsen. »Jetzt kommen Sie schon rein!«

Er folgte ihr an den Plakaten vorbei und die Treppe hinab. Mitten im Raum blieb sie stehen. Mit einer theatralischen Armbewegung deutete sie auf den Couchtisch. »Trinken Sie mit mir?«

Ben sah die volle, geöffnete Flasche und das leere Glas. »Danke. Ich trinke keinen Alkohol.«

Nora kicherte. »Ich trinke auch nicht, Herr Kommissar.« Sie lachte laut auf. Sie bog sich und schlug die Hände zusammen. Irgend etwas schien äußerst amüsant zu sein, zumindest in ihrer Vorstellung. Ben wartete ab, bis sie sich beruhigte.

Das Lachen mündete in einen tiefen Seufzer. »Besser gesagt: ich darf nicht.«

Jetzt machte sie einen vernünftigen Eindruck. Beachtlich – von irre auf ernst in zwei Sekunden.

»In meinem Vertrag steht: Kein Alkohol, keine Drogen, keine Straftaten, keine Kontakte zu Rechtsradikalen. Natürlich weiß Marco, daß ich Alkoholikerin bin – inoffiziell. Das heißt, ich darf unter keinen Umständen rückfällig werden. Sonst ist es aus. Nicht nur mit der Rolle.«

Marco, das war Marco Gladisch, der Pogrammdirektor von *Pro-Sat*. Sie duzte ihn, und er wußte inoffizielle Dinge von ihr. Ein inniges Verhältnis, kombinierte Ben. Nora Fabian nahm die Flasche und goß den gesamten Inhalt in einen Pflanzenkübel.

»Wenn sie mich aus der Serie werfen, kann ich meinen Job an den Nagel hängen. Dann bin ich für immer weg vom Fenster. Einmal Alkoholikerin, immer Alkoholikerin.«

Ben roch den Schnaps. Die Pflanze tat ihm leid. Es war Bambus. Sie kicherte wieder. Ben hatte Angst vor einem neuen Lachanfall der Schauspielerin. Schön, dachte er. Schön verrückt.

»Was soll das Ganze?«

»Ich glaube, ich halte das nicht durch. Irgendwann mache ich Schluß. Manchmal ist mir danach zumute.« Sie sprach, als plante sie einen Fahrradausflug. Doch ihre Augen blieben ernst: Wenn die Welt wüßte, welche Abgründe in meiner Seele lauern. »Kapitulieren ist soviel einfacher als Hartbleiben. Geht es Ihnen nicht auch manchmal so?«

»Nein«, antwortete Ben. »Ich hänge am Leben. Das sollten Sie auch tun. Wer kapituliert, kommt nicht ans Ziel.« Zum Teufel, welches Ziel? Er wußte nicht einmal, daß er eins hatte.

Aber Nora nickte und lächelte ihn an. »Es klingt gut, so, wie Sie es sagen.«

Sie deutete auf das große, frei im Raum stehende Ledersofa. Ben ließ sich in die Polster sinken. Nora setzte sich neben ihn, nahm die Füße auf das Leder und umfaßte die Knie. Wie ein Kind, dachte Ben.

»Dann machen Sie's. Seien Sie stark«, sagte er.

»Ich versuche es ständig. Aber ich scheitere an mir selbst. Es ist etwas Dunkles in mir. Ich wünschte wirklich, ich wäre tot. Ich mache alle Leute um mich herum nur unglücklich.«

»Das kann ich nicht glauben.«

»Ich langweile Sie mit meinem Selbstmitleid.«

»Nein. Schütten Sie Ihr Herz aus. Das gehört zu meinem Job. Legen Sie Ihre Beichte ab.«

Sie lächelte ihn an. »Sind Sie mein Retter?«

»Brauchen Sie einen?«

»Manchmal.«

»Warum?«

»Manchmal ist es gut, wenn einen jemand bei der Hand nimmt, damit man nicht ständig Fehler macht.«

»Sie meinen das Trinken?«

»Zum Beispiel.«

»Oder meinen Sie Mord?«

Ihre Züge versteinerten sich. Ben fuhr fort: »Wenn Sie gestehen, wird es Sie erleichtern. Es wird Ihnen helfen. Glauben Sie mir.«

»Müssen Sie denn immer wieder damit anfangen?«

»Das ist mein Job.«

»Haben Sie nie Feierabend?«

Ben hatte das Gefühl, daß sie jeden Moment gestehen würde. Er wartete, daß sie weitersprach.

»Ich war's nicht«, sagte sie schließlich. »Trotzdem, ich fühle mich schuldig, weil ich Erleichterung über den Tod meines Stiefvaters empfinde. Aber das können Sie nicht verstehen.«

»Doch, ich verstehe das.«

Sie sah ihn ungläubig an. »Nein, ich verstehe nicht einmal mich selbst. Manchmal fühle ich mich innerlich eiskalt, und meine Oberfläche ist hüllenlos. Ich scheine zu fließen und überzulaufen, als ob mich nichts zusammenhält. Oder ich verlasse meinen Körper und stehe neben mir. Ich beobachte Nora Fabian und frage mich, was das alles für einen Sinn hat. Einmal saß ich in einem Restaurant und hatte plötzlich den Geschmack am Essen verloren. Ich blickte auf die Leute draußen, sie schienen glücklich zu sein. Das Leben war hinter der Glasscheibe. Und ich saß da, schmeckte nichts, fühlte nichts und hatte furchtbare Angst, ich könnte niemals mehr etwas fühlen. Das kann niemand verstehen.«

Etwas an ihren Worten hatte Ben schockiert. »Vielleicht hat das mit Ihrer Kindheit zu tun.«

»Alles hat mit unserer Kindheit zu tun. Ist es nicht so? Meine Analytikerin nennt es posttraumatische Belastungsstörung. Wir arbeiten daran. Ich mache Fortschritte, sagt sie. Vielleicht sind es aber auch nur die Pillen, die sie mir gibt.«

Nein, sie würde nicht gestehen, dachte Ben. Sie war keine Mörderin, ihr Streit hatte nichts mit der Tat zu tun. Ein Gefühl – sicher war Ben sich nicht. Sein Interesse an ihr war durch ihre Worte jedoch nicht geringer geworden. »Was für ein Mensch war Ihr Stiefvater?«

»Damals war er gutaussehend, noch nicht so fett. Für seine Familie war er ein Held, er war erfolgreich und beliebt. Natürlich nicht so attraktiv wie Sie.«

Ben tat, als habe er das Letzte überhört. »Woher kam es, daß Sie sich nicht verstanden?«

Sie legte eine Hand auf seinen Mund und erklärte damit ihre Beichte für beendet. »Nicht jetzt. Nicht heute abend.« Ihre Hand glitt auf seine Brust. »Sie sind groß und stark. Sie stehen mit beiden Beinen fest auf der Erde. Seien Sie froh, daß Sie nicht meine Probleme haben.«

»Sie kennen mich nicht.«

»Sie strahlen soviel Sicherheit aus. Warum hängen *Sie* am Leben?«

»Weil es schön sein kann. Zumindest manchmal.«

»Wenn ich Sie ansehe, könnte ich es fast glauben.«

»Tun Sie's einfach. Vergessen Sie Ihren Stiefvater. Vergessen Sie den Schnaps.«

Ungläubig lachend rückte sie näher und legte ihre Arme auf seine Schultern. Ihr Gesicht kam ganz nah. »Verrat mir, wer du bist!«

»Benedikt Engel, Kriminaloberkommissar, 34 Jahre alt.« Er spürte ihren Atem, ihre Wärme und ihre Nervosität.

»Nein, wer bist du wirklich?«

So genau hatte Ben es selbst noch nie wissen wollen. Er schob die letzten Bedenken zur Seite, umfaßte ihre Taille und zitierte einen Film: »Ich bin nur ein alter Großstadtcowboy, der versucht, nicht aus dem Sattel zu fallen.«

»Ich bin schwer rumzukriegen, Cowboy, aber du brauchst nur zu pfeifen.« Auch das klang in seinen Ohren wie ein Filmzitat.

Sie drückte sich gegen seinen Körper. Ben spürte ihre Zähne an seinem Hals, dann ihre Zunge an seinem Ohr. Mörderin oder nicht, verrückt oder nur ein bißchen – egal. Ihm gefiel, wie sie sich ranschmiß.

»Hältst du mich immer noch für verdächtig?« flüsterte sie.

»Nur ein bißchen.«

»Wenn du den Täter gefunden hast, wirst du wissen, daß du mich zu Unrecht beschuldigt hast.«

»Vielleicht lerne ich bis dahin pfeifen.«

»Lügner, du kannst es schon jetzt.«

Ben zog ihren Kopf heran. Ihre Lippen waren weich wie heiße Schokolade. Ohne zu zögern, begann ihre Zunge zu arbeiten. Ben fühlte sich, als wäre er ein Komparse in einer Filmszene, einem Schauspiel. Aber es machte Spaß.

Er liebte gute Filme.

## 16.

Auf dem Parkplatz der Festung tauschte Ben den Dienstwagen gegen seinen privaten Golf. Er kurbelte das Fenster herunter und genoß die warme Abendluft, als er den Weg zum Hafen einschlug. Die Sonne hatte die Farbe einer Orange und ließ sich Zeit auf ihrem Weg zum Horizont. Davon, daß laut Kalender die Tage bereits wieder kürzer wurden, war nichts zu merken.

Ein paar Stufen führten hinunter in das Lokal. Ben gefiel das *Notorious* wegen seiner italienischen Küche und wegen der Musik. Zudem war der Jazzschuppen am Rheinhafen jetzt fast leer, die Luft angenehm frei von Zigarettenqualm. Es würde so bleiben. An einem Abend wie diesem drängten die Leute in die Biergärten oder auf den heimischen Balkon.

Ben bestellte *Spaghetti Vongole* und ein Mineralwasser. George, der Schwarze hinterm Tresen, nickte ihm zu und legte Pop auf. *Tomorrow's Girls* von Donald Fagen.

Ben hatte die CD zu Hause, er kannte den Text. Es ging um eine Invasion außerirdischer Frauen. Sie suchten auf der Erde Spaß. *They're on a party run*. Eine heitere Musik, die zum Sommer paßte, doch in Bens Brust machte sich kribbelndes Unbehagen breit. Er konnte nicht aufhören, an Nora zu denken.

*Lord help the lonely guys hooked by so hungry eyes,* klang es aus den Boxen. Nora Fabian war keine Außerirdische, aber man konnte sie für eine Mörderin halten. Als er sich das letzte Mal mit einer Kriminellen eingelassen hatte, wäre er um ein Haar aus dem Polizeidienst geflogen.

Anita, die Kellnerin, brachte das Wasser. Sie trug wie immer ihr enganliegendes, graues Cat-Suit, die Uniform für die weiblichen Angestellten des Hauses. Ben dachte an Noras Worte. *Meine Kindheit war die Hölle. Alles hat mit unserer Kindheit zu tun.*

Das Kribbeln in Bens Brust nahm zu, Erinnerungen meldeten sich. Bilder aus *seiner* Kindheit. Er versuchte sie wegzuwischen, doch sie kamen wieder. Manche Bilder bleiben im Hirn kleben wie Kaugummi. Meist sind es die häßlichsten.

Alex Vogel kam gerade recht. Er stürmte ins Lokal und setzte sich neben Ben. »Fünfmal Clara Schumann, Alter!« rief Vogel außer Atem.

»Vergiß es.«

»Wieso?«

»Nora konnte Heinz Fabian nicht ausstehen. Er war ihr Stiefvater, der zweite Mann ihrer Mutter. Mehr ist an der Story nicht dran, tut mir leid. Keine schmutzigen Details. Und sie hat ein Alibi.«

»Wer? Ach was! Ich hab was Neues, viel Heißeres!«

»Wenn's heiß ist, wird's teuer, Alex. Ich weiß nicht, ob Fünfhundert dann reichen.«

»Prego.« Anita stellte einen Teller dampfender Nudeln auf den Tisch. Ihr Einteiler lag hauteng an und hatte ein großes Dekolleté. Auch das trug dazu bei, daß es Ben im *Notorious* so gut gefiel.

Vogel klopfte nervös mit der flachen Hand auf den Tisch. »Dazu ist jetzt keine Zeit, Ben. Wir müssen los.«

Ben begann, eine Strähne Spaghetti aufzuwickeln.

Danach schaufelte er in aller Ruhe Sauce und Muschelfleisch über das Nudelknäuel auf seiner Gabel.

Vogel trommelte mit beiden Händen. »Nichts da, du schuldest mir einen Gefallen. Jetzt!«

Ben schob die Portion genüßlich in den Mund. »Ich schulde dir gar nichts«, sagte er mit vollem Mund.

Vogel ignorierte den Einwand und packte Bens Handgelenk. »Wir müssen los! Um halb elf ist absoluter Redaktionsschluß!«

Es war gerade erst halb neun.

»Erzähl erst mal, was los ist!«

Vogel beugte sich vor und erklärte seinen Plan – ein sensationeller Aufmacher für die morgige Ausgabe des *Blitz*. Eigentlich hatte er eine Titelgeschichte über die Fabian als Hauptverdächtige bereits fertiggestellt: ein gekonntes Gemisch aus Tatsachen, Gerüchten und Spekulationen – Vogels Spezialität. Doch jetzt habe er etwas weitaus Besseres, sagte der Reporter und klopfte auf seine Uhr: Vorausgesetzt, sie machten sich unverzüglich auf den Weg.

Ben begriff, und die Pasta auf seinem Teller wurde kalt. Es ging um eine andere Frau aus der selben Fernsehserie. Und um ein Delikt, das gar nicht in Bens Zuständigkeitsbereich lag. Aber Vogel brauchte Ben. Und Ben konnte die Kohle gebrauchen. Ein Drecksgeschäft, eins wie viele zuvor. Höchstens eine Spur gemeiner.

Zehn Minuten später brachen sie auf. Ben war nicht wohl dabei. Er spürte, wie das Adrenalin seine Nerven kitzelte.

Immerhin hatte er Vogel auf einmal Gebrüder Grimm hochgehandelt.

## 17.

Währenddessen kam Tom fast das Kotzen.

Es war anscheinend unvermeidlich, aber er hatte sich immer noch nicht daran gewöhnt. Für den Alten schien es der Höhepunkt jeder geselligen Runde zu sein.

»Trinken wir auf Michael! Er wäre jetzt bestimmt schon Kriminalhauptkommissar.«

Mutter hatte Tränen in den Augen. Der Alte erhob sein Glas. Auch das noch.

»Auf Michael Swoboda, er war ein guter Sohn und Ehemann, ein großartiger Vater und ein vorbildlicher Polizist. Michael, wenn du uns jetzt, dort droben, hören kannst, so rufe ich dir zu: Michael, in unseren Herzen lebst du weiter. Wir sind stolz auf dich.« Der Alte hatte seiner Zunge bereits eine gewisse Schwere angetrunken.

Es war immer das gleiche. Weihnachten, Ostern, an einem einfachen Grillabend wie heute, sogar auf Toms letztem Geburtstag durfte die Lobeshymne auf den großen Bruder nicht fehlen. Sie stießen mit ihren Biergläsern an: Vater, Mutter, Michaels Witwe Marianne, Gabi und Tom. Vor fast zwei Jahren war Michael bei einer Bergtour tödlich verunglückt. Tom hatte damals nicht trauern können. Die beiden Brüder waren sich immer fremd geblieben. Zu groß war der Altersunterschied. Zu oft hatte Vater ihm den Älteren als Vorbild gepredigt.

Mutter weinte, Marianne nahm sie in den Arm und heulte mit. Seit damals hatte die junge Witwe keinen anderen Mann mehr angesehen. Unglaublich. Ihre ganze Wohnung hing voller Fotos des Toten. Tom ging nur hin, wenn er unbedingt mußte.

Der Alte kramte weiter in den Erinnerungen an seinen Lieblingssohn. Tom widmete sich den Steaks und Würsten. Er bekämpfte die aufkommende Übelkeit. Es würde vorbeigehen. Nur einmal hatte er sich mit seinem Vater angelegt. Es hatte damit begonnen, daß Tom sagte, Michael sei nur deshalb zur Polizei gegangen, um nicht zur Bundeswehr eingezogen zu werden. Es war zum Streit gekommen, und einen Monat lang hatten sie nicht miteinander gesprochen.

Kindergeschrei. Gabi schritt ein und rettete Sohnemann vor Mariannes beiden schrecklichen Gören. Sie nahm Tobias auf den Arm und gab ihm den Schnuller. Rasch beruhigte er sich.

Der Alte beugte sich über den Kleinen und strahlte: »Markantes Kinn, wache Augen. Ein echter Swoboda.« Gabi verdrehte die Augen. In diesem Punkt war sie mit Tom einer Meinung. Dann war das Fleisch endlich fertig.

Nach dem Essen nahm der Alte Tom beiseite, eine Schnapsflasche mit zwei Gläsern in der Hand.

»Du bist jetzt seit drei Wochen im K2, stimmt's?«

»Ja, wieso?«

»Wie kommst du zurecht?«

»Ich kann mich nicht beklagen.«

»Und Hauptkommissar Fröhlich?«

»Mein Chef? Geht so. Im K2 nennt man ihn Weichei. Ich werde zusehen, daß ich so bald wie möglich ins K1 komme.«

»Meine Güte, das K1! Du weißt, daß ich es lieber gesehen hätte, wenn du die Kommissarstelle im Schutzbereich zwei angenommen hättest. Oder noch besser, wenn du in die Verwaltung gegangen wärst. Du bist zu sensibel für die Kriminalpolizei.«

»Bitte, laß das. Die Diskussion führt zu nichts.«

Schon vor seiner Pensionierung hatte der Alte seine Energie in die Karriereplanung seiner Söhne gesetzt. Michael hatte er noch hochhieven können. Erst Kriminalkommissar beim K1/Tötungsdelikte, dann Kriminaloberkommissar beim K3/Betrug. Doch inzwischen war sein Einfluß geschwunden. Auf den Laden wie auf Tom.

Trotzdem ließ der Alte nicht locker. »Über die Verwaltung kommst du viel schneller nach oben. Du kannst ins Ministerium gehen und schaffst es bis zum Ministerialrat. Oder du nimmst es als Sprungbrett und wirst Polizeipräsident. Warum nicht?«

Alfred Swobodas Traum. Die Krönung von drei Generationen Polizeidienst. Die Wirklichkeit war alles andere als traumhaft. Der Vater hatte Studenten verprügelt, der Großvater Juden zum Abtransport eingesammelt. Der Alte füllte die Gläser. Tom versuchte, nicht laut zu werden.

»Du selbst bist nicht in die Verwaltung gegangen, und Michael auch nicht. Zwing mich nicht, einen Traum zu verwirklichen! Ich gehe *meinen* Weg! Und das ist verdammt nochmal nicht ein Scheißsessel in der Scheißverwaltung!«

Die Frauen unterbrachen ihre Unterhaltung und starrten Tom an.

»Tommi, ich meine es doch nur gut. Ausgerechnet das K1! Ich glaube nicht, daß es dir dort gefallen würde. Wärst du denn bereit, einem Verdächtigen Belastungsmaterial unterzuschieben, wenn ein Chef wie Brauning es verlangt? Einen wehrlosen Festgenommenen zu verprügeln, bis er singt, weil ein scharfer Hund wie der Rottweiler es von dir will?«

»Das sind doch Horrormärchen.«

»Schön wär's. Ich sag nur: Michael war dort, und er hat es durchgestanden. Du bist nicht der Typ dafür.«

Die Galle schoß in Tom hoch wie Öl aus einem geplatzten Rohr. »VATER! BITTE!«

Die Frauen sahen zu Boden. Tobi begann zu weinen. Tom biß die Zähne zusammen.

Der Alte lenkte ein. »Schon gut. Ich sehe, du hast deinen Willen. Ich will tun, was ich kann. Ich werde mit meinem alten Freund Clemens Sonntag sprechen, damit er ein Auge auf dich wirft.«

Tom bemühte sich, leise zu bleiben. »Bitte, misch dich nicht ein. Bitte. Das schadet mir nur. Meine Kollegen glauben ohnehin schon, daß der Laden voller Freunde des alten Swoboda steckt, die mich protegieren. Laß den Kripochef aus dem Spiel. Bitte. Laß mich meinen Weg alleine gehen!«

»Na, schön. Du hast zwar nicht den Mut und die Intelligenz deines Bruders, aber du machst es mit deiner Hartnäckigkeit wieder wett. Ich wünsche dir viel

Glück.« Der Alte hob sein Glas. Tom spielte mit, und sie stießen an.

Sein Bruder: Ein Drückeberger, faul, mit mehr Glück als Verstand. Bergwandern war sein ganzer Spaß gewesen, nicht die Familie, nicht der Polizeijob.

Der Alte würde es nie begreifen.

## 18.

Plötzlich setzte die Musik ein.

Ben stand im Dämmerlicht eines engen Hinterhofs und orientierte sich. Karateklub, Fotostudio, darüber die erleuchteten Fenster des Lofts. Sie standen offen, und die Musik war laut.

*It's hard for me to say what's right if all I wanna do is wrong.*

Der Eingang zum Hinterhaus war unverschlossen. Er eilte die Treppe empor. Auf dem Absatz des zweiten Stocks stolperte er über eine Mülltüte und schlug hin. Fast wäre er mit dem Kopf gegen die Tür geknallt, aus der gerade der Refrain des Stückes drang.

*Twenty three positions in a one-night stand.*

Ruhig bleiben. Nicht nervös werden, nur weil für tausend Eier der Job auf dem Spiel steht. Er sah, daß er nicht allein vor der Tür stand. Zwei Katzenaugen glimmerten ihn an. Das Tier begann, um seine Beine zu streichen, doch er hatte keinen Schlüssel.

*In the pantry on the shelf I guarantee you won't be bored.*

Ein einfaches Sicherheitsschloß, für sein Werkzeug kein großes Hindernis. Als es aufschnappte, zog er die P6 und gab der Tür einen Tritt. Das Licht blendete ihn. In voller Lautstärke brandete der harte Rhythmus entgegen: *GET OFF*.

Sie waren noch bei Position eins gewesen: Fummeln und Knutschen. Fassungslos starrten sie ihn an. Die Katze lief durch den großen Raum zum Freßnapf. Der Junge riß die Hände hoch. Strähniges Haar verdeckte seine Gesichtszüge zum Teil. Das Mädchen flennte. Ein Strohhalm lag auf dem Tisch, ein Spiegel mit Resten des weißen Pulvers. Daneben ein Tütchen, vielleicht zehn Gramm. Ein Blick genügte, um zu sehen, daß beide unbewaffnet waren. Sie trug nur einen Slip, er nur Socken, seine Erregung schrumpelte dahin. Sie waren beide kaum über Zwanzig. Ben schaltete die Musik ab und warf dem Jungen Slip und T-Shirt zu.

»Wo ist das Telefon?«

Das Mädchen weinte lauter und zeigte nach hinten. Ben fesselte die beiden mit seinem Fangeisen aneinander und verständigte die Jungs vom nächsten Revier. Dann gab er der Katze Futter.

Es dauerte keine drei Minuten. Die zwei Uniformierten pfiffen leise durch die Zähne, als sie das Mädchen sahen. Beim Hinunterführen begann sie, Widerstand zu leisten. Sie trat und spuckte. Ben hielt ihren Arm fest umschlossen.

Als sie auf den Hinterhof traten, zerriß das Blitzlicht den Dämmer. Einmal. Zweimal. Dreimal.

»Smile!« rief Vogel und knipste weiter. »Smile!« Ben ließ ihm den Spaß. Vogel war in seinem Element, und das hieß Dreck.

Das Mädchen begann sich erneut zu wehren. Ben warf ihr das Sommerkleidchen zu, das auf dem Telefon gelegen hatte.

## 19.

Das *Notorious* war jetzt voller geworden. Es war die Zeit, da die Biergärten wegen der Nachtruhe schließen mußten. Die meisten waren jünger als Ben, schwarz gekleidet und Raucher.

Ben ging an den Tresen und bestellte sein *Pellegrino*. George spielte noch immer Pop, ein guter Rhythmus. Eine alte Nummer, die Ben ebenfalls erkannte: *Why did you do it?*

Eine Leiche, eine Frau, ein Tausend-Mark-Job. Ben versuchte, Ordnung in seine Gedanken zu bringen – vergeblich. Er kippte das Wasser auf einen Zug. Als er sich dabei ertappte, wie er die Schnapsflaschen hinter dem Barmann musterte, legte er Kleingeld neben das Glas und ging nach draußen.

Es war erst jetzt richtig dunkel geworden. Sein Auto hatte Ben zwei Blocks entfernt geparkt. Er war alles andere als müde und beschloß, einen Gang durch das Viertel zu machen. Die schlechtbeleuchtete Straße war menschenleer. Bleierne Hitze lag über der nächtlichen Stadt und schien sie zu einer Brutstätte des Wahnsinns zu machen. Unruhig strich Ben umher.

Der nahe Rhein ließ die Luft nach Algen und Moder riechen. Ben lauschte den Geräuschen. In den dünnen Alleebäumen zwitscherten ein paar Vögel, die auch keine Ruhe fanden. Aus dem Inneren des Hafengeländes drang das stete Brummen der Getreidemühlen.

Nach und nach erloschen die Lichter in den grauen Häusern, und die Stimmen, die aus den Eckkneipen schallten, wurden weniger. Ben sah ein paar schwankende Gestalten auf ihrem Heimweg und das bläuliche Flackern der Fernsehgeräte in den Wohnzimmern. Aus einer Wohnung im Erdgeschoß drang Musik. *Guns'n'Roses*.

Er kannte das Viertel seit der Zeit, als er hier Streifendienst gemacht hatte. Damals war er Hauptwachtmeister gewesen und hatte auf das Ticket nach Münster gewartet, wie sie eine günstige Eignungsbeurteilung durch den Vorgesetzten nannten. In Münster fand der Auswahllehrgang statt, der an die Verwaltungshochschule führte. Und deren erfolgreicher Abschluß war Voraussetzung für die Beförderung zum Kommissar. Er hatte lange auf das Ticket warten müssen, zu lange. Es war sein eigenes Verschulden gewesen. *Der große Tröster*. Ria wußte davon. Wer noch?

Schwalben jagten in waghalsigem Flug laut sirrend um die Dächer. Viel hatte sich seit den Jahren des Streifendienstes nicht geändert. Es war die gleiche Mischung aus heruntergekommenen Altbauten und billigen Mietshäusern aus den fünfziger Jahren. Nur wenige Gebäude waren saniert worden.

Bens Beine schmerzten an den Stellen, wo die Tritte des Mädchens ihn getroffen hatten. Plötzlich tat sie ihm leid. Sie hatte niemandem etwas getan. Trotzdem hatte er sie Vogel zum Fraß vorgeworfen und Tausenden von sabbernden, sensationsgeilen *Blitz*-Lesern. Er hätte sie nicht so entwürdigen dürfen.

Ben beschloß, zum Auto zurückzukehren.

*Bon Jovi* hatte die *Guns 'n' Roses* abgelöst. Vereinzelt huschten Silhouetten hinter gardinenverhangenen Fenstern. Irgendwo schepperte eine Blechdose. Ben kramte in der Hosentasche nach dem Autoschlüssel.

Plötzlich hörte er Geschrei.

»WO WARST DU DIE GANZE ZEIT?« – »RÜHR MICH NICHT AN!«

Ein Klatschen wie von Ohrfeigen, zweimal, heftig. Das Aufheulen einer Frau in einem der Hauseingänge weiter vorn.

Vor Bens Augen wurde es weiß, dann rot.

Ben rannte. Ein Mann schüttelte die Frau und holte zu einer weiteren Ohrfeige aus. Ben packte ihn und riß ihn herum. Der Mann verlor das Gleichgewicht. Als er Bens Augen sah, wollte er sich losreißen und ins Haus fliehen, doch es war zu spät. Ben schlug ihm die Rechte hart ins Gesicht. Der Mann nahm die Hände hoch, und Ben bearbeitete die Rippen.

»Aufhören!« rief die Frau.

Der Mann ging endgültig zu Boden, und Ben trat zu. Der andere wimmerte und wollte sich durch die offene Tür ziehen. Ben trat noch einmal zu.

»Aufhören!« wiederholte die Frau und berührte seinen Arm.

Ben sah zu, wie der Mann ins Haus kroch, und gab ihr ein Taschentuch. »Kann ich Sie nach Hause bringen?«

»Ich wohne hier. Was haben Sie mit meinem Mann gemacht?«

Ben rieb seine Knöchel. »Wo kann ich Sie hinbringen?«

»Zu meiner Mutter. Sie wohnt am anderen Ende der Stadt.«

»Warten Sie!« Ben betrat das Haus und knipste das Licht an. Der Mann kauerte auf dem Treppenabsatz und heulte auf, als er Ben sah. Ben packte ihn am Kragen und zog ihn zu sich heran. »Du rührst diese Frau nicht mehr an! Verstanden?«

Der Mann nickte heftig.

»Sag es!« forderte Ben.

»Was?«

Ben schlug ihm mit der flachen Hand ins Gesicht.

»Ich rühre sie nicht mehr an«, wimmerte der Mann.

Ben ließ ihn auf die Treppe gleiten.

Beim Einsteigen fiel das Licht der Innenlampe auf ihr Gesicht. Sie war nur wenig älter als Ben, vielleicht Anfang Vierzig, herb, aber hübsch. Beide Wangenknochen waren von Schlägen gerötet, die Lippe blutig. Das rechte Auge hatte einen dunkelvioletten Schatten. Ihr Mann hatte sie also auch schon früher geschlagen.

»Was wollen Sie jetzt machen?« fragte Ben.

»Ich weiß nicht.«

Ben roch, daß sie Alkohol getrunken hatte. »Suchen Sie sich einen anderen!«

Die Frau begann zu weinen.

Ben fuhr nach ihren Angaben, doch in Gedanken war er ganz woanders. Er fuhr wie ein Roboter, seine Gefühle waren gefangen in einer Welt, die fast dreißig Jahre zurücklag. Bald nahm er nicht einmal mehr wahr, ob die Frau neben ihm etwas sprach.

Nach zwanzig Minuten hielten sie vor einem Wohnblock. Vorplatz, Pflanzenkübel und Gebäude schienen aus der gleichen Sorte Beton gemacht zu sein. Die Gegend hatte die Art von Stil, der selbst die Gnade der

Dunkelheit nichts von ihrer Trostlosigkeit nehmen konnte. Die Frau schneuzte sich noch einmal in Bens Taschentuch. In ihrem Blick lag Verzweiflung.

»Danke«, sagte sie, zögerte jedoch auszusteigen.

Ihre Augen glänzten und musterten ihn fragend. Sie legte ihre Hand auf seinen Schenkel, und ihr Atem kam näher. Ben hörte etwas Weiches in ihrer Stimme: »Meine Mutter wird schon schlafen. Vielleicht ist es besser, wenn ich bei Ihnen übernachte.«

Ben gab sich einen Ruck. »Ich glaube nicht.«

»Sie sind groß und kräftig«, schmeichelte die weiche Stimme. »Sie haben mir geholfen. Ich möchte mich bei Ihnen bedanken.« Ihre Hand glitt an Bens Bein hoch. »Bitte.«

Ben langte an ihr vorbei und öffnete die Beifahrertür.

»Ich bin sicher, daß Sie einen anderen finden werden. Schlafen Sie heute nacht bei Ihrer Mutter! Und gehen Sie auf keinen Fall zu Ihrem Mann zurück! Verstanden? Er ist es nicht wert. Er wird sich nicht ändern.«

Sie stand regungslos unter der einzigen Straßenlampe und wurde im Rückspiegel immer kleiner. Sie sah ihm lange hinterher.

Der Tag hatte die Dachwohnung aufgeheizt, die Nacht keine Kühlung gebracht. Ein einzelnes Auto ratterte draußen über das Kopfsteinpflaster. Vom Bett aus sah Ben die Aluminiumfassade eines nahen Hochhauses. Er glaubte zu erkennen, daß sie bereits den ersten Schein der Morgendämmerung reflektierte. Auf seinen Wecker wollte er lieber nicht sehen.

In Bens Kopf rannten Gedanken und alte Erinnerungen wirr durcheinander. Er war müde und konnte trotzdem noch immer keine Ruhe finden. Schließlich warf er den CD-Spieler an und versuchte es mit Jazz.

Es begann mit einem schlichten Schlagzeugrhythmus, dazu ein akustischer Baß, funky, treibend, lokkend. Dann setzte das Piano ein. Frei improvisiert, mal plätschernd, dann heftiger, eindringlich. Es dauerte mehr als zwei Minuten, bis es zum Thema fand. Dann setzten die Bläser ein. Ganz sanft. Saxophon und Trompete in wunderschönem Zweiklang, fast *zu* schön. Wayne Shorter und Wallace Roney, ein melancholischer Refrain, immer wieder.

*Elegy.*

Manchmal kamen ihm die Tränen, wenn er solche Töne hörte, einfach so. Dann stellte er sich einen Sonnenaufgang vor, eine Fahrt in eine andere Welt, ein anderes Leben, ohne Erinnerung.

Doch diesmal funktionierte es nicht. Die Bilder blieben im Hirn kleben.

Er machte Licht und schrieb die Namen auf, die zu seinem neuen Fall gehörten. Von Fabian, dem toten Geschäftsmann, bis Traube, dem Komödianten mit den traurigen Augen. Er versuchte, sich ganz auf seinen Fall zu konzentrieren. Vergeblich. Die Erinnerung fraß weiter in seinem Kopf.

Er konzentrierte sich auf Nora. Ihr blondes Haar war echt, genauso das kleine Muttermal, das eine ebenso niedliche Schwester auf der rechten Brust hatte. Ihre besitzergreifenden Küsse, der Körper, dem man das Alter nicht ansah, ihre vielen Gesichter. Noras wilder Hunger auf ihn, ihre heiße Gier. Es half. Einen kurzen Moment lang.

Dann waren die alten Bilder wieder da, deutlicher als je zuvor.

*Ein großer, stämmiger Mann im Unterhemd. Die Hosenträger baumeln an seiner Seite herab. Er stinkt nach Alkohol, Schweiß und Zigaretten. Immer wieder schlägt er auf eine zierliche Frau ein, bis sie blutverschmiert und reglos am Boden liegt. Seine Schreie. Ihr Weinen und Flehen.*

DIE DÄMONEN.

# Dienstag

## 20.

*Morgenpost*, 27. Juni, Seite 3, »An Rhein und Ruhr«:

GASTRONOM IN SEINER WOHNUNG ERMORDET AUFGEFUNDEN

*Gestern morgen wurde der bekannte Gastronom Heinz Fabian (»Zum Jägerhof«, »Marktbistro«) in seiner Wohnung tot aufgefunden. Laut Polizeiangaben war er bereits am Sonntag abend einer Gewalttat zum Opfer gefallen. Einen Raubmord schließt die Polizei aus. Der 61-jährige Tote war bis vor drei Jahren Präsident des Hotel- und Gaststättenverbandes der Stadt. In den sechziger Jahren hatte er als »Feinkost-Fabian« mit einem Lebensmittelgeschäft begonnen, ein Partyservice kam rasch dazu. Als Playboy füllte er die Klatschspalten, bis er 1973 die Schauspielerin Angelika Franke heiratete. Nach zwei Jahren wurde die Ehe geschieden. In der Folge konzentrierte sich Fabian auf den Ausbau seiner Restaurantkette. Heinz Fabian wird bereits heute beigesetzt.*

*Blitz*, 27. Juni, Titelseite:

»SCHWESTER BEATE« DEM KOKAIN VERFALLEN
SCHÄFERSTÜNDCHEN IM DROGENRAUSCH – JETZT GEFÄNGNIS

*Sie war der Shooting Star auf Deutschlands Bildschirmen. Millionen liebten sie als »Kinderschwester Beate«. Doch alles war nur schöner Schein. Barbara Hahn, 23, und zur Zeit für die TV-Serie »Watzmannhaus« vor der Kamera, ist süchtig. Drogen bestimmten ihr Leben. Bis gestern abend. Eine Poli-*

*zeirazzia setzte ihren Kokainorgien ein Ende. Mit ihrem Freund Enzo T., 22, wurde sie festgenommen, als sie ihr Liebesspiel im Rausch feiern wollten. Das Ende einer Starkarriere: Nackt im eisigen Wind der Sucht. Bei ihrer Festnahme schrie sie: »Laßt mich sterben!« Mehr dazu auf Seite 5.*

*Blitz,* Innenteil, Rubrik »*Watzmannhaus intim*«:

KOKAINSKANDAL IM WATZMANNHAUS

*Von Alex Vogel. Marco Gladisch, Programmdirektor von Pro-Sat, reagierte sofort: »Ich habe Barbara Hahn aus der Besetzungsliste der Serie gestrichen.« Nach »Kinderschwester Beate« wäre es ihre zweite große TV-Rolle geworden. In der aufwendigsten deutschen Fernsehserie über das turbulente Leben in einem Alpenhotel (*BLITZ *berichtet täglich) hätte sie an der Seite von Hotelchefin Nora Fabian die Rolle der ständig neu verliebten Empfangsdame gespielt. »Die ist mir wie auf den Leib geschrieben«, so Barbara Hahn noch vor zwei Tagen gegenüber* BLITZ. *Jetzt muß Marco Gladisch rasch Ersatz finden.*

*Barbara Hahn ahnte nicht, daß sie überwacht wurde. Gemeinsam mit ihrem Freund nahm sie die Droge. Es sollte der Auftakt zu einem besonderen Schäferstündchen werden, doch Kriminaloberkommissar Benedikt Engel machte dem Laster ein Ende. Festnahme, Gefängnis, Geständnis. Der Anwalt des TV-Stars behauptet jetzt: »Es war nur eine geringe Menge. Eigenbedarf. Ich erwarte, daß sie rasch wieder auf freien Fuß gesetzt wird.« Ihre Mutter Gudrun Hahn (Unternehmerin, 55): »Bin tief erschüttert. Hätte das nie von meiner Tochter gedacht.«*

*Blitz,* letzte Seite

SIEBENSCHLÄFER, WAS WIRST DU UNS BRINGEN?

*Wie es morgen wird, so wird der ganze Sommer. Morgen Pech – sieben Wochen Pech. Also: Aufgepaßt! Keinen Unfall bauen, freundlich zum Chef sein, den Ehepartner nicht ärgern! Denn morgen dicke Luft bedeutet wochenlanges schlechtes Klima. Die Wetterfrösche wissen schon jetzt: Der ganze Sommer wird wie der morgige Tag – heiß und schwül. Aber nicht nur beim Wetter gilt das Siebenschläfer-Gesetz!*

## 21.

Es gibt Tage, die man am liebsten ein zweites Mal starten möchte.

Die ganze Nacht hatten ihm die Steaks schwer im Magen gelegen, und lange vor Sonnenaufgang hatte Tobi ihn geweckt.

Danach hatte Tom nicht mehr einschlafen können. Zuviel war ihm durch den Kopf gegangen: Die Pannen – sein Zusammenprall mit den Streifenbeamten in der leeren Halle, dann mit Brauning im Paternoster. Beide Male hatte Tom sich dämlich verhalten, hoffentlich ohne Folgen. Und die Chancen – bei der Ergreifung der Kokainmafia und bei Sinead-Jeannette. Ein beunruhigendes Wirrwarr an Gedanken, das er nicht mehr abstellen konnte.

Als er am Frühstückstisch saß, fühlte er sich, als hätte er Matsch im Schädel.

Und dann kam dieser idiotische Vorschlag seiner Frau: »Hast du dir schon einmal überlegt, auf Kontaktlinsen umzusteigen?«

»Was?«

»Ja, Kontaktlinsen. Statt Brille.«

»Wie kommst du darauf?«

Tobias begann zu quengeln. Gabi hob den Schnuller auf, lutschte ihn ab und gab ihn dem Kleinen. Tom massierte die Schläfen, als könne er die Kopfschmerzen wegdrücken.

»Eine Brille ist etwas für Büroangestellte. Oder für

Künstler. Vielleicht auch für Lehrer. Aber zu einem Polizisten paßt das nicht recht, meine ich.«

»Wieso? Mein Chef trägt auch 'ne Brille.«

»Und wie nennt ihr ihn? Weichei! Genau das meine ich.«

Tom war sprachlos.

Gabi kam in Fahrt. »Hast du schon mal einen erfolgreichen Sportler mit Brille gesehen? Oder einen Soldaten? Wenn du im Film einen Soldaten mit Brille siehst, dann ist es immer der, der als nächstes erschossen wird.«

»Spinnst du jetzt?«

»Ein Kripomann mit Brille ist wie ... – Ich meine, eine Brille muß bei der Kripo doch ein regelrechtes Karrierehemmnis sein. Beim Verwaltungsdienst wäre das vielleicht anders.«

Verwaltungsdienst. *Vater*. Tom lief rot an. »AUF DIESE SCHEISSIDEE BIST DU DOCH NICHT VON SELBST GEKOMMEN! HAT DICH MEIN ALTER BEAUFTRAGT, MIR DIESE SCHEISSKONTAKTLINSEN EINZUREDEN?«

Der Kleine spuckte den Schnuller aus und begann zu plärren.

Gabi fauchte Tom an: »Schrei doch nicht so!«

Es tat ihm leid. »Ich schreie nicht«, flüsterte er.

»Alfred meinte nur, ein etwas härteres Aussehen würde Eindruck auf deine Vorgesetzten machen, wenn du schon unbedingt Karriere bei der Kripo machen willst.«

»Vater lebt im letzten Jahrhundert, Gabi. Bin ich dir zu wenig hart?«

»Natürlich nicht.«

»Willst du, daß ich dich ab und zu auspeitsche, dich beim Sex fessele und dazu Lederklamotten trage und ... – Kontaktlinsen?«

Tobias sah ihn mit großen Augen an.

Gabi und Tom mußten lachen.

## 22.

Ria knallte den *Blitz* auf seinen Tisch. Ihre Augen funkelten. »Bist du jetzt völlig durchgeknallt?«

Ben schluckte. Er sah die Überschrift: blutrote Buchstaben, zwei Finger hoch. Er sah das Foto: fast eine halbe Seite groß. Das Mädchen und der Junge. Sie starrte in die Kamera, die Augen vor Kokain und Entsetzen aufgerissen.

»Wie kannst du zulassen, daß die Frau unbekleidet vor die Presse kommt?«

Neben den beiden stand er, Benedikt Engel, die Festgenommene am Arm festhaltend. Ria schlug auf die Zeitung. »Wie kommst du überhaupt dazu? Das hat doch nichts mit unserem Kommissariat zu tun!«

Ben las, was unter dem Foto stand: *Das Gesicht von der Droge gezeichnet. Verhaftet beim Kokain-Sex. Der tiefe Sturz eines TV-Stars!*

»Ein alter Informant aus meiner Zeit beim K2«, murmelte Ben. »Das mußte schnell gehen. Deshalb bin ich selbst hingegangen.«

»Sowas kannst du mit dem Mädel nicht machen. Das hätte ich nicht von dir gedacht.« Ria Pohl warf ihm Fotokopien auf den Tisch. »Hier ist übrigens das Phantombild!«

Ein Galgengesicht starrte Ben aus eng zusammenstehenden Augen entgegen. Fabians unbekannter Besucher trug einen walroßähnlichen Schnauzer, stramm aus der Stirn gekämmtes Haar, Kettchen und einen Ring im linken Ohr. Die Kunstabteilung hatte gut gearbeitet.

»Und Schmitz, Fabians Nachbar?«

»Nicht da.« Ria rauschte ab.

Ben atmete auf. Müde zog er sein Jackett aus und hängte es über die Stuhllehne. Richtigen Schlaf hatte er erst gefunden, als es schon wieder Zeit zum Aufstehen gewesen war. Ben glättete die Zeitung.

Schwester Beate alias Barbara Hahn.

Die Sache hatte sogar den Mord an Feinkost-Fabian an den unteren Rand gedrängt. Die Leute vom *Blitz* wußten, was ihre Leser am stärksten anmachte. Zumal sie es exklusiv hatten.

Am Kaffeeautomaten traf er Baumann und Schranz. Johlen und Feixen.

»So süße Titten würde ich auch gern einmal festnehmen, Benni!«

»Nimm mich doch beim nächsten Mal mit!«

»Der *Blitz* hat dich wieder mal groß rausgebracht, Großer! Wie machst du das bloß?«

»Hast du ihr auch deinen Schwanenhals reingesteckt, bevor du sie gefesselt hast?«

»Oder danach?« Gelächter. Inzwischen war der Flur voller Kollegen. Jeder hatte die Zeitung gelesen.

»Paßt bloß auf, daß euch keine Kollegin hört!« riet Miller.

»Wieso eigentlich Schwanenhals?« fragte Baumann. »So lang kann dem Ben seiner gar nicht sein. Ihr wißt doch: Umgekehrt proportional zur Körpergröße.« Zur Verdeutlichung spreizte er Daumen und Zeigefinger und streckte erst den einen, dann den anderen nach vorne.

Ben tätschelte Baumanns Kopf. »Das hättest du gern, du laufender Meter!« Das Gelächter nahm noch zu.

Benjamin Miller konnte sich die Frage nicht verkneifen: »Was wird Brauning dazu sagen, daß du eine Festgenommene oben ohne ablichten läßt?«

»Ach was«, feixte Baumann weiter, »der Rottweiler steht doch auch auf junge Titten!«

»Und Kripochef Sonntag?«

»Komm, Benni, laß dir nicht den Spaß verderben!« rief Schranz.

Eine Tür ging auf, und Ria trat mit fragendem Blick auf den Gang. Verlegene Stille.

Ben begann, jedem eine Fotokopie in die Hand zu drücken. »Das ist unser unbekannter Zeuge. Er ist einer der letzten, der Fabian lebend gesehen hat. Vielleicht ist er der Täter. Kräftiger Typ, mittelgroß, lange, graue Haare. Her mit ihm!«

## 23.

Das Siegel an Heinz Fabians Tür war unverletzt. Ben grübelte. Hier hatte der Täter gestanden und geklingelt. Fabian hatte geöffnet und ihn ins Wohnzimmer geführt, wo er von ihm überrascht wurde. Der Täter hatte weder etwas gestohlen noch Spuren hinterlassen.

Wer wollte an Fabian Rache üben? Wem war Fabian im Weg? Ben fiel auf, wie wenig er über das Privatleben des Feinkostkönigs wußte.

Er wandte sich der Nachbartür zu und klingelte. Josef Schmitz öffnete so rasch, als habe er darauf gewartet.

»Kommen Sie rein«, sagte er, als Ben sich ausgewiesen hatte.

Schmitz führte Ben in die Küche. »Wollen Sie auch etwas zu trinken?« Auf dem Tisch stand eine geöffnete Bierflasche. Ben schüttelte den Kopf. Es war neun Uhr, Schmitz trug eine Art Hausmantel. Ben erfuhr, daß der Alte den Montag im Krankenhaus verbracht hatte. »Die Nieren«, erklärte Schmitz. »Bier hilft.«

»Haben Sie am Sonntag abend etwas Verdächtiges im Haus gesehen oder gehört?«

Schmitz' Kinnlade klappte auf. Der Geruch nach abgestandenem Bier strömte heraus.

»Hat Ihr Nachbar, Heinz Fabian, am Abend Besuch gehabt? Haben Sie vielleicht Streit gehört?«

Schmitz hatte noch nichts von Fabians Tod vernommen. Er war entsetzt, vor allem darüber, es als letzter im Haus zu erfahren. Ausgerechnet er. Schmitz erregte sich so sehr über die mangelnde Kommunikation unter den Hausbewohnern, daß Ben seine Fragen wiederholen mußte.

»Warten Sie mal«, sagte Schmitz, kräuselte die Stirn und nickte bedächtig, als ginge es um weit zurückliegende Ereignisse. »Da war der neue Freund von dieser Studentin im dritten Stock. Ein unangenehmer Typ. Meinen Sie, dem würde mal die Tageszeit einfallen, wenn man ihm begegnet? Keine Manieren. Den hab ich die Treppe hochgehen sehen. – Dann war da so ein junger Mann mit Pferdeschwanz. Der ging zu Fabian!«

»Jung?«

»Vielleicht vierzig Jahre.«

Ben nickte. Schmitz ging auf die siebzig zu.

»Ist das der Mann?« Ben zeigte ihm das Phantombild.

»Genau. Das ist er.«

»Haben Sie ihn schon öfter bei Fabian gesehen?«

Die Stirn kräuselte sich wieder. »Kann sein. Ab und zu. Selten.«

»Und ist Ihnen etwas aufgefallen? Streit? Geräusche wie von einem Kampf?«

»Nein. Kurz darauf ist er wieder gegangen.« Schmitz schien tatsächlich den Tag am Spion seiner Wohnungstür zu verbringen.

»Was für ein Mensch war Fabian eigentlich?«

»Geschäftsmann. Höflich, korrekt, aber auch eingebildet. Hat nicht mit jedem geredet. Wie oft hab ich ihn auf einen Umtrunk hereingebeten, aber er wollte nicht. Wochentags war er fast nie zu Hause. Tja, da ist man Nachbar und weiß nichts voneinander. Das sind die modernen Zeiten, sag ich immer. Nicht doch ein Bier? Ist gut für die Nieren!«

Ben winkte ab und wandte sich zum Gehen. Schmitz schlurfte hinterher. Ben spürte den Bieratem in seinem Rücken.

»Und dann«, sagte Schmitz, als Ben schon die Klinke in der Hand hielt, »war da noch eine Person mit langen, blonden Haaren und Regenmantel. Am Sonntagabend. Komisch, wo es doch gar nicht geregnet hat.«

Lange blonde Haare. »Wie lang?« fragte Ben.

Schmitz zeigte etwa die Haarlänge, wie sie Tausende

von Frauen in der Stadt trugen. Noras Haarlänge. »Hab ich leider nur von hinten gesehen«, fuhr er fort. »Heutzutage weiß man gar nicht mehr, ob Männlein oder Weiblein! Jetzt, wo die Hippiemode wieder in ist!«

»Welche Person war am Sonntagabend zuletzt bei Fabian? Die Blonde oder der mit dem Pferdeschwanz?«

Schmitz raufte sich das dünne Haar und nickte in Zeitlupe. Je angestrengter er versuchte, den Abend zu rekonstruieren, desto mehr brachte er durcheinander. Schließlich war die Frau im Regenmantel grauhaarig, der Mann auf der Fotokopie blond und der Freund der Studentin der wahrscheinliche Mörder. Offensichtlich verbrachte Schmitz die Stunden am Türspion nicht allein. Sein Nierenmittel war immer bei ihm.

## 24.

»Natürlich haben wir ihn reingehen sehen, aber wir haben ihn nicht mit dem Spaghetti in Verbindung gebracht«, sagte Bernhard. »Leider hatte Schwester Beate schon ihr Kleidchen angezogen, als er sie auf die Straße brachte.«

Einige lachten. Doch Tom sah seine Felle davonschwimmen. Dieser Engel hatte die Soko um Wochen zurückgeworfen. Durften die Leute vom K1 denn machen, was sie wollten?

Fröhlich betrat den Besprechungsraum. Er machte ein Gesicht, als hätte er einen Frosch verschluckt, der nun in seinem Bauch hüpfte und quakte. Der Dicke nahm seine Brille ab und begann, sie zu putzen. Ohne Brille sah sein Gesicht fremd aus. »Das Depot ist so gut wie leer. Das heißt, daß eine Lieferung bevorsteht.«

Genau das hast du gestern schon gesagt, dachte Tom.

»Wer kommt jetzt für den Deal in Frage?« fragte Fröhlich.

Es fielen ein paar Namen. Vermutungen, Spekulationen.

»Bislang hat Enzo noch nicht gesungen«, sagte der K2-Chef. »Wir haben ihn seit der Nacht in der Mangel, doch er ist zäher, als ich dachte. Vorläufig gibt es nur eins: Wir überwachen *alles*. Das Depot und jeden der möglichen Händler. Es gibt nur ein Problem: auf die Schnelle kriege ich kein MEK.«

Ein Raunen ging durch den Raum. »Auch das noch«, hörte Tom Bönte sagen. Die Kollegen des Mobilen Einsatzkommandos waren eigentlich für Aktionen dieser Größenordnung zuständig.

Fröhlich hob die Hände. »Vielleicht ab morgen früh. Aber bis dahin müssen wir selbst ran. Ihr wißt, was das bedeutet. Anders geht das leider nicht.«

»Überstunden?« fragte Tom leise. Bönte nickte.

»Denkt dran, Leute: um so größer wird der Erfolg. Stellt euch vor, wir schnappen sie bei der Übergabe mit zehn, zwanzig Kilo Stoff. Und das, ohne daß wir wie die bayerischen Kollegen einen Scheinkauf fingieren müssen. Ihr habt es gelesen: Den Idioten gingen dabei eine Million Mark verloren!«

Auch diese Ansprache hatte der Dicke so ähnlich schon gestern gehalten. Vor der großen Panne. Fröhlich nickte zum Zeichen, daß die Morgenbesprechung zu Ende war.

»Was geschieht mit KOK Engel?« wollte Tom wissen.

Erst an der Tür blieb Fröhlich stehen. »Ich, äh«, er räusperte sich, »ich habe mit, äh, Brauning gesprochen. Ich bin sicher, Hauptkommissar Brauning wird die richtigen Konsequenzen aus dieser voreiligen Aktion ziehen.« Dann war er verschwunden.

Weichei, dachte Tom.

## 25.

Bis auf einen Spalt waren die Vorhänge geschlossen. Nur ein schmaler Lichtstreifen fiel quer durch den Raum bis zum Schreibtisch und ließ weißes Papier grell leuchten. Brauning hielt sich dahinter im Schatten.

Er kam ohne Einleitung zur Sache. »Was zahlt die Blutpresse für so einen Schnappschuß?«

»Glauben Sie, ich bin käuflich?«

»Schon gut, Engel. Raten Sie mal, *wessen* Anruf meinen Arsch heute morgen aus dem Bett geschmissen hat?«

»Der Präsident?«

»Der schlägt um halb sieben noch kein Auge auf, geschweige denn die Zeitung. Nein, der Kripoleiter, Sonntag.«

Inga, Braunings Sekretärin, kam mit dem Kaffee. Sie schenkte Ben ein Zwinkern.

»Und jetzt schieb deinen süßen Hintern durch die Tür, und mach von außen zu, Inga-Schatz«, sagte Brauning.

Inga ließ sich Zeit. Ihr enger Minirock erlaubte keine großen Schritte.

Der Rottweiler fuhr fort. »Sie wissen, daß ich Sie für einen der Besten halte, Engel. Sie gehören zu einer Spezies, die leider ausstirbt: Sie sind Bulle aus Leidenschaft. Sie können gar nicht anders. Sie wissen, warum, und ich weiß es. Die nächste Stelle als Hauptkommissar sollte Ihre sein, obwohl Sie erst gut vier Jahre im gehobenen Dienst sind.«

Plötzlich änderte Brauning die Tonart. Er wurde laut. »Doch dann bauen ausgerechnet Sie Scheiße! Jesus, Maria, sehen Sie zu, daß Sie Ihren verdammten Arsch da wieder herausbekommen!« Er schlug mit beiden Händen flach auf den Tisch, daß die Tassen schepperten. »Seit einem halben Jahr arbeite ich hier wirklich hart, um das K1 aus der Scheiße zu ziehen, in die mein Vorgänger den Karren gefahren hat. Ein Stück Bollmann-Scheiße klebt an jedem von uns. Ich habe das Kommissariat mit dem übelsten Ruf übernommen und will das mit dem besten daraus machen. Das geht nur, solange hier keiner Unsinn baut!«

Ben nickte.

»Ich habe hier Ihren Bericht.« Der Chef nahm ein Papier in die Hand. Ben hatte noch am Vorabend auf dem Revier eine Kurzfassung in die nächstbeste *Olympia* getippt.

»Die wichtigsten Fragen haben Sie nicht beantwortet. Und zwar die Fragen, die uns Sonntag und der Präsident in einer Stunde stellen werden. Sonntag sieht zwar aus wie ein alter Trottel, aber er ist die intriganteste Wildsau, die ich kenne. Diese ganze Saubermannscheiße ist nur Fassade! Sonntag könnte schon längst in Ruhestand sein und den Bauch auf Mallorca in die Sonne legen, aber er will unbedingt noch Fanselows Nachfolger werden. Er steht über mir, glaubt aber, ich sei sein Konkurrent. Sooft er nur kann, will er mir an den Arsch. Spielen Sie Schach?«

»Ein wenig.« Ben hätte sich nie träumen lassen, daß der Rottweiler das Spiel auch nur kannte.

»Ich habe genau zwei Möglichkeiten: Bauernopfer oder Angriff. Entweder ich liefere den Obermuftis Ihren Arsch, oder ich lasse Sonntag auflaufen, damit er gegenüber dem Präsidenten dumm dasteht.« Brauning lehnte sich zurück. Ben glaubte, ein Knurren zu hören. Bislang hatte er nicht zu denen gehört, die sich durch Braunings Art einschüchtern ließen.

»Ich bin natürlich für Letzteres«, fuhr der K1-Chef fort. »Aber wir müssen uns gut präparieren. Sie haben schon viel Mist gebaut in Ihrer früheren Laufbahn. Ich weiß Bescheid. Mir macht das nichts aus. Aber wir brauchen jetzt ein paar verdammt gute Antworten auf ein paar verdammt naheliegende Fragen, um da gut rauszukommen. Verstanden?«

Ben verstand. Eine eisige Hand strich über sein Rückgrat.

Brauning deutete mit seinem Kugelschreiber auf Ben, als sei er ein Dartpfeil, den er auf ihn werfen wollte. »Frage eins: Was zum Teufel tun Sie nach Feierabend in einer Drogensache, die Ihr Kommissariat einen Scheißdreck angeht? Ihre Antwort: Benedikt Engel hat noch jede Menge alter Informanten aus seiner Zeit beim K2. Und Sie mußten selbst ran, denn Sie wollten die süße Kokserin und ihren Freund auf frischer Tat ertappen. Gut. In diesem Punkt klingt Ihr Bericht glaubwürdig. Und der Leiter des K2 ist mir einen Gefallen schuldig. Deshalb sitzt er in diesem Moment über einer schriftlichen Mitteilung an den Präsidenten, daß Ihr Coup von gestern abend ein voller Erfolg im Sinne seines Kommissariats war. Dabei kocht natürlich seine Galle, denn in Wirklichkeit haßt er Sie dafür. Sie haben nämlich beim K2 immensen Schaden angerichtet, Benedikt! Soll aber nicht unsere Kacke sein.«

Ben wurde allmählich schwindelig.

»Doch hier endet die Weisheit Ihres Berichts, nicht wahr? Dabei werden die Fragen jetzt erst richtig kniff-lig!« Brauning trank von seinem Kaffee. »Aaah, ein Kaffee ist das! Frage zwei: Was zum Teufel macht die Blutpresse am Tatort? Na? Ganz einfach: Nicht Sie, sondern Ihr Informant hat die Kameras hinbestellt und die Hand aufgehalten. Quasi ein Doppelagent. Seinen Namen können wir natürlich trotzdem nicht preisgeben. Sorgen Sie dafür, daß die *Blitz*-Leute unsere Version stützen, sonst braten Ihre Eier in Teufels Küche!«

Brauning kramte nach irgendeinem Papier. »Und jetzt kommt die Preisfrage: Warum zum Teufel hängt das Flittchen seine Titten ins Blitzlicht?« Er hatte das Blatt gefunden und reichte es an Ben weiter. »Wissen Sie, was das hier ist? Eine Anzeige wegen Nötigung. So schnell können Anwälte sein! Die Koksnutte hat nach ihren Klamotten verlangt, behauptet dieser Arsch. War es so?«

Ben fror.

»Gucken Sie nicht so belämmert, mein Sohn! Das biegen wir wieder hin. Jeder gute Polizist bekommt einmal im Jahr eine solche Retourkutsche, das wissen Sie doch. Viel Feind, viel Ehr! Und so ein Fernsehsternchen ist eben nicht irgendwer. Anwälte schlagen aus solchen Sachen gern ihren Profit. Aber der wird schnell den

Schwanz einklemmen, wenn wir ein bißchen Druck ausüben. Notfalls hängen Sie ihm auch so eine Drogensache an wie seiner süßen Mandantin, nicht wahr? So oder so, in spätestens einer Woche muß die Anzeige zurückgezogen sein! Aber zurück zu unserer Preisfrage. Also: Wie kommen die Titten in die Scheißzeitung?«

Brauning strich seinen Schnauzer glatt. Die Rottweileraugen hielten Ben fixiert. »Ganz einfach: Fluchtgefahr, kapiert? Dieses Koksflittchen hat sich so heftig gewehrt, daß Sie Ihr die Handschellen nicht abnehmen konnten, bevor Sie die Festgenommene im sicheren Gewahrsam auf dem nächsten Revier hatten. Und mit gefesselten Händen kann man sich leider nicht anziehen. Ich sorge dafür, daß die Kollegen vom Schutzbereich dasselbe sagen. Alles klar? Können Sie das alles auswendig hersagen, wenn wir um halb elf bei den Obermuftis antanzen, oder müssen wir noch üben? Hat es Ihnen die Sprache verschlagen?«

In diesem Spiel konnte Ben nur den Kürzeren ziehen. Dennoch hatte er das Gefühl, Brauning zu Dank verpflichtet zu sein. Noch hielt dieser ihm den Rücken frei.

»Alles klar.«

»Dann gehen Sie hin und fangen den Mörder des alten Fabian. Tun Sie mir auch einmal einen Gefallen. Und um halb elf sehen wir uns in der Präsidentensuite. Und beten Sie zur Heiligen Mutter Gottes, daß Sonntag und Fanselow Ihre Geschichte schlucken!«

## 26.

Dreißig Minuten später saß Tom wieder auf Beobachtungsposten, zweihundert Meter vom Eingang zum Depot entfernt. Allein. Seine Phantasie arbeitete. Was wäre, wenn der große Deal zufällig schon heute stattfände, während er auf Lauer lag? Überlange Limousinen mit schwarzgetönten Scheiben, Bodyguards in Anzügen, mit Maschinenpistolen und Sonnenbrillen, so stellte er sich das vor. Die Drogenbosse würden sich nach drinnen zur Übergabe zurückziehen.

Er starrte auf das große, offene Tor und hatte Tagträume: Thomas Swoboda, der einen Leibwächter nach dem anderen ausschaltete, in die Halle drang und ganz allein die Mafiosi zum Aufgeben zwang. Wie Arnold Schwarzenegger in *Terminator II*: *Hasta la vista, Baby*!

Tom nahm die P6 aus dem Holster und legte sie auf den Beifahrersitz.

Es war fürchterlich heiß. Wenn Tom das Fenster öffnete, drangen Wolken aus Staub und Dieselruß von den vorbeifahrenden Lastwagen ins Innere. Also ließ er es geschlossen. Wenn *er* etwas zu sagen hätte, gäbe es fürs Observieren Dienstwagen mit Klimaanlage. Nach einer Weile zog er sein feuchtes Hemd aus. Eine Kolonne von Lastern donnerte vorbei. Wie eine weiße Wand stand der Staub über der Fahrbahn. Für eine kleine Ewigkeit hatte Tom keine Sicht auf die Halle. Schweißtropfen sammelten sich auf seiner Brust zu einem Rinnsal. Sonst tat sich nichts.

Tom griff nach dem *Blitz* und besah sich noch einmal das Titelfoto. Engels Aktion ließ ihm keine Ruhe. Engel war älter als er, groß und bartlos. Der K1-Mann trug einen knittrigen Anzug und wirkte smart. Zugleich war sein Blick streng, fast verbissen. Als hätte sich Engel für den Pressefotografen die Maske des pflichtbewußten Beamten aufgesetzt.

Tom ging ein Licht auf: Es war alles arrangiert! Die Festnahme eines barbusigen Fernsehsternchens für die Kamera der Boulevardzeitung. Zum Vergnügen der voyeuristischen Leserschaft und zur Mehrung des Verlegerprofits. Was mochte Engel dafür kassiert haben? Tausend Mark? Zweitausend?

Plötzlich wurde die Tür auf Toms Seite aufgerissen. Sein Herz machte einen Sprung, er griff nach der Pistole.

Das feiste Grinsen Böntes stand vor Toms Augen. »Mensch, hast du mich erschreckt!«

»Tu mal die Knarre weg! Von Schwester Beate geträumt, was? Und dabei ist dir heiß geworden, wie man sieht. Fehlt nur noch, daß deine Hose offen ist und du dein Ding in der Hand hältst. Für Erregung öffentlichen Ärgernisses gibt es Suspendierung vom Dienst!«

»Was machst du denn hier?«

»Den Jugo hast du gar nicht gesehen, was?«

»Welchen Jugo?«

»Du bist mir ein toller Observierer, Thomas. Schau mal durch dein Glas auf die Halle!«

Das Tor stand offen wie zuvor.

»Weiter links!«

Ein wuchtiger, chromblitzender Sportwagen, der gerade noch nicht dort gestanden hatte. Corvette. Baujahr Anfang der Siebziger, schätzte Tom.

»Der Jugo ist drinnen, holt den Rest. Ivanisevic. Ein Kumpel von Enzo. Hast du eine Kamera dabei?«

Tom griff nach hinten. Über soviel Technik verfügte die Behörde immerhin.

»Das ist er!«

Ein Mann trat aus der Halle und sah sich um. Er hatte die Statur eines Preisboxers und trug langes Haar, grau und zu einem Pferdeschwanz zusammengebunden. Alter etwa vierzig Jahre, schätzte Tom. In der Hand trug der Mann eine schwarze Plastiktüte. Er warf sie auf den Beifahrersitz, als er einstieg.

Die Corvette hinterließ eine Staubwolke, und Tom schaltete die Videokamera ab. Er sah sich um, doch Bönte hatte bereits die Verfolgung aufgenommen, so unauffällig, wie er gekommen war.

Tom lief zur Halle.

Die Holzwolle lag auf dem Boden verstreut, die Sektkartons waren leer. Das Depot war endgültig geräumt.

Während Tom zurücklief, fiel ihm ein, daß er halb nackt war. Er vergewisserte sich, daß niemand zusah, als er sein Hemd überstreifte.

Wie einer der Ganoven, kam es Tom in den Sinn.

## 27.

Büroarbeit. Telefonate und Akten. Personalblätter, Anzeigen, Protokolle. Die Zeit bis zum Treffen mit den Obermuftis totschlagen.

Die Suche nach der Tatwaffe im weiten Umkreis um den Tatort war inzwischen abgebrochen worden, auch das Klinkenputzen in den Nachbarhäusern an der Markgrafenstraße hatte nichts gebracht.

Dutzende von Wichtigtuern und Spinnern riefen seit dem frühen Morgen an, ein brauchbarer Hinweis war noch nicht dabeigewesen. Als Jüngster des K1 mußte Miller den Telefononkel machen und sich die absurdesten Theorien anhören: Haßtiraden fanatischer Vegetarier gegen Fleischkonsum, Vorurteile gegen Kellner, die angeblich alle schwul und damit gefährlich seien, Verschwörungsgeschichten über die italienische Rotweinmafia.

Ben untersuchte alle Fälle, in denen Messer die Tatwaffe waren. Er wühlte sich durch Papier gewordene Kneipenschlägereien, Ehekräche, Raubüberfälle. Ein großer Aktenstapel wanderte von der linken Hälfte seines Schreibtisches auf die rechte. Nach einer halben Stunde hatte er ein kleines Häufchen möglicher Kandidaten abgezweigt: Täter unbekannt oder inzwischen wieder freigelassen. Der nächste Schritt: Parallelen zwischen den Kandidaten und dem Fall Fabian finden, die Vorbestraften einsammeln und verhören. Beim Sortieren hatte keine der Akten hallo gerufen. Er würde Schranz oder Miller mit der Wühlarbeit beauftragen.

Er sah auf die Uhr – noch eine gute Stunde bis zum großen Anschiß.

Das Telefon klingelte.

»Na sowas! Gerade habe ich an dich gedacht, Schranz.«

»Ich bin in einer Zelle und habe keine weiteren Groschen. Hör zu! Ich glaube, ich habe den Grauhaarigen gefunden!«

Ben war völlig elektrisiert. Er wühlte auf dem Tisch nach einem Stift. Er versuchte, den Hörer zwischen Ohr und Schulter zu klemmen. Fieberhaft notierte er die Adresse. Wenn er sich beeilte, konnte er es noch vor dem Termin beim Präsidenten schaffen.

Ein entscheidender Punktgewinn.

## 28.

Tom verließ die Telefonzelle und brachte den Vectra auf Touren. Fünfzehn Minuten später parkte er unmittelbar hinter Böntes Dienstwagen. Während er überlegte, wie er den Kollegen überraschen könnte, bemerkte ihn dieser. Tom stieg in Böntes Auto.

»So sieht man sich wieder. Fröhlich meinte, ich sollte dir helfen.«

»Prima, dann kannst du gleich mal was zum Essen holen. Ich hab noch nicht gefrühstückt.«

»Ich hab aber noch keinen Hunger.«

»Stimmt, du hast ja bislang auch nur gepennt!«

»Schon gut, ich hab verstanden.« Tom zog eine gequälte Miene.

»Aber geh nicht in den Schuppen dort drüben«, Bönte machte eine Kopfbewegung zur anderen Straßenseite hin. *Feinkost-Fabian* stand auf dem Ladenschild. »Der Werber-Banker-Ministerialbeamten-Fraß schmeckt mir nicht. Weiter hinten gibt's eine Dönerbude.«

Tom kam mit zwei fettigen Tüten zurück.

»Also hast du doch Hunger«, stellte Bönte fest.

»Nee, aber wer weiß, wann es wieder etwas gibt«, antwortete Tom und stopfte sich den Mund voll. Salat und Fleischkrümel fielen auf seine Jeans.

»Der Jugo ist drüben bei Feinkost-Fabian. Er arbeitet dort.«

Tom hatte alles über Fabians Tod in der *Morgenpost* und im *Blitz* gelesen. »Meinst du, der hat was mit dem Mord zu tun?«

»Meine Güte! Nicht schon wieder!« rief Bönte statt einer Antwort.

Ein Kadett hatte vor dem Feinkostladen in zweiter Reihe geparkt. Zwei Männer stiegen aus und rannten zur Ladentür.

Wie ein Messerstich fuhr es durch Toms Brust, als er den Großen in seinem Knitteranzug erkannte.

Benedikt Engel.

## 29.

Das Phantombild hatte den Typ recht gut getroffen. Der stämmige Mann mit Walroßbart und Pferdeschwanz stellte sich als Drago Ivanisevic vor und führte sie ins Büro, das hinter dem Feinkostladen lag. Ivanisevic war der Geschäftsführer des Ladens und des Fabian-Partyservice. Wie goldig er war, signalisierten Ohrring, Kettchen sowie eine ebenfalls goldene Uhr am Handgelenk.

Ben begann mit den Fragen: »Ivanisevic – ist das ein serbischer oder ein kroatischer Name?«

»Gestern war ich Jugoslawe, heute Serbe. Morgen vielleicht Bosnier, wer weiß das schon?«

»Okay, Serbe, warum haben Sie uns verschwiegen, daß Sie am Sonntag abend bei Fabian waren?«

»Sie haben mich noch nicht befragt, also habe ich Ihnen auch nichts verschwiegen.«

»Sie geben es also zu?«

»Ja, natürlich.«

Das Telefon klingelte. Ivanisevic hob ab und gab irgendwelchen Angestellten Anweisungen. Ben verstand nur Schampus und Lachs. Es dauerte ein paar Minuten. Ben wurde ungeduldig.

Als er aufgelegt hatte, fuhr der Serbe fort: »Ich war bei Fabian, aber da war nichts, was Ihnen weiterhelfen könnte. Ehrlich. Der Chef hatte eine Flasche Wein angefordert. Das machte er öfters, vor allem sonntags. Ich brachte sie ihm selbst vorbei, weil noch etwas zu besprechen war. Geschäft, sonst nichts.«

»Und dann?«

»Dann bin ich wieder gegangen. Ich konnte doch nicht wissen, daß er in Gefahr war. Er erwartete auch keinen Besuch, soviel ich weiß. Wir redeten nur übers Geschäft. Alles ganz normal. Ehrlich.«

»Und als Sie gingen, lebte er noch?«

Das Telefon klingelte schon wieder. Ben war schneller. Er hob ab und knallte den Hörer wieder auf die Gabel. »Antworten Sie!«

»Was denken Sie? Natürlich lebte er noch! Ich hab den Chef nicht kaltgemacht!«

Ben erfuhr, daß Ivanisevic sogar ein Alibi hatte. Er hatte Fabian bereits um sieben Uhr besucht. Um acht, dem laut Obduktion frühestmöglichen Todeszeitpunkt, hatte er in der Innenstadt eine Party beliefert. Kalte Meeresfrüchte, frisches Baguette, Champagner – und rund sechzig fröhliche Zeugen. Hieb- und stichfest.

Wieder nichts. *Nothing, no way.*

Ivanisevic ließ sich während des ganzen Gesprächs nicht aus seiner Ruhe bringen. Als sich Schranz und Ben verabschiedeten, fragte er sogar, ob die Polizei nicht daran dächte, ihr Sommerfest von seinem Partyservice ausrichten zu lassen. »Wir organisieren alles, von der Musik bis zur Dekoration, und auch nach dem Tod des Chefs muß das Geschäft weitergehen. Wie wär's? *Feinkost-Fabian* macht für die Polizei einen Sonderpreis!«

Ben winkte ab. Für ein Fest hatte die Behörde noch nie Geld gehabt, geschweige denn für Meeresfrüchte und Champagner. Das Telefon klingelte erneut. Das Geschäft schien zu florieren.

Schlecht gelaunt startete Ben das Auto. »Die Fresse gefällt mir nicht.«

»Ein richtiger Sonnenschein«, stimmte Schranz zu. »Aber ein gutes Alibi.«

»Scheißalibis!« Ben sah auf die Uhr.

Er würde sich verspäten. Und seine Lage hatte er auch nicht verbessern können.

## 30.

Kurz nach eins verließ Ben die Festung wieder. Er hatte keine Lust auf Kantinenessen. Er wollte raus.

Auf der Fahrt zum *Marktbistro* rekapitulierte er das Treffen mit den Obermuftis. Er war erleichtert und noch immer verwirrt. Es war ganz anders verlaufen, als er gedacht hatte. Brauning hatte getan, als sei Kripochef Sonntag sein liebster Freund, und dieser zeigte sich völlig mit Bens Erklärungen zufrieden. Präsident Fanselow hatte zu allem nur genickt, als säße er in Gedanken bereits im Landtag. Und während der ganzen Zeit hatte Fröhlich im Vorzimmer gewartet.

Dann bat Fanselow den K2-Chef in die Präsidentensuite.

Ben hatte ein schlechtes Gewissen wegen der Verhaftung Enzos, doch auch Fröhlich ließ sich seine Verstimmung kaum anmerken.

»Herr Engel leitet die Mordkommission Fabian«, begann Sonntag. »Da gibt es Überschneidungen zu Ihrem aktuellen Fall, Herr Fröhlich. Vielleicht klären wir die Sache rasch. Ich möchte, daß die *Sonderkommission Koks* Priorität besitzt, wenn es um die verdächtige Person Ivanisevic geht.«

Ben war verblüfft. »Sie ermitteln gegen Ivanisevic?«

In blumigen Worten erklärte Fröhlich den Ermittlungsstand seiner *Soko Koks*, doch Ben dachte an Fabian. Vielleicht eine neue Spur: Wenn einer seiner leitenden Angestellten mit Kokain zu tun hatte, warum nicht der Feinkostkönig selbst?

Der K2-Chef war fertig, und Ben begriff. Er sollte vorläufig die Finger von Ivanisevic lassen. Ben stimmte zu, doch er sah eine geringe Chance.

»Ich habe ebenfalls eine Bitte«, sagte er. »Ich weiß, Sie

brauchen im Moment jeden Ihrer Leute. Dennoch wäre mir im Fall Fabian geholfen, wenn Sie mir einen Ihrer Ermittler zur Verfügung stellen könnten. Sollte der Mord mit der Kokaingeschichte zu tun haben, könnte das einer Ihrer Männer für mich checken.«

»Klingt vernünftig«, mischte sich ausgerechnet Sonntag ein. »Einen können Sie doch entbehren, nicht wahr, Herr Fröhlich?«

Der Dicke zögerte, doch die Sache war gelaufen. Ben wußte, daß er nicht den besten K2-Mann bekommen würde. Dennoch war die Sitzung für Ben ein unerwarteter Erfolg geworden.

Fast zu gut, um wahr zu sein, dachte er.

Auf dem Rückweg zu ihren Büros hatte ihm der Rottweiler die Pranke auf die Schulter geschlagen. »Das nenne ich Chuzpe, mein Junge! Mit dem Arsch an der Wand, aber dem K2 noch einen Mann abluchsen. Ich traue Sonntag keinen Millimeter weit, aber du hast ihn um den Finger gewickelt. Gratuliere!«

Zum ersten Mal duzte ihn Brauning. Ben fühlte sich geschmeichelt.

Brauning packte Bens Schulter. »Noch etwas.« Er sah sich um und sprach leise weiter. »Ich brauche einen Partner für heute nacht. Wir treffen uns um Mitternacht hier unten im Hof. Kein Wort zu niemandem, verstanden?«

Ben zögerte.

»Ein guter, fetter Nebenjob.« Ein Rottweilerblick aus kalten Augen. »Ich glaube dafür, daß ich dir den Rükken freigehalten habe, bist du mir einen Gefallen schuldig. Du bist doch kein Hosenscheißer, oder?«

»Der letzte Nebenjob hat mir nur Ärger eingebracht.«

Ben wollte weitergehen, doch Brauning stemmte den Arm gegen die Wand und stoppte ihn. Der Klang der Stimme ließ Ben zurückweichen.

»Paß auf, mein Junge. Mit Ach und Krach hast du es in den gehobenen Dienst geschafft. Nur durch mich hast du es zu dem gebracht, was du heute bist. Und ohne meine Hilfe fliegt dein Arsch schon morgen in hohem Bogen aus der Festung. Du willst doch nicht, daß ich umkehre und den Obermuftis erzähle, was wirklich los war gestern abend.«

Ben starrte Brauning an. Die Rottweileraugen funkelten zurück. Noch einmal sah sich Bens Chef um. »Ich brauche einen Partner in einer wirklich wichtigen Sache. Es kann gefährlich werden, das will ich dir nicht verschweigen. Und genau deshalb kommst nur du für mich in Frage. Ein dreckiger Job, ja. Aber es geht gegen das verdammte Verbrechen. Und es geht um viel Geld. Und ich rede nicht von ein paar einzelnen Scheinen.«

Ben zögerte. »Bleibt mir etwas anderes übrig?«

»Ich sehe, wir verstehen uns«, lachte Brauning und schlug Ben auf die Schulter. Es war ein freudloses Lachen, das nichts Gutes verhieß.

Dann waren sie weitergetrottet, und der K1-Leiter hatte geplaudert, als sei nichts gewesen.

Während der ganzen Fahrt ging Ben das Lachen Braunings nicht aus dem Sinn. Ganz in Gedanken steuerte er den Golf durch das Netz von Einbahnstraßen, in dessen Zentrum der Karlsplatz mit seinen Marktständen lag.

Wie durch ein Wunder war direkt vor dem *Marktbistro* ein Parkplatz frei.

Auch diese Gaststätte gehörte zum Reich von Feinkost-Fabian. Frisch zubereitete Speisen, geschmackvolle Einrichtung, keine Gefahr, einem Kollegen zu begegnen, den man nicht leiden konnte – ganz im Gegensatz zur Polizeikantine.

Ben kannte die Namen des Personals aus den Protokollen von Baumann und Schranz. Nach Kokain roch es hier nicht.

Er bestellte Wasser und einen Salat. *Warme Entenbrust an Marktsalaten.*

Plötzlich sprach ihn eine bekannte Stimme vom Tresen her an: »Herr Kommissar, wissen Sie, daß Sie mein Glücksprinz sind?«

Es war Iris. Ben war erstaunt, Nora Fabians Haushälterin hier zu treffen. Sie kam an seinen Tisch und drückte ihm einen Kuß auf den Mund, bevor er etwas sagen konnte. Ben sah sich um, aber keiner im Lokal schien Notiz von ihnen zu nehmen.

Wie ein Wasserfall plapperte sie auf ihn ein. Auch sie war Schauspielerin, wie er erfuhr, wenn auch bislang recht erfolglos. Nach ihrer Ausbildung hatte sie nur selten Rollen bekommen, und mit Kellnern hatte sie sich über Wasser gehalten. Irgendwoher kannte sie Nora, und als der neue Star des *Watzmannhauses* in die Stadt zog, hatte Iris den Kittelschürzen-Job in der Villa angenommen. Nora sollte sie in der Serie unterbringen, so ihr Hintergedanke, und jetzt schien es tatsächlich zu klappen. Für den Nachmittag hatte *Pro-Sat* sie zum Vorstellungsgespräch bestellt. Sie suchten Ersatz für Barbara Hahn, die Ben aus dem Verkehr gezogen hatte.

»Sie sind mein Glücksprinz! Sie haben einen Wunsch bei mir frei!«

»Verstehe.« Wenigstens ein Mensch, der sich über Bens *Blitz*-Aktion freute.

»Aber Sie sind ja schon vergeben, nicht wahr?« fragte Iris mit unverhohlener Neugier.

»Wieso?« Ben musterte ihren Fummel. Blümchen in allen Farben, dünne Träger mit Schleifchen und das Ganze so kurz, daß sie nicht die Arme heben durfte.

»Ich weiß Bescheid. Nora hat mir alles erzählt. Sie will Sie übrigens wiedersehen. Heute abend! Hat sie Sie schon angerufen?«

»Nein.«

Iris bemerkte seinen Blick. »Was ist? Gefällt Ihnen das Kleid nicht?«

»Wollen Sie sich *darin* um eine Rolle bewerben?«

»Das ist jetzt angesagt! Echtes Designerstück, Girlie-Look! Lesen Sie keine Zeitschriften?«

Vielleicht nicht die, die sie las. Ben fragte: »Meinen Sie, bei *Pro-Sat* stehen sie auf kleine Mädchen?«

»So etwas soll es geben«, antwortete Iris mit frivolem Lachen.

31.

Die Frau am Empfang legte auf. »Frau Franke kommt sofort.« Sie lächelte. Ben blieb an dem schweren Holztresen stehen, lächelte zurück und begann, ausliegende Touristenprospekte zu studieren.

Er hatte den Tip von Vogel bekommen, gratis. Der Reporter hatte Angelika Franke bereits am Flughafen abgefangen und für den *Blitz* fotografiert. Angelika Franke, zu Besuch in der Stadt anläßlich der Beerdigung eines ihrer Ex-Männer.

Bens Erinnerung: *Kaiserin Maria Theresia* in einem Kostümschinken der sechziger Jahre, die Geliebte eines Mörders in einem Hollywooddrama der Siebziger an der Seite von Richard Widmark. Alex Vogels Information: Nachdem sie die Schauspielerei aufgegeben hatte, wurde sie zur Mutter der Wohltätigkeit. Bälle, Spenden sammeln für notleidende Kinder in aller Welt, reichen Leuten für ein paar Tausender ein gutes Gewissen verkaufen. »Das wandelnde Kinderhilfswerk«, so hatte Vogel sie genannt. Während all ihrer Ehen hatte die Franke ihren Mädchennamen stets behalten.

Nachdem Ben alle Prospekte durchhatte und mit der Frau hinterm Tresen sein neuntes Lächeln getauscht hatte, kam eine kleine, hagere Dame und sprach ihn an. Sie reichte ihm gerade bis zur Brust und strahlte das Selbstbewußtsein einer Frau aus, die es ihr Leben lang gewohnt war, daß man ihre Wünsche widerspruchslos erfüllte.

Noras Mutter.

Sie setzten sich in eine ruhige Ecke der weitläufigen Lobby. Angelika Franke versank fast in ihrem Sessel. Ihr hellblondes Haar war auftoupiert und die Falten mit Make-up verdeckt. Sie hatte die gleichen hohen

Wangenknochen wie ihre Tochter. Ben schätzte sie auf Mitte Sechzig.

»Können Sie sich vorstellen, wer Heinz Fabian umgebracht hat?«

Sie zündete eine Zigarette an und schüttelte den Kopf. »Wollen Sie auf etwas Bestimmtes hinaus, oder haben Sie tatsächlich noch keine Ahnung, wer es war?«

»Um ehrlich zu sein, nein. Hatte er Feinde? Kontakt zur Unterwelt? Drogen?«

»Ich weiß es nicht. Drogen? Wie kommen Sie darauf? Nicht, daß ich gewußt hätte. Sie müssen wissen, junger Mann, daß ich seit zwanzig Jahren von ihm geschieden bin und wir nur sehr sporadisch Kontakt miteinander hatten. Er lebte sein Leben, ich lebte meines. So war es immer gewesen.«

»Wer könnte von seinem Tod profitiert haben?«

»Ach Gott, profitiert – als Erbin natürlich Nora. Aber Nora mag alles mögliche sein – eine Mörderin mit Sicherheit nicht!«

»Wissen Sie, daß die beiden am Tag vor dem Mord einen heftigen Streit hatten?«

»Nein. Ich wußte gar nicht, daß sie überhaupt noch Kontakt miteinander hatten.«

»Heinz Fabian hat sie aufgesucht. Das war am Samstag.«

Ihre Miene verfinsterte sich. Sie sog heftig an der Zigarette und blies eine Wolke gegen die Decke. »Ach!«

»Warum sollte er keinen Versöhnungsversuch machen?«

»Sie wissen nicht, was war.«

»Dann sagen Sie es mir, Frau Franke.«

»Das kann ich nicht.« Plötzlich fing sie an zu schluchzen.

Ben sah sich um. »Bitte, beruhigen Sie sich.«

»Es ist alles meine Schuld! Ich habe mich zuwenig um das Kind gekümmert! Hollywood und all das. Ich dachte, bei Heinz wäre sie in guten Händen. Wahnsinn!«

Sie nahm Bens Taschentuch und wischte sich die Tränen von den Wangen. Sie sah ihm in die Augen. »Er hat den Tod verdient. Als ich es letzte Woche erfuhr, habe ich ihm für einen Moment den Tod sogar gewünscht.«

»Was erfuhren Sie?«

»Nein. Es hat keinen Zweck, darüber zu reden. Es ist vorbei. Und außerdem hat es mit dem Mord an Heinz nichts zu tun.«

»Vielleicht nicht. Aber ich muß alles wissen, was damit zu tun haben *könnte.*«

Wieder liefen ihre Augen über. Ben wartete, bis sie weitersprach. »Man nannte meine Tochter *Europas kleiner Liebling*. Sie war so ein fröhliches Kind. Aber ich spürte, daß sie sich im Internat nicht wohlfühlte. Also wollte ich ihr eine Familie geben und brachte sie in diese Stadt. Zu Heinz, den ich gerade geheiratet hatte. Da war sie dreizehn. Ich bin an allem schuld.« Angelika Franke wischte über ihre Wangen und schneuzte sich laut.

»Nora mochte ihn nicht, von Anfang an. Sie nannte ihn immer nur Herr Fabian oder Mamas zweiter Mann. Nie hat sie mit mir über den Grund gesprochen. Und ich habe die ganze Zeit ihre Signale übersehen. Ihre Krankheiten, ihre Eßstörungen, der Selbstmordversuch. Ich habe weggesehen. Ich war ständig auf Reisen. Ich dachte, Heinz wäre ja für sie da.« Die Tränen zogen ihre Bahnen, das Make-up war verschmiert. Die Dame ignorierte es. Ihre Stimme veränderte sich, sie klang jetzt kühl und unbewegt. Angelika Franke legte ihre Beichte ab.

»Ich habe sie vernachlässigt, und deshalb hat sie mir die Schuld gegeben. Als ich aus Hollywood zurückkam und Carlos heiratete, meinen dritten Mann, zogen wir nach Paris und nahmen Nora zu uns. Aber es war schrecklich mit dem Kind! Da war sie fünfzehn. Ich wußte ja nicht, was geschehen war. Nachts wachte sie oft schreiend auf, tagsüber saß sie da wie gelähmt. Hysterie, sagte der Arzt. Einbildung, keine richtige Krankheit. Ich schob es auf meine neue Ehe und auf die Stadt, und wir zogen wieder nach Deutschland. Doch am Tag nach ihrem sechzehnten Geburtstag zog sie aus. Sie war nicht mehr zu halten.« Ihr Gesicht war fahl geworden. Das Make-up hatte sich in Bens Taschentuch versammelt.

»Stellen Sie sich vor: letzte Woche hat sie mir alles erzählt. Sie rief mich an. Sie können sich vorstellen, wie schockiert ich war. Mama, sagte sie, dein zweiter Mann hat mich zwei Jahre lang mißbraucht. Er hat meinen Körper mißbraucht und meine Seele verkrüppelt.« Wieder begann Angelika Franke hemmungslos zu heulen.

Ben wartete, bis sie sich beruhigte. »Glauben Sie, daß Nora sich möglicherweise gerächt hat? Daß sie ihren Vater getötet hat, um mit ihrer Vergangenheit fertigzuwerden?«

Die hagere Frau starrte ihn an.

»Selbst der Staatsanwalt hätte dafür Verständnis«, ergänzte Ben. *Zwei Jahre lang mißbraucht. Meine Kindheit war die Hölle.* Ben fielen die Heftchen in Fabians Schlafzimmer ein. Ein verdammter Kinderficker, der seine eigene Tochter gequält hatte.

Angelika Franke warf ihm sein Taschentuch vor die Füße. »Niemals«, fauchte sie. Jede Vertraulichkeit war mit einem Mal weggewischt. »Was fällt Ihnen ein? Sie haben wirklich keine Ahnung! Ich sagte doch, daß meine Tochter keine Mörderin ist. Und jetzt müssen Sie mich entschuldigen, junger Mann. Ich habe Termine!«

Ben stand zögernd auf, doch sie schenkte ihm keine Beachtung mehr. Er ging zur Drehtür, auf halbem Wege wandte er sich um. Angelika Frankes Kopf ragte nur wenig über die wuchtige Rückenlehne hinaus. Sie hatte sich nicht bewegt. Ihr Gesicht hielt sie mit den Händen bedeckt.

## 32.

»Wir haben alles mögliche probiert«, sagte Tommaso zu Tom. Fröhlich lief auf und ab. Es war eine der frisch umgebauten Zellen für den Polizeigewahrsam. Hell, kühl und geräumig, ein Bett mit neuer Matratze, Toilette und Waschbecken hinter einem Paravent. Sein Büro war kleiner, fuhr es Tom durch den Kopf.

»Wir haben ihn mit Kaffee und Zigaretten nur so vollgestopft. Wir haben über Sport geredet, Fußball, die ganze italienische Liga rauf und runter. Wir haben es über das Thema Familie probiert. Normalerweise funktioniert das bei Italienern. Ich weiß das, mein Vater kommt von da unten.«

Tom und Tommaso hatten sich auf dem Bett niedergelassen. Jede Minute mußte der Gefangenentransporter kommen.

»Wir sind nicht an ihn rangekommen. Keine Chance, an sein Gewissen zu appellieren. Der Junge hat keines. Keine Chance, ihn in Widersprüche zu verwickeln. Der redet erst gar nicht.«

»Ein zäher Bursche«, bestätigte Fröhlich.

In diesem Moment ging die Tür auf. Ein Uniformierter brachte Enzo in den Raum. Zum ersten Mal sah Tom ihn aus der Nähe. Der Spaghetti war dünn und wirkte noch jünger, als er war.

»Setzen Sie sich.« Fröhlich zeigte auf einen Stuhl. Tom ging zur *Olympia*, die auf einem Tisch unter der Lampe stand.

Zigaretten, Kaffee, Geplänkel. Toms Finger hatten Schonzeit, bis Tommaso den Angriff startete.

»Seit heute geht es nicht nur um den Verstoß gegen das Betäubungsmittelgesetz.«

»Betäubungsmittel? Was ist das? Vino?« Enzo grinste und schüttelte seine Strähnen aus dem Gesicht.

»Seit heute geht es zusätzlich um Mord oder Beihilfe zum Mord.«

»Mord?« Enzo hatte aufgehört zu grinsen.

»Der Mord an Feinkost-Fabian!«

»Bin ich Batmans Joker? Wollt ihr mir jetzt alle Verbrechen in die Stadt anhängen? Tutto, eh?«

»Wir wissen, daß Fabian mit euren Kokaingeschäften zu tun hatte«, mischte sich Fröhlich ein. »Wir haben Beweise, daß ihr den Partyservice für euren Handel benutzt habt. Entweder wollte Fabian euch ausbooten oder er wollte mehr Geld. Jedenfalls habt ihr ihn umgebracht.«

Der Junge schüttelte den Kopf. »Und Hänsel und Gretel heißt die andere Märchen.«

In der deutschen Literatur schien sich der Spaghetti auszukennen. Tom hackte in die Maschine.

Der dicke K2-Chef fuchtelte mit seiner Brille und wurde lauter: »Wir haben Beweise, aber wir haben sie noch nicht an die Kollegen weitergegeben, die im Fall Fabian ermitteln!«

»No capisco.«

»Das heißt«, erklärte Tommaso und beugte sich über Enzos Stuhl, »daß uns der Kokaindeal mehr am Herzen liegt als dieser Mordfall. Wir haben zwar die Beweise, aber wir sind eine andere Abteilung.«

Enzo hatte den verständnislosen Blick eines BSE-Rindes.

Fröhlich machte weiter: »Das ist ein Angebot, Enzo. Wir geben unsere Beweise nicht weiter, dafür packst du aus, was du weißt. Du bekommst nicht mehr als die Mindeststrafe. Andernfalls fährst du ein wegen Drogenhandel *und* Mord. Für den Rest deines Lebens. Such es dir aus, Enzo!«

Der Junge wandte sich an Tommaso. »Duzt er mich, bloß weil ich eine Ausländer bin, oder was, eh?«

»Ivanisevic ist auf unser Angebot eingegangen.«

Enzo wurde blaß. »Das glaube ich nicht. Ivanisevic redet nicht. Der ist schlauer als ihr alle zusammen. Molto furbo!«

Tom tippte wörtlich mit, auch das, was er nicht verstand. Tommaso ging auf den Jungen zu. Ganz nah. Ein süßes Lächeln im Gesicht. »Gestern hast du noch behauptet, du würdest Ivanisevic gar nicht kennen.«

Enzo verlor die Fassung. »Ich will mit meine Anwalt sprechen!«

»Du gibst also zu, daß ihr miteinander Geschäfte macht?«

»Ich will mit meine Anwalt sprechen!«

»Wieviel von dem Kokain aus der alten Lagerhalle lief denn über den Jugo?«

Die Stimme des Italieners überschlug sich: »ICH WILL MIT MEINE ANWALT SPRECHEN!«

Fröhlich ließ Enzo ins Gefängnis zurückbringen.

»Den kriegen wir weich«, meinte Tommaso grinsend.

»Übrigens, Swoboda«, sagte Fröhlich. »Das K1 hat Bedarf angemeldet. Die brauchen einen Drogenfachmann. Ich hab an Sie gedacht. Sie sind ein fixer Junge und werden uns dort keine Schande machen.«

»Ich? Das K1?«

Fröhlich lachte. »Ja. Ab morgen arbeiten Sie für ein paar Tage in Braunings Laden.«

Tom war überrascht und aufgeregt. »Um was geht es?«

»Um den Mord an Feinkost-Fabian. Ivanisevic hat zwar ein Alibi, vielleicht hat der Mord aber trotzdem mit dem Jugo und seinen Drogengeschäften zu tun. Kriminaloberkommissar Engel leitet die Ermittlungen. Anscheinend schafft es das K1 mal wieder nicht ohne uns. – Lassen Sie sich durch den Rottweiler nicht ins Bockshorn jagen, Swoboda. Es heißt, er liebt es, neue Kollegen ein wenig einzuschüchtern.«

»Äh, nein nein.«

»Und noch was: der Kripochef will sich mit Ihnen unterhalten. Sie sollen sich bei ihm melden. Heute noch. Warum, das hat mir Sonntag nicht gesagt. Was ist? Haben Sie etwas ausgefressen, Swoboda?«

Der Dicke und Tommaso lachten.

33.

»Benni!« rief die Frau hinter dem Schreibtisch erstaunt.

Ben sah sich im Sprechzimmer um. Er erinnerte sich daran, wie er sich über das Fehlen einer Couch mokiert hatte, als er den Raum zum ersten Mal betreten hatte. Bis auf den Kalender hatte sich nichts verändert.

»Mensch, wie lange haben wir uns nicht mehr gesehen?« fragte Sigrid Romberg. Sie kam hinter dem Tisch hervor und sah an ihm hoch.

»Du bist jetzt Kommissar, stimmt's?«

»Kriminaloberkommissar im K1, Tötungsdelikte.«

Sie nickte. »Klingt nicht schlecht.«

Ben spürte ihre Verlegenheit. Ihm ging es genauso. Sie gaben sich nicht einmal die Hand. Für einen Moment standen sie sich schweigend gegenüber. Sigrid hatte sich verändert, stellte Ben fest. Sie hatte abgenommen, Sorgenfalten hatten sich auf der Stirn festgesetzt, und im schwarzen Haar schimmerten silberne Fäden.

»Hier fehlt die Couch«, brach Ben die gespannte Stille.

»Wie beim ersten Mal. Ganz der Alte«, lachte Sigrid.

»Nein, wirklich nicht. Ich habe mich ganz schön geändert. Das kannst du mir glauben.«

Sie setzten sich. Die Frau bot Ben Kaffee an. Er schmeckte bitter und abgestanden.

»Ich bin diesmal nicht wegen mir da«, fuhr Ben fort. »Ich brauche deinen Rat als Psychologin. Es geht um einen Mordfall, den ich bearbeite.«

Sigrid Romberg nickte verständnisvoll. »Auch dafür bin ich da.«

Ben ignorierte die Unruhe, die in ihm kribbelte. »Ein mißbrauchtes Kind. Wie wahrscheinlich ist es, daß es als Erwachsener gewalttätig wird?«

Sigrids Sorgenfalten wurden tiefer. Es mußte an ihrem Beruf liegen. »Mann oder Frau?«

»Eine Frau. Von ihrem dreizehnten bis fünfzehnten Lebensjahr wurde sie von ihrem Vater wiederholt mißbraucht. Das ist rund zwanzig Jahre her. Jetzt wurde der Vater ermordet, und sie gehört zu den Verdächtigen. Was meinst du?«

»Ich müßte sie natürlich erst mal sehen.«

»Wir haben noch zuwenig in der Hand, um sie festzunehmen.«

»Ist sie in Behandlung, geht sie zu einer Psychotherapie?«

»Ich glaube ja.«

»Nun, ich habe wenig Erfahrung, aber viel darüber gelesen. Man hält sich auf dem laufenden. Kindesmißbrauch ist mehr als ein Modethema.«

»Und?«

»Ich kenne keinen Fall, in dem sich ein solches Opfer später gegen den Täter wandte. Rein statistisch gesehen wäre es zumindest ungewöhnlich, wenn deine Verdächtige die Tat wirklich begangen hätte.«

»Aber wäre Rache nicht ein plausibles Motiv?«

»Vielleicht für den gesunden Menschenverstand. Aber ein schweres, fortgesetztes Kindheitstrauma prägt die Persönlichkeit anders. Das muß ich *dir* doch nicht erklären, Ben. Das mißbrauchte Kind muß Urvertrauen und Geborgenheit bei Eltern suchen, die gewalttätig sind. Es muß eine Persönlichkeit entwickeln in einer Umgebung, die es als Sklave und Sexualobjekt definiert. Daraus resultieren Verdrängungsleistungen als Abwehrmechanismus. Das Mädchen liebt den Vater und sieht die Schuld seiner Mißhandlung in sich selbst. Haß entwickelt es allenfalls gegenüber der Mutter, die die Gewalt zuläßt, zumindest sieht es aus der Sicht des Mädchens so aus. Mit gesundem Menschenverstand hat das wenig zu tun, Benni. Das Mädchen hält sich selbst für böse und paßt sich an, benimmt sich besonders brav, um nicht Anlaß zu erneuter Mißhandlung zu bieten. Aggressionen ja, aber gegen sich selbst. Das Mädchen hungert oder verletzt sich heimlich. Es gibt eine deutliche Korrelation zwischen Mißbrauch und Selbstmord. Aber Mord – nein.«

Sigrid Romberg griff nach einem Buch im Regal neben ihr. »In den USA wurde das Thema weit gründlicher untersucht als hier. Die Frauenbewegung hat dort viel geleistet.« Sie blätterte. »Hier steht es auch: Mißbrauchsopfer werden als Erwachsene sehr viel häufiger wieder zu Opfern, als daß sie ihrerseits andere mißbrauchen. Natürlich gibt es Ausnahmen. Männer, die als Kind mißhandelt wurden, neigen zum Beispiel sehr wohl dazu, ihre Aggressionen an anderen auszulassen.« Sie sah ihm in die Augen. »Aber *das* ist heute nicht unser Thema, stimmt's?«

Sie lächelte komplizenhaft. Ihre Verlegenheit vom Anfang hatte sich offensichtlich gelegt. Bei Ben war es umgekehrt, das Kribbeln in seinen Adern nahm zu. Die Psychologin war der einzige Mensch, den er je kennengelernt hatte, dem gegenüber er sich absolut gläsern fühlte, durchschaubar bis in die letzten Hinterstübchen seiner Gedanken und Gefühle.

Sie schlug das Buch zu. »Habe ich dir geholfen, Ben?«

»Ja. Ich glaube, sie braucht einfach jemanden, der sie bei der Hand nimmt.«

»Ach, denkst du dabei an jemand Bestimmtes?«

»Wieso?«

»Vergiß es. Ich kann mir jedenfalls vorstellen, daß diese Frau in ihrem Leben schon oft Männer hatte, die sie führen wollten. Zu viele. Sie muß lernen, selbständig zu entscheiden und zu handeln, statt sich anzulehnen und unterzuordnen. Das ist viel wahrscheinlicher ihr Problem. Hoffentlich hat sie einen guten Therapeuten.«

»Sie macht Fortschritte, sagt sie.«

Ben war erleichtert. Sigrids Urteil war eine Art Freibrief für das gestrige Liebesstündchen mit Nora – und für den bevorstehenden Abend. Doch die Sorgenfalten waren nicht von Sigrids Stirn gewichen.

»Sollte sie allerdings doch die Mörderin sein, muß ich sie unbedingt kennenlernen. Versprichst du mir das? Das würde mich sehr interessieren.«

»Also kannst du es doch nicht ausschließen?«

»Natürlich nicht, was verlangst du von mir? Ich bin Psychologin, nicht der Papst. Ich kann mich irren, und manchmal tue ich sogar Dinge, die ich gar nicht tun sollte. Das weißt du doch.«

Ben wechselte rasch das Thema. »Wie geht es deinem Mann?«

Sie brach in herzliches Lachen aus. »Das interessiert dich doch nicht wirklich, Ben.«

»Du kannst das alte Spiel nicht lassen?«

»Nein. Ich spiele gern. Berufskrankheit.«

»Aber nicht mit mir, Sigrid. Nicht mehr.«

»Hast du dich wirklich geändert? Keine Rachefeldzüge mehr? Kein großer Tröster?«

»Nein. Damit ist seit damals Schluß. Ich zitiere wörtlich: Meine Persönlichkeit ist gefestigt, meine psychische Konstitution stabil. Ich habe es schwarz auf weiß. Amtlich.«

»Warum hast du danach nichts mehr von dir hören lassen?«

»Das weißt du selbst am besten. Du bist doch die Psychologin.«

»Auch wenn du glaubst, du seist jetzt ein anderer – ich bin immer noch an dem Fall interessiert.« Sie warf ihm den Blick zu, der bei seinem ersten Besuch gewirkt hatte.

Doch diesmal bedankte sich Ben und ging. Er mochte Sigrid, aber er würde nur wiederkommen, wenn es unbedingt sein mußte. Es lag an ihrem Kaffee. An ihren professionellen Sorgenfalten. Und an ihrer verdammten Art zu spielen.

## 34.

Dieser Teil des Südfriedhofs glich mehr einem Wald als einem Park. Nur als leises, gleichmäßiges Rauschen drang der Lärm des Autobahnzubringers in diesen

Winkel. In den Birken und Eichen raschelte der Wind, im Schatten darunter war von der Hitze wenig zu spüren. Ein Witwer in Shorts und mit Hosenträgern schleppte sich an zwei Gießkannen ab. Eine alte Frau zupfte Unkraut von einem Grab und schien auf diese Weise Kommunikation mit einem toten Angehörigen zu halten.

Ben passierte die Grabestempel alter Industriellenfamilien und staunte über den Pomp der verwitterten Bronzefiguren: weinende Jungfrauen, ein segnender Heiland, eine Sphinx. Er erreichte die Trauergemeinde in dem Augenblick, als der Sarg in die Erde glitt. Ben blieb in der Deckung zweier junger Kiefern stehen und beobachtete die Szene aus der Distanz.

Heinz Fabian war Bestandteil der lokalen Prominenz gewesen. Entsprechend groß waren der Berg an Kränzen und die Menge, die Schlange stand, um von dem toten Feinkostkönig Abschied zu nehmen. Einer nach dem anderen ging feierlich und gesenkten Hauptes am Grab vorbei, an Nora Fabian, Angelika Franke und dem Pfarrer. Einige bekreuzigten sich oder warfen etwas Erde dem Toten hinterher.

Asche zu verdammter Asche.

Ben konnte sich denken, was der Pfarrer zuvor in der Friedhofskapelle gesagt haben mochte. Was für ein guter Mensch der Verstorbene gewesen sei, wie groß die Trauer der Hinterbliebenen und wie hilfreich der Trost des Glaubens. Ben kannte die Sprüche und glaubte nicht daran.

Er brütete über dem, was Noras Mutter ihm erzählt hatte.

Angelika Franke hatte sich neu geschminkt und war kaum weniger attraktiv als ihre Tochter. Deren Gesicht war hinter einem Schleier verborgen, der an einem kleinen Hütchen hing. Ben staunte darüber, wie modisch und sexy ein Trauerkostüm sein konnte. Nora trug einen kurzen Rock, gemusterte Nylons und ein Oberteil, das hauptsächlich aus Spitze bestand. Beide hatten den

Toten gehaßt. Jetzt nahmen sie Beileidsbekundungen entgegen. Schauspielerinnen.

Ben erkannte das Walroßgesicht von Drago Ivanisevic inmitten anderer Angestellter des Freßimperiums. Die Kollegen vom K2, die den Serben überwachten, konnten nicht weit sein. Auch Ivanisevic gab Nora die Hand und ließ dabei seine Goldkettchen blinken.

Erde zu verdammter Erde.

Dicht hinter Ben knirschten Schritte auf dem Kiesweg. Es war Vogel. Er klopfte Ben zur Begrüßung auf die Schulter, rammte ein einbeiniges Stativ neben einen Grabstein und pflanzte eine Kamera darauf, deren riesiges Objektiv über die Kiefernzweige ragte. Wenigstens rückte er der Trauergemeinde damit nicht hautnah auf die Pelle.

Der Zug schien kein Ende zu nehmen. Ben erkannte Iris und Max Traube, der Nora lange und still umarmte. Aus der Distanz entging ihm Traubes Gesichtsausdruck, aber mit seinen Kulleraugen mußte sich der Schauspielerkollege nicht groß anstrengen, um Trauer zu mimen.

»Napoleon« Gladisch folgte mit großem Anhang, wahrscheinlich alles Angestellte des Senders und der Produktionsfirma. Ben vermutete, daß die meisten Leute mit Fabian wahrscheinlich gar nichts zu tun gehabt hatten. Ganz nach dem olympischen Motto: Dabeisein ist alles.

Währenddessen klickte und surrte Vogels Kamera unermüdlich. »Smile – und smile«, murmelte der Fotograf. Ben begann zu ahnen, daß die ganze Zeremonie vor allem der Werbung für *Pro-Sat* diente. Jeden Tag eine rührende Geschichte über das *Watzmannhaus,* weil es Vogels Boß so will. Unbewegt stand Nora neben ihrer Mutter.

Staub zu verdammtem Staub.

Ben verlor die Kontrolle über die Gedanken, die durch seinen Kopf schossen. *Dein zweiter Mann hat mich mißbraucht.* Ben dachte an das Rendezvous vom Vortag.

Hatte sie ihren Spaß nur vorgetäuscht? Hatte sie es getan, um Ben zu bestechen? Der Besuch bei Sigrid hatte ihn ratlos gelassen.

»Das war's, der Film ist voll«, sagte Alex Vogel, packte die Kamera in die Tasche und begann an seinem Stativ herumzuschrauben.

In diesem Moment gab es den Eklat: Ein Knall, der laut über den Friedhof schallte. Ein alter Herr mit weißem Haar, der sich die Wange rieb. Eine kleine, mollige Frau in Schwarz, die ihn von Nora wegzuziehen versuchte. Entsetzte Mienen. Ein Raunen.

Nora holte erneut aus.

»Spinnt die jetzt total?« entfuhr es Vogel. Die kleine Mollige fing mit ihrer Handtasche den Schlag ab und brachte den Weißhaarigen aus Noras Reichweite. Vogel wühlte fieberhaft in seiner Tasche nach einem leeren Film.

Der Rest der Trauergemeinde zerstreute sich rasch. Peinlichkeit und Verwunderung hingen zwischen den Friedhofsbäumen. Jeder hielt den Blick gesenkt, als gäbe es auf dem Kiesweg etwas zu erforschen. Nur Vogel zappelte aufgeregt herum.

»Scheiße«, zischte er durch die Zähne und musterte Ben, als sei dieser ein Filmverkäufer, doch Ben hatte nur Augen für die Szene neben dem offenen Grab.

Max Traube redete leise auf Nora ein, die jetzt völlig versteinert und apathisch wirkte. Traube hakte sie unter und führte sie fort, Richtung Parkplatz. Nora setzte ihre Beine, als hätte sie kaum Kontrolle über sie.

Ben faßte einen Entschluß und lief in die andere Richtung. Am Ostausgang stellte er den Weißhaarigen und die kleine Mollige. »Kriminaloberkommissar Engel. Darf ich fragen, wer Sie sind?«

Der Mann tat empört. »Doch nicht hier auf dem Friedhof. Wir trauern um einen Freund.«

Ben ging ihm nicht aus dem Weg. »Wir können gerne einen Termin auf dem Präsidium vereinbaren, wenn Sie jetzt nicht mit mir reden wollen.«

Der Alte studierte nicht vorhandene Wolken. Die Frau antwortete: »Ich heiße Beate Falk, das ist mein Mann, Leo Falk.«

Leo Falk – der Name war Ben bekannt.

»So, ich hoffe, das war's dann«, brummte der Weißhaarige.

Falk: Bürgermeister, Ortsvorsitzender seiner Partei, dann sein Abschied von der Politik. Etwa zwei Jahre war das her.

»Noch eine Frage: Wie war Ihre Beziehung zu dem Toten?«

Wieder war es die Frau, die antwortete: »Wir waren befreundet. Seit vielen Jahren.«

Leo Falk ergänzte barsch: »Wenn Sie wissen wollen, wer ihn umgebracht hat, dann können wir Ihnen nicht weiterhelfen. Der Mann hatte keine Feinde.« Die fünf Finger Noras glühten in seinem Gesicht.

»Wie ist Ihre Beziehung zu Nora Fabian?«

Der ehemalige Politiker rieb sich unbewußt die Wange. »Keine Ahnung, was diese Frau zu dieser Entgleisung getrieben hat.«

Das Gesicht der Frau war ein einziges Fragezeichen. »Was hast du denn zu ihr gesagt?«

»Mein Beileid. Sonst nichts.« Falk suchte wieder nach Wolken.

Sie bohrte weiter: »Hast du das kommen sehen? Wolltest du deshalb zuerst nicht zur Beerdigung gehen?«

Ben hakte nach: »Sie müssen doch eine Erklärung für das Verhalten von Nora Fabian haben!«

Leo Falk geriet in Rage: »Hysterie, Tablettensucht, Streß! Schock, geistige Verwirrung, was weiß ich? Eine völlig überdrehte Filmdiva! Fragen Sie doch die Fabian selbst!«

»Leo, nicht so laut. Wir sind auf dem Friedhof.«

»Jedenfalls habe ich keine weiteren Erklärungen abzugeben! Es war ihre Entgleisung, nicht meine!« Der Mann zog die kleine Frau zum Ausgang.

## 35.

Tom war zum ersten Mal in der Chefetage. Hier hatten sie sogar im Flur Teppichboden statt Linoleum. Er putzte den Schweiß von seiner Brille, bevor er das Vorzimmer betrat.

»Der Kriminaloberrat spricht gerade«, beschied ihm die Sekretärin. Bereits sie strahlte auf ihn mehr Autorität aus als Fröhlich, sein Vorgesetzter im K2.

Sie wies Tom einen Stuhl zu. Es gab sogar Zeitschriften, wie in einem Wartezimmer. Tom warf nur einen Blick darauf. Gewerkschaftsblätter. Er schickte der Sekretärin ein zaghaftes Lächeln, doch sie ignorierte ihn.

Tom spürte eine Aura von Macht. Einer wie Sonntag war nicht nur Kripochef. So einer war auch Parteimitglied, Berater des Ministers, Funktionär in vielen Gremien. Das wußte er von seinem Vater.

»Jetzt hat er aufgelegt. Sie können hineingehen, Herr Swoboda.«

Clemens Sonntag war ein schmaler Mann. Ein grauer Seemannsbart zog sich als strenge, schmale Linie um sein Kinn. Trotz der Hitze trug er Anzug und Krawatte. Er begrüßte Tom freundlich. »Sie sehen Ihrem Bruder sehr ähnlich, wenn man sich mal die Brille wegdenkt. Michael Swoboda – er wäre jetzt bestimmt schon Hauptkommissar.«

Tom quälte sich ein Lächeln ab. Ein Ventilator surrte. Das gleiche Gerät, das auch er in seinem Zimmer hatte. Nur schien es hier zu wirken.

Small talk. Clemens Sonntag und Alfred Swoboda waren gemeinsam Streife gefahren. Das mußte in den sechziger Jahren gewesen sein. Beide hatten als Partner Karriere gemacht, erst bei der Schutzpolizei, dann bei der Kripo. Sonntags Ton klang familiär, doch Tom fühlte sich auf dem Prüfstand.

Er begann zu ahnen, was der Zweck des Gesprächs sein sollte. Schließlich platzte er heraus: »Hat mein Vater Sie gebeten, ein Auge auf mich zu werfen?«

Der Kripoleiter lächelte. »So ähnlich hat er es ausgedrückt.«

»Ich will keine Protektion, Herr Sonntag. Ich will behandelt werden wie jeder andere auch. Keine Vorteile, nur weil Sie und mein Vater befreundet sind.«

»Das ist sehr ehrenhaft, Thomas, und Sie bekommen auch keine Protektion. Weder Vor- noch Nachteile. Solange ich die Kripo leite, gibt es keine Seilschaften, keine Kungeleien. Die Stadt hat das Recht auf eine saubere Polizeibehörde. Kein Schlendrian, keine Korruption, keine Entgleisungen. Dafür stehe ich. Die Zeiten von Bollmann sind ein für allemal vorbei. Das ist meine Botschaft, und ich kämpfe dafür, daß sie sich endlich auch in der öffentlichen Meinung durchsetzt. Aber jetzt zur Sache – Fröhlich gibt Sie frei für die Mordkommission Fabian?«

»Ja, sie vermuten, daß der Fall etwas mit Rauschgift zu tun hat.«

Seine anfängliche Begeisterung über die Aussicht, im K1 mitarbeiten zu können, hatte sich inzwischen gelegt. Seit Stunden grübelte Tom darüber nach, warum man ausgerechnet ihn schickte, obwohl er erst seit drei Wochen dabei war und noch nicht viel Ahnung hatte.

Doch Sonntag schien solche Bedenken nicht zu haben. »Prima! Dort können Sie Ihren Spürsinn zeigen. Braunings Leute treten auf der Stelle. Sie kommen nicht weiter. Sie brauchen sowas wie einen echten Swoboda.« Der hagere Mann machte den Eindruck, als meinte er das tatsächlich ernst. Tom schluckte.

»Und ich habe zusätzlich einen Auftrag für Sie, Thomas. Einen Sonderauftrag. Es geht um Kriminaloberkommissar Engel, der die Kommission leitet. Kennen Sie die Abteilung *Innere Dienste*?«

»Hat das etwas mit der Verwaltung zu tun?«

Sonntag lächelte milde. »Nein. Ich will es so erklären: ein Kripoleiter muß seinen Laden kennen. Deshalb braucht er Informationen, die über das hinausgehen, was Kommissariatschefs in ihre Beurteilungen schreiben. Unabhängige Informationen von Leuten, die mir direkt unterstehen und von denen keiner weiß, daß sie mir zuarbeiten. Zuverlässige Leute, die nicht darüber plaudern. Das ist das Prinzip der Abteilung *Innere Dienste.*«

Tom nickte. Ein Geheimdienst. Die Russen hatten das früher Kaderkontrollkommission genannt. Stalin hatte mit solchen Instrumenten Millionen in den Gulag gebracht. Tom war nicht wohl bei der Sache. »Also Beamte, die Kollegen aufs Glatteis führen?«

Sonntag strich seine Krawatte glatt. »Nein. Beamte, die Kriminelle aufs Glatteis führen, die im Polizeidienst nichts zu suchen haben.«

»Heißt das, Sie halten Engel für einen Kriminellen?«

»Nein. Das heißt nur, daß ich sichergehen will, ob er die Eignung zum Hauptkommissar besitzt. Im K1 ist eine Stelle frei, die Brauning mit Engel besetzen möchte. Ich will wissen, ob Brauning da eine krumme Seilschaft aufbaut oder ob Engel die Beförderung wirklich verdient. Ich will, daß Sie das für mich herausfinden.«

Tom wagte nicht zu fragen, ob eine solche Bespitzelung vor jeder Beförderung üblich war.

»Brauning hat einen Bären an ihm gefressen«, fuhr der Kripochef fort, als spreche bereits das gegen Engel. »Für meinen Geschmack ist Benedikt Engel aber ein Sicherheitsrisiko. Seine Vergangenheit beweist das.« Er zog eine Schublade auf und warf ein dünnes Aktenpaket auf den Tisch.

»Vor ein paar Jahren wurde Engel schon einmal untersucht, und zwar hochoffiziell. Sie können sich die Akte durchsehen, aber nicht mitnehmen.« Er schob Tom das Paket zu. »Engel war damals im Streifendienst. Da hat man schon ab und zu mit Männern zu tun, die ihre Frauen verprügeln. Der übliche Ehekrach. Bei Engel wurde es zur Manie. Er hat diese Männer jedesmal krankenhausreif geschlagen. Ein Wunder, daß er dafür keine Anzeigen bekam. Doch das ist nicht alles. Engel hat sich mehrmals mit den Frauen eingelassen. Der Michael Douglas für gequälte Eheweiber, wenn Sie wissen, was ich meine. Und einmal war es eine unserer Kundinnen. Eine Kriminelle. Betrug und Diebstahl. Wir konnten Engel nicht nachweisen, daß er sie deckte oder ihr sonstwie half. Aber der Mann ist und bleibt ein Risiko, das steht fest!«

Tom blätterte in den Papieren. Beurteilungen, Zeugnisse, ein wissenschaftliches Gutachten. Tom sah sich die Akte näher an: *Aus psychologischer Sicht bestehen deshalb keine Einwände gegen eine Weiterbeschäftigung der untersuchten Person im Polizeidienst.*

»Er wurde von einer Psychologin untersucht?«

»Ja, sie tippte auf eine Art Kindheitstrauma. Wie diese Seelenklempner eben so sind. Für alles eine Entschuldigung. Das Entscheidende war damals, daß wir Engel keine Verstrickung in die Straftaten seiner Freundin nachweisen konnten. Der große Tröster!«

»Wie bitte?«

»Ja, das war sein Spitzname bei der Schutzpolizei. Ein Ehestreit genügte – und Engel sah rot und mußte die Frau unter seine persönliche Obhut nehmen. Irgendwie zwanghaft. Bullen aus Leidenschaft sind manchmal die schlimmsten. Sie haben sich nicht unter Kontrolle, sie sind unberechenbar. Brauning ist auch so einer. Ich habe meine Zweifel, ob der Polizeidienst das richtige für solche Leute ist!«

»Der große Tröster – kam das später noch einmal vor?«

»Sehen Sie, das ist eins der Dinge, die Sie für mich herausfinden werden, Thomas. Nehmen Sie Engel unter die Lupe. Ich setze auf Sie!«

## 36.

Endlich Feierabend.

In der Nähe des Präsidiums war ein Supermarkt, in dem Ben gelegentlich einkaufte. Müde stand er mit seinem Einkaufswagen vor der Tiefkühltruhe und konnte sich nicht entscheiden.

»Hallo, Cowboy!«

Ben drehte sich um. Es war Ria. Sie deutete auf seinen Wagen. »Wohnst du immer noch allein?«

»Ja.«

»Ich auch. Wieder.« Sie fuhr mit der Hand durch ihre langen Locken und lächelte ihn an.

»Bist du nicht mehr sauer auf mich?«

»Brauning hat mir erzählt, wie es war. Du kannst nichts dafür. Der Italiener, den du geschnappt hast, muß ein übler Bursche sein. Du warst ganz schön mutig, so ganz allein.«

»Hm.«

»Was hältst du von der Schauspielerin?«

Ben schob seinen Wagen weiter. »Ein windiges Alibi, du hast völlig recht, aber ich glaube nicht, daß sie es war.«

»Nach allem, was die Maskenbildnerin mir sagte, muß die Fabian einen Riesenhaß auf ihren Vater gehabt haben.«

»Stiefvater. Er hat ihre Kindheit zur Hölle gemacht.« Ben schluckte, als er Rias Augen sah. Er wußte, was sie dachte.

»Verstehe. Aber auch daraus kann sich ein Mordmotiv zusammenbrauen!«

Sie hatten die Schlange vor der Kasse erreicht. »Hier ist nicht der Ort, um sowas zu diskutieren«, sagte Ben leise.

»Verliebt, Cowboy?«

»Nenn mich nicht so!« Ben sah, daß die Blicke der Kassiererin nicht nur den Lebensmitteln galten, die er aufs Band legte.

»Früher hast du das gemocht: Der Großstadtcowboy, den so schnell nichts aus dem Sattel wirft.«

»Ria, was soll das?«

Ben bezahlte, gleich nach ihm war auch Ria fertig. Gemeinsam gingen sie zum Parkplatz des Präsidiums.

»Nimm dich vor dieser Schauspielerin in acht, großer Tröster.«

Ben schwieg.

»Warum hast du mir nie von deinen Schwierigkeiten erzählt? Du hattest die Dienstaufsicht am Hals, stimmt's?«

»Sie hätten mich beinahe rausgeworfen. Sie haben mich sogar zum Seelenklempner geschickt.«

»Und? Hat der Psychologe deine Dämonen besiegt?«

*Die Dämonen.* Ria ging verdammt weit.

»Es war eine Psychologin«, antwortete Ben ausweichend.

»Ach. Hast du mit der auch geschlafen?«

»Nein.«

»Wieso nicht? Du vögelst doch sonst alles, was dir vor den Schwanz läuft.«

»Was geht dich das alles eigentlich an?«

Sie hatten den Parkplatz erreicht.

»Nichts, du hast recht. Entschuldige.«

Ben sah sie nur an.

»Vergiß es, Benni. Es ist nur ein kleiner Anfall von Eifersucht. Es geht vorbei.«

»Hoffentlich.«

Er schloß den Golf auf. Die aufgestaute Hitze eines verrückten Tages schlug ihm entgegen.

## 37.

Im K2-Trakt traf Tom auf seinen Kollegen Bönte. Am liebsten hätte er ihm von seinem Auftrag erzählt, doch der Kripochef hatte ihn zum Schweigen verdonnert. Bönte machte ein grimmiges Gesicht.

»Wie geht's?«

»Ach, Scheiße! Der blöde Jugo hat uns mit seinem Sportwagen abgehängt!«

»Da bin ich froh, daß Fachleute wie du auch mal pennen«, schmunzelte Tom.

»Nein, der ist einfach ein fixer Bursche.«
»Bürgerkriegserfahrung.«
Bönte sah ihn an als wäre er das Christkind. »Meinst du, da unten fahren sie solche Schlitten?«
Tom erfuhr, daß Ivanisevic nach der Beerdigung von Feinkost-Fabian und vor seinem Untertauchen ein Büfett in den MMD-Studios aufgebaut hatte. Plötzlich fiel ihm seine Verabredung mit Jeannette, der Maskenbildnerin ein. Bönte erzählte noch, daß sie als Werkschutz getarnt mit Drogenspürhunden des Bundesgrenzschutzes erfolglos das Büfett nach Rauschgift untersucht hatten.
Doch Tom hatte es eilig und verschwand in seinem Büro. Er wählte zuerst seine Privatnummer.
Gabi war hochgradig sauer. Sie hätte Fisch aufgetaut für das Abendessen, und der ließe sich nicht wieder einfrieren. Tom wußte nicht, wie er sie beruhigen sollte. Er erzählte von einem Schlag gegen die Mafia, der heute nacht stattfände und bei dem er unentbehrlich sei.
»Seit Tobias auf der Welt ist, verbringst du mehr Zeit im Büro als zu Hause«, beschwerte sich Gabi.
»Aber dafür bekomme ich doch Freizeitausgleich.«
»Wann denn? Ich glaube, du hast jetzt schon Urlaubsanspruch bis zum Beginn der Pensionierung!«
»Heute morgen ging es dir nicht schnell genug mit meiner Karriere, und jetzt willst du mich zu Hause anbinden.«
Sie beendeten ihr Telefonat im Streit. Auf diese Weise brauchte er wenigstens kein schlechtes Gewissen zu haben, wenn er sich mit Jeannette zum Sommerfest traf.

## 38.

Zwei blauuniformierte Gorillas von einer privaten Werkschutzfirma ließen sich die Eintrittskarten zeigen. Jeannette winkte mit den großen, buntbedruckten Lappen und betrat mit Tom die Halle der MMD-Studios.

»Wir sind früh dran. Die ganzen Stars sind noch nicht da«, sagte Jeannette.

Tom schätzte die Maskenbildnerin auf Ende Zwanzig, sein Alter. Ihr frischgeschorener Schädel hatte für ihn etwas Exotisches. Sie trug ein schwarzes Bustier mit einer Art eingebautem Wonderbra, jedenfalls kam ihr Dekolleté sehr gut zur Geltung. Ihre Jeans saß tief auf den Hüften, oben eng und unten ausgestellt, ganz im Stil der siebziger Jahre, passend zu den Plateausohlen ihrer Schuhe. Über den Hosenbund lugte der Rand ihres Slips, schwarze Spitze. Der Bauch war frei. Den Nabel zierte ein kleiner Goldring. Toms spürte wieder dieses Kribbeln. Er brachte seinen Blick nicht weg von diesem süßen Bauch.

Jeannette bemerkte es. »Interessierst du dich für Piercing?«

»Äh ... – wieso?«

Sie berührte ihren Ring. »Hat gar nicht weh getan. War wie Ohrdurchstechen. Total cool. Meine Schwester hat mich draufgebracht. Sie hat schon vierzehn Stück. Stell dir vor!«

Er versuchte es. »Um den Nabel herum?«

Jeannette lachte. »Nein, überall. Ohren, Nase, Schamlippen.« Ihre braunen Augen fixierten Tom. Sein Herz klopfte so stark, daß er Angst hatte, sie könnte es bemerken. »Auf *Pro-Sat* haben sie neulich einen gezeigt, der sogar seine Zunge durchstochen hatte«, sagte sie.

»Oh! Ein Ring zuviel, glaube ich«, erwiderte Tom.

Sie wühlten sich zum Büfett durch. Papierdecken und Servietten waren blau-weiß kariert. Die Kellner trugen bayerischen Trachtenlook. Alles stand unter dem Motto *Watzmannhaus*.

»Das wird doch nichts anderes als eine weitere dieser grottenschlechten Seifenopern«, sagte ein älterer Herr mit Halbbrille, der vor Tom stand und nach den Käsehäppchen angelte.

»Was wollen Sie? Trash ist heutzutage Teil der medialen Folklore!« hörte Tom einen feisten, jüngeren

Mann in dunklem Anzug antworten. Trotz der Hitze trug der Feiste eine Weste unter dem Jackett.

Tom sah an sich herab: die Hose seines dunkelblauen Anzugs, dazu ein kurzes, modisch-buntes Hemd, das Gabi ihm gekauft hatte. Er war nicht ganz sicher, ob er Jeannettes Geschmack getroffen hatte. Einen Augenblick lang hatte er überlegt, seine Brille im Auto zu lassen, doch ohne sie hätte er nicht einmal Jeannettes Nabelring entdeckt.

Die Maskenbildnerin schaufelte die verschiedenen Kleinigkeiten in sich hinein, mit denen sie ihren Teller vollgeladen hatte. Mit vollem Mund wies sie ihn auf weitere Kollegen und Prominente hin.

Es gab eine Bühne, und ringsherum standen Kulissen: Berge, Kühe und Almhütten aus Pappe. Tom fragte die Maskenbildnerin, ob in dieser Halle die Dreharbeiten für die Fernsehserie stattfänden.

»Nein, das ist drüben im großen Studio. Hier werden verschiedene Shows für *Pro-Sat* gemacht, zum Beispiel die *Mini-Karaoke-Show*. Kennst du die Sendung?«

Tom hatte davon gehört. Eine Holländerin führte Kinder vor, die Popstars nachmachten. Jedesmal, wenn wieder eine Zehnjährige im Nuttenfummel zu Madonna-Liedern tanzte, empörten sich die Feministinnen. Und der *Blitz* schrieb, wie süß die *Mini-Karaoke-Show* doch sei.

»Antje wird heute abend auch moderieren«, erklärte Jeannette.

Selbst die Band trug Trachtenkostümierung. Sie spielte US-Popmusik, aktuelle Hits. Tom und Jeannette mischten sich unter die Tanzenden. Tom war beeindruckt. Es war das großartigste Fest, das er je erlebt hatte. Immer wieder suchte er beim Tanzen die Berührung mit Jeannette. Sie entzog sich ihm nicht.

Dann machte die Musik eine Pause, und Antje betrat die Bühne. Sie kündigte ein hohes Tier des Senders an und machte ein Theater, als ginge es um die Oscar-Verleihung.

Jeannette ging auf Zehenspitzen und berührte mit den Lippen fast Toms Ohr. »Marco Gladisch, der große Boß. Es gibt ihn also wirklich!«

Von groß konnte keine Rede sein. Tom erinnerte sich, daß man ihn auch Napoleon nannte. Er hatte sich einen Programmdirektor viel älter vorgestellt.

»Der ganze Sender zittert vor ihm«, ergänzte Jeannette. Tom legte seinen Arm um ihre Taille. Auch er zitterte leicht, jedoch aus einem anderen Grund.

Gladisch griff sich das Mikrofon: »Ich will es kurz machen, denn wir wollen feiern. Wir feiern den Sommer, der dieses Jahr heißer ist als sonst. Und wir feiern den Beginn einer Produktion, die heißer sein wird als alles andere zuvor. Es geht um Freud und Leid, um Herz und Schmerz, um Kabale und Liebe, und vor allem um das, was uns alle antreibt – das wahre Leben!«

Hunderte von Gästen applaudierten.

»Den Mitarbeitern möchte ich sagen, daß es wunderbar ist, zu verfolgen, mit wieviel Freude und Schwung Sie dieses großartige Projekt angehen. Schon nach einer guten Woche ist klar: Das kann nur ein Erfolg werden! Ein Erfolg, der alles bisher Dagewesene in den Schatten stellt!«

Der Applaus wurde stärker.

»Schon jetzt schreiben einige Kritiker, in diesen Hallen würden wir geistigen Junk-Food produzieren. Sie wissen, das prallt an mir ab. Jawohl, ich bekenne mich dazu: Das *Watzmannhaus* ist eine Seifenoper, und zwar im besten Sinne. Wir produzieren für die Zuschauer, nicht für die Kritik. Für die Menschen im Lande. Und dafür geben wir unser Bestes!«

Begeisterung.

»Und noch etwas zum Schluß an alle Mitarbeiter: Je weiter die Produktion fortgeschritten ist, desto teurer wird es, Sie zu ersetzen. Also lassen Sie sich bitte in der nächsten Zeit nicht mit Drogen erwischen, zumindest bis die Arbeiten am *Watzmannhaus* zu Ende sind. Danke.«

Gelächter und Bravorufe.

Dann trat ein bärtiger Typ auf, der von den Schuhen bis zum Hut komplett in Weiß gekleidet war. Auch er lieferte sein Bekenntnis zur Seifenoper ab. Er sei ein »passionierter Aficionado jeglicher Pulp Fiction«. Was immer das auch heißen mochte.

»Dietling, der Regisseur«, erklärte Jeannette. Sie streichelte Toms Hand, die auf ihrer Hüfte lag.

Es wurde noch voller und heißer. Tom staunte. Er sah Leute, die er bislang nur vom Bildschirm her kannte: Nachrichtensprecher, Talkmaster, Moderatorinnen.

»Ein tolles Fest. Kennst du die Leute alle?«

»Die meisten. Der dort drüben ist Kurt Kress, der die Nachtshow macht. Nicht so gut wie sein Vorgänger, aber er ist Gladischs persönliche Entdeckung, deshalb darf er weitermachen. Da vorn, der mit dem Dreitagebart, das ist Marcel Feldkamp, der Sportchef von *ProSat*. Nebenher macht er mit Bierreklame ein Riesengeld. Seine Frau wird's ihm wegnehmen. Sie hat ihn rausgeschmissen und will sich scheiden lassen. Sie hat ihn beim Fremdgehen erwischt.«

Toms Gedanken schweiften ab. Er mußte schlucken.

»Und siehst du den dort drüben?«

»Wo?«

»Neben der Frau in dem schwarzen Minikleid?«

Auch der kam Tom bekannt vor.

»Das ist Max Traube, einer der Stars der Serie. Ein berühmter Komiker.«

»So komisch sieht der gar nicht aus.«

»Das ist bei diesen Typen immer so. Privat sind Komiker unausstehlich. Traube und die Fabian – die sind wie ein altes Ehepaar. Sie hängen aneinander und kriegen sich ständig in die Wolle. Haßliebe, sie haben wahrscheinlich schon zu oft miteinander gearbeitet.« Die Maskenbildnerin deutete auf den Studioeingang. »Da ist sie ja!«

Nora Fabian betrat die Szene. Tom erstarrte, als er den Mann an ihrer Seite erkannte. Er trug einen teuer aussehenden cremefarbenen Anzug und bewegte sich, als sei er in dieser Szene zu Hause. Es war Benedikt Engel vom K1.

Der große Tröster. Der unberechenbare Bulle. Nun hatte Tom zwei, um die er sich auf diesem Fest zu kümmern hatte.

## 39.

Als erstes begrüßten sie Iris und Max Traube.

»Ihr kennt euch bereits?« fragte Nora.

Traube zwang sich zu einem Lächeln. Auf seinen Schläfen standen Schweißperlen.

»Na, schon bei meinem Chef beschwert?«

»Ich bitte Sie. So war das doch nicht gemeint. Sie müssen verstehen, mein Lieber, der Schock, daß ausgerechnet Nora als Verdächtige galt. Aber wie ich sehe, haben Sie Ihre Meinung revidiert.«

Iris nahm ein Glas vom Tablett eines vorbeikommenden Kellners. »Auf die Lebenden!« Offensichtlich war es nicht ihr erstes Glas.

»Mach langsam, morgen hast du deinen ersten Drehtag! Du wirst einen klaren Kopf brauchen«, mahnte Traube. Die Trauer seiner Augen schien hier so fehl am Platze, daß sie auf Ben schon wieder komisch wirkte.

»Du alter Griesgram! Immer mußt du kommandieren. Heute wird gefeiert!« erwiderte Iris aufgekratzt. Sie hatte die erhoffte Rolle bekommen, erfuhr Ben. Das Schulmädchenkleid vom Nachmittag hatte Iris gegen ein noch kleineres Schwarzes getauscht.

Ben und Nora Fabian griffen beide nach Mineralwasser.

Nora fragte: »Trinkst du wirklich niemals Alkohol?«

»Nein. Ein naher Verwandter von mir ist an Alkohol gestorben. Vielleicht deshalb.«

»Und mir würde es wahrscheinlich genauso wie deinem Verwandten gehen. Aber eisern zu bleiben fällt trotzdem nicht leicht.«

»Heute sind Sie es, der auf sie aufpassen muß, Herr Engel«, mischte Traube sich ein. »Und laß es heute nicht zu spät werden, Nora. Das schadet deinem Teint. Du weißt, du bist nicht mehr die Jüngste.«

Nora ignorierte den letzten Satz. An diesem Abend war sie ganz die Diva. Sie trug ein erdbeerrotes Kleid, schulterfrei und auf dem Busen mit Tausenden von golden funkelnden Pailletten bestickt. Mit ihrem hochtoupierten Haar und in ihren Stilettos wirkte sie nur wenig kleiner als Ben.

Iris drängte sich an Ben heran. »Probieren Sie doch mal, Herr Engel, es ist Champagner!«

Traube wies sie zurecht: »Laß ihn doch. Wenn Herr Engel das doch nicht mag!«

Iris zog eine Schnute. »Ach, du alter Griesgram.« Sie zwinkerte Ben zu.

Nora zog ihn weiter und stellte ihm einige Mitarbeiter der Serie vor. Sie streute ihr patentiertes Lächeln unter die Gäste: Keiner kann mir auf dieser Welt etwas weismachen.

Ben spürte die Nervosität unter ihrer Fassade.

»Benedikt, das ist René. Er ist Autor. Gewissermaßen der Erfinder der Serie. René, das ist Kommissar Engel. Er versucht, den Mord an meinem Stiefvater aufzuklären. Aber heute abend ist er privat hier.« Sie strahlte Ben an.

Händeschütteln. René war eine Tunte mit lackierten Nägeln und violettem Seidenhemd.

»Kommissar! Das ist interessant. Wenn ich einmal einen Krimi mache, muß ich unbedingt mit Ihnen reden.«

Nora lachte. »Konzentrier dich erst mal auf das *Watzmannhaus*.«

Ben spielte den Interessierten. »Sie schreiben also die Folgen?«

»Ich leite das Story Department. Insgesamt haben wir ein Dutzend Autoren.«

Nora zündete eine Zigarette an. »Wißt ihr schon, wie die Pilotsendung aussehen wird?«

»Oja! Gladisch hat es heute abgesegnet. Paß auf, Noraschatz: Ein Manager hat seiner Frau erzählt, er müsse zu einem Kongreß, in Wirklichkeit macht er mit seiner Tussi Urlaub im *Watzmannhaus*. Seine Schlampe von Frau hat ebenfalls ein Verhältnis und kommt mit ihrem Stecher ebenfalls in das Hotel. Groooßes Tohuwabohu. Schließlich bringst du die beiden wieder zusammen, Noraschatz. – Happy End.« Er klatschte affektiert in die Hände.

»Natürlich, wie jedesmal. Und wer ist Gaststar?«

René zog die Brauen hoch. »Oh, Napoleon macht ein großes Geheimnis daraus!«

Ein in Weiß gekleideter Typ entführte Nora auf die Tanzfläche.

Ben sah sich um. Er schnappte Fetzen einer Unterhaltung auf.

»Sie müssen zugeben, daß das Fernsehen nur einen sehr oberflächlichen Blick auf die Politik ermöglicht«, sagte ein Intellektueller mit Halbbrille.

»Im Gegenteil. Fernsehen zeigt Politiker exakt so, wie sie sind. Adorno zum Beispiel kaufte sich in den sechziger Jahren nur deshalb ein Fernsehgerät, weil er mehr über die Politiker erfahren wollte«, antwortete ein schwitzender Dicker.

Plötzlich erblickte Ben Alex Vogel mit seinem Fotoapparat. Für einen Moment setzte sein Herzschlag aus. Ben konnte bereits die Druckerschwärze riechen. Er sah die Schlagzeile:

*POLIZIST UND MORDVERDÄCHTIGE –*
*EIN HERZ UND EINE SEELE!*

Ben ballte die Fäuste.

Vogel schlug ihm auf die Schulter. »Hey, Großer, gratuliere! Wie hast du das bloß wieder gemacht? Ausgerechnet *du* bist Nora Fabians Begleiter. Donnerwetter!

Da werden meine Leser staunen!«

»Nichts werden sie! Unsere gestrige Aktion hat mir schon genug Ärger gebracht. Ich möchte verdammt noch mal meinen Job behalten!«

Vogel grinste. »Zier dich nicht so! Als Begleiter des Stars bist du eine relative Person der Zeitgeschichte!«

»Alex, ich meine es ernst. Eine Zeile über mich und Nora – und ich prügle dir die Scheiße aus dem Leib, verstanden?«

»Ich hoffe, du deckst keine Mörderin?«

»Ach was. Und verschon mich mit deiner relativen Zeitgeschichte. Ich hoffe, wir verstehen uns!« Ben hieb seinen Zeigefinger in Vogels Brust. Der verzog das Gesicht.

»Ist ja gut, Alter.« Ben sah mit Genugtuung, wie Vogel sich sein Brustbein rieb. »Aber paß auf! Ich kann nicht für die anderen Reporter garantieren. Die Fete ist voll von Kollegen!«

Dietling brachte Nora zurück.

Ihre Blicke signalisierten Ben: Hier gibt es nur einen, mit dem ich wirklich tanzen möchte, und das bist du.

Die Band spielte ein Engtanzstück. Nora machte keine Anstalten, die Tanzfläche zu verlassen. Ihr Becken schob sich gegen seines. Ben spürte Noras Brüste, ihren Atem, den Duft ihres Haars. Sie schien es zu genießen. Leicht glitt sie über den Boden. Nora hatte auch als Tänzerin große Klasse.

Doch Ben war unruhig geworden. Unaufhörlich hielt er Ausschau nach Kameras.

Bauchflattern.

Am Ende des Stücks applaudierte die Menge. »Tanzen kannst du also auch, Cowboy«, raunte Nora in Bens Ohr. Ben klatschte und musterte die Umstehenden.

Nora folgte Bens Blick. »Das ist übrigens meine Maskenbildnerin!« Sie zog ihn zu einer jungen Frau, die offensichtlich Sinead O'Connor nacheiferte. Der Mann neben ihr trug ein billiges Kaufhaushemd, Brille und den in der Behörde weitverbreiteten Schnurrbart. Ein Bulle, fuhr es wie ein Blitz durch Bens Gedanken.

»Jeanny-Schatz, kannst du mir rasch einen Gefallen tun? Ich brauche deine Hilfe. Die Luft hier drin macht meine Haut ganz kaputt!« Die beiden Frauen verschwanden. Der junge Mann sah wie hilfesuchend Jeanny-Schatz hinterher.

»Ich glaube, wir sind von der gleichen Fakultät«, sagte Ben.

»Ja. Ich bin Thomas Swoboda, vom zweiten Kommissariat.« Sie gaben sich die Hand. »Und Sie sind Benedikt Engel vom K1.«

Offensichtlich hatte Swoboda das Foto im *Blitz* gesehen. Ben kannte ihn nicht. »Neu in der Festung?«

»Seit drei Wochen.«

»Und? Schon bereut?«

»Äh, nein.« Thomas Swoboda nahm seine Brille ab und begann sie zu putzen.

Ben befühlte Swobodas Hemd. »Schön für den Sommer. Karstadt oder Kaufhof?«

Swoboda wirkte unsicher. »Äh, weiß nicht. Ich hab mal 'ne Frage.«

»Nur zu, Kollege.«

»Sie sind mit Nora Fabian hier, deren Vater ermordet wurde. Ich meine, gehört sie als Erbin nicht zum Kreis der Verdächtigen?«

»Ach was. Sie hat ein Alibi. Ich versuche, mehr über ihren Stiefvater herauszufinden. Sehen Sie es mal so: ich opfere sogar meine Freizeit für den Fall. Was dagegen?«

»Haben Sie was mit der Fabian?«

»Jetzt mal langsam, Kollege.« Ben sah Spuren von Lippenstift auf Swobodas Hals. »Weiß eigentlich Ihre Frau, daß Sie sich hier mit dieser Maskenbildnerin herumtreiben?«

Swoboda machte den Regenbogen. Von blaßblau bis leuchtendrot in zwei Sekunden. Treffer. Der kleine Swoboda konnte ihm nichts anhaben.

»Soll ich Ihnen einen Tip geben? Verraten Sie Ihrer Frau nichts davon. Was sie nicht weiß, macht sie auch nicht heiß. So hat jeder von uns sein süßes Geheimnis. Und das behalten wir jeweils schön für uns, okay?« Ben klopfte dem Kollegen auf die Schulter.

Den Kleinen hatte er in der Tasche.

## 40.

Tom haßte es, wenn jemand ihm gegenüber den gönnerhaften Großkotz machte. Und er haßte sich dafür, wenn er dem nichts entgegensetzen konnte.

»Nora sagt, ihr Begleiter sei ein Kollege von dir«, sagte Jeannette, als sie zurückkam.

Tom kochte. »Was hat sie dir erzählt? Haben die was miteinander?«

»Sie sagt, sie findet ihn süß, einer zum Anlehnen.«

»Und?«

»In Sachen Männer ist die Primadonna ein Rätsel. Ich glaube Monogamie hält sie für eine Art Tropenholz.«

»Wie kommt es eigentlich, daß du der Fabian das Make-up richten mußt, sobald die das verlangt? Du bist doch heute abend nicht im Dienst!«

»Was hast du auf einmal? Das war doch nur ein kleiner Gefallen. Sie braucht das. An manchen Tagen ist sie ein einziges Krisengebiet. Eine Nervenpleite. Sie rastet aus und kann sich danach nicht mehr daran erinnern. Andererseits kann sie der feinste Mensch sein.«

»Klingt ja entzückend.«

Jeannette überhörte Toms Ironie. »Manchmal ist sie hilflos wie ein Kind. Und wenn man ihr dann einen kleinen Gefallen tut, kann es sie richtig aufbauen.«

»So hilflos sieht sie gar nicht aus.«

Tom wurde angerempelt. Es war der Feiste im Anzug. Ohne sich bei Tom zu entschuldigen, redete er weiter auf seinen Gesprächspartner ein.

»Schrill sein genügt den Privaten nicht mehr«, hörte

Tom ihn dozieren. »Der Qualitätswettbewerb rollt jetzt an, und davon kann der Zuschauer nur profitieren. Der Blues der depressiven Kulturkritik ist heutzutage völlig fehl am Platz.«

»Laß uns tanzen!« forderte Jeannette Tom auf.

»Glaubst du, daß sie den alten Fabian umgebracht hat?«

»Die Primadonna? Nein. Eigentlich nicht. Aber gestaunt habe ich schon, als die beiden aneinandergekracht sind. So heftig, daß ich mich gar nicht getraut hab zuzugeben, daß ich es war, die ihren Alten in die Garderobe gelassen hat. Aber wie will ich ahnen, daß Nora ihn nicht abkonnte?«

»Aneinandergekracht? Wann war das?«

»Vor drei Tagen, am ersten Drehtag, den wir hier hatten. Aber das habe ich einer Kollegin von dir doch schon alles erzählt.«

Tom zog die Stirn kraus. Streit, ein Motiv – und Engel mußte davon wissen. Ganz in Gedanken griff Tom nach einem Weinglas, das ein Kellner gerade vorübertrug.

»He, wir wollten doch tanzen!« erinnerte ihn Jeannette.

»Was ist das für ein Alibi, das die Fabian haben soll?« fragte er.

»Fabianfabianfabian! Hast du kein anderes Thema? Erzähl lieber von dir! Was macht deine Verbrecherjagd? Die Rauschgiftmafia?«

Das war für Tom nur das nächste Stichwort, sich über Engel zu ärgern. Und ausgerechnet der leitete die Kommission, in der er ab morgen Dienst tun würde.

»Entschuldigung, ich höre gerade, daß Sie über Nora Fabian sprechen«, mischte sich ein älterer, rotgesichtiger Mann ein. Er deutete auf den Fotoapparat, der um seinen Hals hing. »Presse. *Morgenpost*. Eine Frage: Wer ist das eigentlich, mit dem die Fabian gerade tanzt?«

Tom sah hin, und es kochte wieder.

»Kriminaloberkommissar Engel«, sagte Tom leise. Der Pressefritze hielt sein Ohr gegen Toms Gesicht und den Kugelschreiber an sein Notizbuch.

»Benedikt Engel vom K1, das heißt, er ist Kriminalbeamter beim ersten Kommissariat, zuständig für Tötungsdelikte. Und Nora Fabians Vater ist am Sonntag ermordet worden. Bislang hat man keinen Täter. Nora Fabian soll es jedenfalls nicht gewesen sein. Sagt zumindest dieser Engel, wenn Sie wissen, was ich meine.«

Tom sah, wie der Stift auf dem Papier arbeitete, während der Pressefritze im Gewühl abgedrängt wurde.

»Danke«, sagte der Mann, ohne seinen Blick zu heben.

Antje stand wieder auf der Bühne. Sie kündigte die »Jodelkönigin« an, eine dirndltragende Vollschlanke. Jeannette erklärte Tom, daß es sich bei ihr um den Star einer weiteren *Pro-Sat*-Sendung handelte. Die »Jodelkönigin« trällerte etwas unverkennbar Alpenländisches.

Anschließend führte Marco Gladisch die strahlende Nora Fabian auf das Podium. Die Stimmung erreichte den Höhepunkt. Das Scheinwerferlicht ließ Noras Gesicht leuchten. Ich bin eure Traumfrau, schien ihr Lächeln zu sagen.

Der Programmdirektor erklärte, daß in jeder Folge der Serie ein berühmter Gaststar an ihrer Seite auftreten werde. Er hoffe, auch die »Jodelkönigin« dafür gewinnen zu können. Die Gäste applaudierten wie verrückt.

»Die wichtigste Folge einer Serie ist die Pilotsendung«, fuhr Gladisch fort. »Dafür geben wir uns besondere Mühe, denn wir wollen vom Start weg erfolgreich sein. Deshalb freue ich mich besonders, Ihnen heute verraten zu können, wen wir in der Pilotsendung als Gaststar haben werden: Es ist der größte Star, den Deutschland zu bieten hat! Kein Geringerer als Martin Vondermühle!«

Das Studio kochte.

»Sehen Sie, Qualität«, sagte der junge Dicke neben Tom und klatschte.

»Wieso loben Sie eigentlich seit neuestem die Privaten, Herr Kuschke?« fragte der Mann mit der Halbbrille. »Vor einem Jahr klang das noch ganz anders!«

»Ganz unter uns: *Pro-Sat* hat mir einen Beratervertrag angeboten. Sagen Sie's noch nicht weiter.«

»Was hast du?« fragte Jeannette.

Tom reagierte nicht. Er starrte auf Nora Fabian.

Die Schauspielerin schien sich mit »Napoleon« Gladisch zu streiten. Haßerfüllt fuhr sie ihn an, doch was sie sagte, ging in der Musik unter, die jetzt lauter als zuvor einsetzte. Gladisch verließ fluchtartig die Bühne. Die Menge um Tom begann zu tanzen.

Nora Fabian biß sich auf die Lippen. Sie stand wie versteinert, Tränen glitzerten in ihren Augen. Sie schwankte, als ob ihre Beine jeden Moment wegknicken würden. Benedikt Engel, der alle anderen überragte, schob sich zur Bühne, doch ein schmaler, älterer Herr mit grauen Stoppelhaaren war schneller. Es war der Schauspieler, den ihm Jeannette als berühmten Komiker vorgestellt hatte.

Außer Tom schien keiner auf das Geschehen zu achten.

»Hey, Tom! Ich habe keine Lust mehr auf die Fete«, rief ihm seine Begleiterin ins Ohr. »Wie wär's, wenn wir noch zu mir gehen?«

Tom beobachtete, wie der Grauhaarige beruhigend auf die Schauspielerin einredete und sie in Richtung Ausgang bugsierte. Engel folgte ihnen. Sie sprachen miteinander, und Engel nahm die Fabian kurz in den Arm. Tom sah eine Kamera aufblitzen, auch die Presse schien den Nervenzusammenbruch der Diva inzwischen bemerkt zu haben.

Der Komiker führte Nora Fabian nach draußen.

Engel blieb allein zurück.

»Komm schon, Tommiboy. Ich hab noch einen Schampus im Kühlschrank«, drängte Jeannette.

Tom beschloß, daß Sonntags Auftrag, Engel zu überwachen, erst ab morgen gelten sollte.

# 41.

Es war kurz nach elf Uhr abends. Aus der Villa strömte Licht über den Rasen. Die Hortensienblüten dufteten. Iris kam mit einem Packen Badetücher aus dem Haus.

Ben lag neben dem Pool und sah zu, wie sie sich auszog. Das Kleid glitt zu Boden, dann der Slip. Langsam stieg Iris ins Wasser.

»Hey, Glücksprinz, komm rein! Es ist gar nicht kalt!« Verspielt planschte sie hin und her.

Gut, daß sich Traube um Nora kümmerte, dachte Ben. Sie war mit einem Mal völlig durch den Wind gewesen, apathisch, nicht mehr ansprechbar. Ein blankes Nervenbündel. Ben taugte nicht zum Psychiater. Traube schien zu wissen, was in solchen Momenten zu tun war.

Iris lockte vergebens. Ben roch das Gras und starrte in den Sternenhimmel. Er hätte gar keine Zeit für Nora gehabt. Er konnte Brauning nicht versetzen.

Iris kletterte aus dem Wasser und baute sich mit gespreizten Beinen über Ben auf.

»Du hast dir deine Belohnung noch nicht abgeholt.«

Sie ließ das Becken kreisen. Das senkrechte Lächeln schimmerte. Wasser tropfte von ihrer Haut auf Ben herab.

»Du hast Gänsehaut. Erkälte dich nicht!« rief er und warf ihr eins der Tücher zu.

Sie zog eine Schnute, wickelte sich ein und legte sich neben ihn. Er spürte, daß sie fror, und nahm sie in den Arm.

Sie schwiegen und schauten in die Sterne.

»Was für ein Verhältnis hat Nora eigentlich zu Max Traube?«

»Eifersüchtig? Die beiden kennen sich seit vielen Jahren. In Paris haben sie mal eine Zeitlang zusammengelebt. Er kümmert sich um sie, wenn sie ihre Krisen hat. Das heißt, fast ständig. Er ist verrückt nach ihr, und sie haßt ihn für seine Anhänglichkeit. Es ist fast wie bei einem alten Ehepaar. Aber ich glaube nicht, daß sie miteinander vögeln, wenn du das meinst.«

»Was weißt du über Noras Kindheit?«

»Noranoranora. Hast du kein anderes Thema?«

Er schwieg.

Iris stützte sich auf und sah ihn an. »Was ich weiß? Ihr Alter hat sie mißbraucht. Hat sie es dir erzählt?«

»Nein. Ihre Mutter.«

»Und stell dir vor: Sie hatte das alles vergessen, sagt sie. Erst jetzt durch ihre Psychoanalyse hat sie sich vor einer Woche wieder dran erinnert. Dabei muß es doch grauenvoll gewesen sein!«

Ein Schaudern lief durch Ben. »Vielleicht hatte sie es genau deshalb verdrängt.«

Iris schmiegte sich an ihn. Ihre Hand tastete nach seiner Hose. »Was machen wir nur mit dem angebrochenen Abend?« fragte sie.

»Nichts. Ich muß jetzt gehen«, sagte Ben.

## 42.

Es war Mitternacht geworden. Sturm kam auf. Immer wieder verdeckten vorbeijagende Wolkenfetzen die Scheibe des Mondes. Irgendwo braute sich ein Gewitter zusammen, doch an der Stadt würde es vorbeiziehen, hatte der Wetterbericht gesagt.

Die Pappeln am Rand des großen Parkplatzes bogen sich tief durch. Als die Scheinwerfer über die Blätter streiften, sah Ben, wie sie sich im Wind schüttelten.

Der Platz war angelegt worden, damit die morgendlichen Pendler auf die S-Bahn umstiegen. Jetzt stand auf dieser weiten, schwarzen Fläche nur ein kleines Sportcoupè. Frank Brauning stoppte seinen Benz daneben.

Aus seinem Kofferraum holte er zwei Bleiwesten. Sie legten sie an, ohne ein Wort zu wechseln. Dann rollte Brauning ein Bündel auf. Zwei abgesägte Schrotflinten kamen zum Vorschein. Ein so großes Kaliber hatte Ben noch nie gesehen. Er dachte an das, was man damit anrichten konnte, und hatte ein flaues Gefühl im Bauch.

Auf der Herfahrt hatte ihm Brauning kurz erklärt, was er vorhatte. Es klang nach einer Festnahme, bei der sie Beweismaterial verschwinden lassen sollten. Rauschgift und jede Menge Geld.

Sie stiegen in den Flitzer, jeder hielt seine Waffe auf dem Schoß. Brauning fuhr stadteinwärts. Keiner von beiden schien Lust zu haben, ein Gespräch zu beginnen. Ben sah die Lichter der Stadt, der Schiffe auf dem Rhein und die des Kraftwerks am Ende des Hafens. Brauning steuerte genau darauf zu.

Gleich hinter dem Kneipenviertel begannen die Industrieanlagen. Alte Weizenmühlen, Lagerhallen, Speditionen. Vieles lag brach, die Industrie zog sich mehr und mehr aus der Stadt zurück. Sie fuhren an Hafenbecken vorbei, überquerten Bahngleise. Um diese Uhrzeit war Ben noch nie soweit in dieses Gebiet vorgedrungen. Plötzlich schaltete Brauning Licht und Motor aus. Leise knirschend rollte der Sportwagen noch mehrere hundert Meter weiter. Hinter einer Halle brachte Brauning ihn zum Stehen. Es war stockdunkel. Nur langsam gewöhnten Bens Augen sich daran.

Brauning machte ein Zeichen: *Leise.* Sie stiegen aus. Brauning öffnete ein Tor, und sie schoben das Auto hinein. Vor der Halle lagen riesige Kabelrollen. Dort bezogen sie Posten.

Das Warten begann.

Der Wind wehte Staub in Bens Augen. Die Äste eines alten Baumes knarrten. Sonst schien alles tot. Wieder eine verdammte Nacht, die er sich um die Ohren schlug, dachte Ben.

Das durchschwitzte Hemd klebte an seinem Rücken. Die Nacht war warm, doch der Wind kühlte ihn allmählich aus. Ben vermißte sein Jackett, das er im Golf auf dem Innenhof des Präsidiums zurückgelassen hatte. Er mußte niesen.

»Beherrsch dich, verdammt!« flüsterte der Rottweiler aus seiner Deckung.

»Wenn wir hier noch lange stehen, bin ich morgen krank«, erwiderte Ben, ebenfalls im Flüsterton, obwohl sie seiner Überzeugung nach die einzigen Menschen im Umkreis von zwei Kilometern waren.

»Wenn du Krach machst, bist du morgen tot, verstanden?«

Gegen zwei Uhr morgens hörte Ben das Rasseln eines Dieselmotors. Ein Auto kam näher und hielt etwa auf ihrer Höhe. Ben konnte die Abgase riechen. Plötzlich wurde es hell. Der Lichtkegel eines Suchscheinwerfers tastete über das Gelände. Ben und Brauning hielten sich im Schatten, jeder dicht an seine Kabelrolle gedrängt.

Der Diesel rasselte weiter die Straße entlang und bog um die Ecke. Der Mann am Scheinwerfer arbeitete gründlich. Ben spürte den Herzschlag im ganzen Körper. Dann kam das Auto zurück.

Der Lichtstrahl tastete über die schwarze Fläche des gegenüberliegenden Hafenbeckens und über das kleine Gebäude daneben. Ben sah dunkle Fenster und verwitterte Mauern, eine Art Pförtnerhäuschen, offenbar verlassen. Als der Scheinwerfer erlosch, mußte Ben sich erst wieder an die Finsternis gewöhnen. Dann erkannte er zwei Gestalten, die langsam auf das kleine Haus zugingen. Sie leuchteten mit einer Taschenlampe ins Innere, dann verschwanden sie durch eine Tür. Drinnen ging ein Licht an, jemand zog einen Vorhang zu.

»Die Verkäufer«, flüsterte Brauning.

Ben nickte, obwohl sein Chef es wahrscheinlich nicht sah.

Das Warten ging in die nächste Runde. Mehrmals ließen Geräusche Ben aufschrecken, doch es war jedesmal nur der Wind. Bis auf sie und die beiden in der Hütte war dies der einsamste Ort der Welt. Eine halbe Stunde lang.

Dann kam das zweite Auto. Wieder zwei Personen.

Sie parkten hinter dem Mercedes und betraten ohne weitere Vorsichtsmaßnahmen das Pförtnerhaus.

»Die Käufer, zusammen sind es also vier Personen.«

Brauning ließ weitere fünf Minuten verstreichen, dann gab er das Zeichen.

Bens Jackentaschen waren voller Patronen. Seine abgesägte Schrotflinte war geladen und entsichert. Sie schlichen über den Asphalt und an der Hauswand entlang. Ben bezog Posten am Fenster und hielt den Atem an. Er hörte sein Herz schlagen. Wie eine Steelband im Karneval von Trinidad.

Wasser gluckste gegen die Wand des Hafenbeckens. Sand knirschte zwischen Bens Zähnen. Angst kroch seinen Rücken hinauf, Wirbel für Wirbel, und setzte sich im Nacken fest. Dann gab Brauning das zweite Zeichen.

Ben feuerte von unten durch das Fenster gegen die Decke. Ein Höllenlärm, Glas und Putz splitterten, Staub wirbelte. Braunings Schuß zerfetzte fast gleichzeitig das Türschloß. Ben folgte Brauning in das Haus, der schreiend und mit weit nach vorne gestreckter Flinte ins Haus stürmte.

»DAS IST EINE RAZZIA! KEINE SCHEISSBEWEGUNG!«

Von der Decke baumelte eine nackte Glühbirne, darunter stand ein Holztisch. Staub und Brocken von Putz bedeckten eine Waage und verschiedene Tüten. Die vier Männer hatten die Hände erhoben. Sie wußten, was sich gehörte.

Ben erkannte einen Mann mit grauer Mähne, die zum Pferdeschwanz zusammengebunden war: Drago Ivanisevic.

Ein kleiner, ebenfalls mit Goldkettchen behängter Südländer zitterte vor Angst und Wut. Er fuhr Ivanisevic an: »Habt ihr Spitzel bei euch! Verräterbande!«

Ivanisevic begann zu protestieren, und sein Partner, ein blonder Muskelprotz, wollte auf den Kleinen losgehen, doch Brauning stieß ihm den Lauf gegen die Brust. »NOCH EINE SCHEISSBEWEGUNG UND IHR

FLIEGT IN STÜCKE, IHR VERDAMMTEN ARSCHLÖCHER!«

Dabei drehte Brauning die Flinte um und drosch den Kolben gegen das Gesicht des Blonden. Es war ein häßliches Geräusch, das Ben durch Mark und Bein ging. Der Muskelprotz ging stöhnend zu Boden und spuckte Zähne und Blut. Die anderen wurden still.

»Nimm ihnen die Waffen ab!«

Ben gehorchte wie unter Hypnose. Er ging gründlich vor und fand Pistolen, Messer und Schlagringe, genug für einen mittleren Bandenkrieg. Brauning warf ihm Handschellen zu.

»Ich kenn dich doch«, sagte Ivanisevic, während Ben ihn fesselte. »Ich dachte, du bist hinter dem Mörder von Fabian her!«

Kampfhundbellen: »Ist das der Jugo vom Partyservice?«

Ben nickte.

»Scheißparty, heute abend, was?« knurrte Brauning zu Ivanisevic.

»Ihr seid nur zu zweit? Wo sind Blaulicht und Sirenen?«

»Spezialparty«, antwortete Brauning. »Wir ficken euch auch ohne Leuchtreklame!«

»Ich brauche einen Arzt!« krächzte der Blonde.

»Arzt? Vergiß es, du Arschgesicht!« kläffte Brauning. »Hinter mir steht nur noch der Herrgott!« Trockenes Rottweilerlachen.

Ben kam der Gedanke, daß die vier Dealer Rache an ihm nehmen könnten. Immerhin hatte Ivanisevic ihn erkannt. »Was hast du mit ihnen vor?« fragte er.

»Warte im Auto auf mich. Vergiß die Tüten nicht. Ich will mal sehen, ob der Jugo singen kann.«

Im Hinausgehen sah Ben, wie Brauning einen Schlagring überstreifte.

Ben saß im Wagen, mit dem Rücken zum offenen Hallentor. Längst fror er nicht mehr, im Gegenteil. Er kurbelte das Fenster herunter, doch in der Halle gab es keinen Luftzug.

Er warf einen Blick auf die Beute: Ein paar der Beutel waren durchsichtig und prallgefüllt mit weißem Pulver. Rund zehn Kilo, schätzte Ben. Bei den anderen handelte es sich um Kaufhaustüten voller Geldscheine. Der Großhandelspreis für tausendfachen Rausch. Ein kleines Vermögen.

Ben versuchte, die Schreie zu ignorieren, die vom Pförtnerhäuschen herüberdrangen. *Mal sehen, ob der Jugo singen kann.*

Dann wurde es still. Ein paar Minuten vergingen. Ben wurde nervös.

Plötzlich war jemand am Auto.

Ben fuhr herum. Brauning öffnete die Heckklappe und machte sich im Kofferraum zu schaffen. Nur langsam beruhigte sich Bens Puls.

»Bin gleich wieder da«, sagte sein Chef. »Ich muß nur noch sicherstellen, daß die vier Galgenvögel nicht wegflattern, wenn wir aufbrechen.« Brauning ließ wieder dieses freudlose Lachen hören.

Insgesamt dreimal kam er an den Kofferraum und trug etwas zur Hütte. Ben glaubte, Ketten rasseln zu hören. Brauning keuchte, als schleppe er etwas Schweres. Dann wurde es totenstill. Es verging eine kleine Ewigkeit.

Ein Klatschen ließ Ben aufschrecken. Ein schwerer Gegenstand fiel ins Hafenwasser.

KLATSCH-KLATSCH-KLATSCH-KLATSCH.

Vier schwere Gegenstände.

Die Fahrertür ging auf. Brauning startete den Japaner und setzte zurück. Er roch nach Schweiß, sein Atem ging schwer. Auf der rechten Hand und auf seinem Hemd waren Blutspritzer.

»Keine Angst, mein Junge. Die Arschgesichter krümmen keinem mehr auch nur ein Schamhaar. Weder Zeugen noch Spuren.« Er streifte den Schlagring ab und steckte ihn ein. »Übrigens: der Jugo hatte wirklich keine

Ahnung vom Mord. Schade. Habe mir alle Mühe gegeben.«

Ben hatte einen Kloß im Hals. »Sie haben sie umgebracht. Das war nicht abgesprochen.«

»Sag *du* zu mir, Partner!«

Er reichte ihm die Rechte. Ben starrte auf das Blut. Brauning zog die Hand zurück und putzte sie an einem Tuch ab.

»Das war Abschaum, und ich habe ihn weggewischt. Das ist alles.« Ein kaltes Rottweilergrinsen. »Ich mag Drogendealer. Egal, was du ihnen antust, du fühlst dich nicht schlecht. Im Gegenteil, je mieser du es ihnen besorgst, desto besser fühlst du dich. Spürst du es auch?«

Ben schluckte. Vierfacher Mord. Und er hatte mitgeholfen. Noch nie hatte sich Ben so sehr auf der anderen Seite des Gesetzes gefühlt. Auf der verdammt falschen.

»Das kommt raus. Irgendwer wird sie vermissen«, sagte er leise.

»Nur Abschaum vermißt Abschaum. Keiner wird eine Vermißtenanzeige erstatten, weder die Süchtigen, noch die Kokainmafia. Und wenn schon. Ich hab dafür gesorgt, daß die Arschgesichter unten bleiben. Die küssen jetzt den Grund des Hafens. Für immer.«

»Und ihre Autos?«

»Gestohlen, genau wie dieser kleine Flitzer. Keiner kann die Spuren zurückverfolgen. Nicht zu dir, nicht zu mir, nicht zu den vier Arschgesichtern.« Ein hartes Grinsen, wie eingefroren.

Sie verließen den Hafen und fuhren Richtung Autobahn. Brauning knipste die Innenbeleuchtung an.

»Pack das Geld in drei Tüten. Zwei für mich, eine für dich. Das Scheißgift ist für meinen Informanten, das Bare ist für uns. Du teilst, ich suche mir meine Tüten aus. Gerecht?«

Ben antwortete nicht. Auf seinem Schoß stapelte er stumm die Bündel, zählte ab, verstaute sie wieder in den Plastiktüten.

»Ein Tag Knast kostet den Steuerzahler 175 Mark«,

rechnete Brauning vor. »Das mußt du dir mal reintun. Mal vier, mal 365, mal die Jahre, die der Richter den Drecksdealern gegeben hätte. Das Geld haben jetzt wir, und nicht der Steuerzahler hat's bezahlt, sondern die Dreckskerle selbst!« Rottweilerlachen.

Auf dem großen Parkplatz wechselten sie in das andere Auto. Noch einmal fünfzehn Minuten mußte Ben festgeschnallt auf dem Beifahrersitz verbringen. Eine Viertelstunde dumpfen Grübelns, nur ab und zu unterbrochen vom Auflachen Braunings, der nicht aufhören konnte, sich über seine Rechnung zu amüsieren. *Partner.*

Als Ben schließlich auf dem Hof der Festung aus dem Benz des Chefs stieg, versagten ihm fast die Knie. Er holte tief Luft und preßte seine Tüte an sich. Mehr als einhunderttausend Mark, sein Anteil am schmutzigen Geschäft. *Killerlohn.*

Hinter ihm gab Brauning Gas und fuhr mit quietschenden Reifen vom Hof.

Ben spürte, wie das Adrenalin plötzlich schal wurde. Säure stieg hoch, er schluckte dagegen an. Doch sein Magen war stärker. Ben stützte sich gegen sein Auto und ließ die Kotze auf den Innenhof der Festung plätschern, solange, bis er völlig leer war.

Diese Nebenjobs nahmen ihn immer mehr mit.

# Mittwoch

## 43.

*Morgenpost*, 28. Juni, Seite eins:

LANDESREGIERUNG APPELLIERT:
AUTO STEHEN LASSEN
HITZE TREIBT OZONWERTE IN REKORDHÖHE

*Die Sommersonne hat gestern die Ozonwerte bundesweit drastisch ansteigen lassen. In Hessen und Niedersachsen galt Ozonalarm mit Tempolimits, in Nordrhein-Westfalen rief die Landesregierung dazu auf, das Auto möglichst stehen zu lassen oder langsam zu fahren.*

*Um 18 Uhr wurde der Höchstwert mit 328 Mikrogramm Ozon pro Kubikmeter Luft in Köln-Rodenkirchen gemessen. Zuvor hatten die Wetterdienste den bisherigen Jahreshöchstwert mit 269 Mikrogramm Selmsdorf in Mecklenburg-Vorpommern zugeschrieben. In Düsseldorf-Lörick kletterte der Wert auf 261 Mikrogramm pro Kubikmeter Luft.*

*In Hessen und Niedersachsen wurden Tempolimits von 90 Stundenkilometern auf Autobahnen und 60 auf Landstraßen verhängt. Die NRW-Landesregierung wies darauf hin, daß empfindliche Personen auf »ungewohnte körperlich anstrengende Tätigkeiten im Freien« verzichten sollten.*

*Zahlreiche Oppositionspolitiker kritisierten unterdessen die von der Bundesregierung geplanten Maßnahmen gegen den Ozonsmog als unzureichend. Die Schwelle für die Auslösung des Ozonalarms sei zu hoch gehängt, und die geplanten Fahrverbote für Nicht-Kat-Autos ließen zu viele Ausnahmen zu. Dagegen betonte ein Sprecher des Bundesumweltministeriums, das unmittelbar vor der Beschlußfassung stehende Ozongesetz werde irreführende Alleingänge einzelner Länder unterbinden, die lediglich von einer irrationalen Ablehnung des Autos geprägt seien.*

*Morgenpost*, Lokalteil, Rubrik »*Stadtgeflüster*«:

*Angelika* **Franke**, *64, trauerte nicht lange. Gleich nach der Beerdigung von Heinz Fabian, ihres zweiten von vier Ehemännern, feierte die Grande Dame des deutschen Films Wiedersehen mit alten Bekannten, darunter Hans-Martin* **Jakubiak**, *Verleger der Morgenpost (Foto oben). Jakubiak: »Frau Franke war der einzige Star von internationaler Bedeutung, den wir hatten, als das Kino noch zu Recht Traumfabrik genannt wurde.« Ihre Tochter, Nora* **Fabian**, *35, stand Stunden nach der Beerdigung bereits wieder im Mittelpunkt des Sommerfestes, das Pro-Sat in den MMD-Studios gab. Die Schauspielerin: »Ich kann meine Kollegen nicht im Stich lassen, bei allem, was vorgefallen ist.« Tapfer! (ausführlicher Bericht über das Fest in der morgigen Ausgabe) Barbara* **Hahn**, *23, ist wieder auf freiem Fuß. Wegen Rauschgiftbesitzes wird sie sich vor Gericht verantworten müssen. Der als »Schwester Beate« zu Beliebtheit gelangten Schauspielerin droht eine Haftstrafe. Ihre Anzeige gegen die an der Festnahme beteiligten Polizeibeamten hat sie zurückgezogen. Ihre Nachfolgerin im »Watzmannhaus«, Iris* **Breuer**, *26, hatte gestern ihre ersten Aufnahmen im Studio (kleines Foto). Regisseur Reiner* **Dietling**: *»Ich bin sicher, wir haben einen guten Griff getan.« Ebenfalls ein guter Griff: Martin* **Vondermühle** *(Foto rechts) soll im Pilotfilm der Serie einen Auftritt als Gaststar haben. Der in Kalifornien lebende Star wird bereits morgen erwartet. Die Gage, mit der man ihn an den Rhein lockt, soll von sechsstelliger Höhe sein, wird gemunkelt. Eine Woche Dreharbeit hat man für ihn angesetzt, heißt es. Ein Schelm, der da den Stundenlohn berechnet!*

*Blitz*, 28. Juni, Seite eins:

MORDOPFER VERKEHRTE IM ROTLICHTMILIEU
BRACHTE IHN SEIN SEXTRIEB UM?

*Der am Sonntag einem brutalen Mord zum Opfer gefallene Großgastronom Heinz Fabian war nur nach außen der brave Geschäftsmann. In seinem Inneren brodelten die Triebe. In Bordellen ließ Fabian, geschieden und alleinlebend, die Puppen tanzen. Tatjana B., Bordellchefin: »Einmal im Monat kam er in unseren Club. Er trank Champagner mit den Mädchen (200 Mark pro Flasche) und ging dann mit ihnen ins Séparée.« Orgien, Fabians heimliches Hobby. Jung mußten die Mädchen sein. Tatjana B.: »Am meisten stand er auf den knabenhaften Typ.« War das Laster schuld an seinem Tod? Die Bordellchefin: »In unserem Club gab es niemals Streit. Fabian war ein angenehmer Kunde.« Wo verkehrte Fabian noch? Wurde er Opfer eines Bordellkrieges? Dazu der renommierte Kriminologe Prof. Klaus Maihöfer: »Messermorde sind typisch für die Unterwelt.« Kripoleiter Clemens Sonntag: »Wir gehen derzeit jeder möglichen Spur gewissenhaft nach.« Doch die Polizei tappt völlig im Dunkeln.*

*Blitz*, ebenfalls Seite eins:

38 GRAD HITZE, 90 % LUFTFEUCHTIGKEIT
GANZ DEUTSCHLAND IST EINE SAUNA

*Der Sommer hat uns im Schwitzkasten. Gestern im Südwesten bis zu 38 Grad! Lebensgefährliches Kreislaufwetter! Und im Norden: Immer wieder Unwetter. Bis 1000 Blitze in der Stunde, Sintflut-Regen! Ab morgen abend auch bei uns! Doch erst mal geht die Hitze weiter …*

## 44.

Er hatte sicher schon tausendmal in seiner Sammlung geblättert, doch jedesmal pochte sein Herz bereits auf der Hinfahrt vor lauter Vorfreude.

Was für Heinz das Essen gewesen war und der Wein, war für ihn seine Sammlung.

Leo Falk schloß die Tür auf. Kein anderer hatte einen Schlüssel dafür. Nicht einmal seine Frau ahnte, daß in der kleinen Kammer noch etwas anderes war als Rasenmäher, Werkzeug und ausrangierte Gartenmöbel.

Wertvolleres. Aufregenderes.

Es war kurz nach Tagesanbruch. Um diese Zeit begegneten ihm nur wenige Autos, und in der Schrebergartenkolonie war es vollkommen ruhig, menschenleer. Ohne Furcht vor Störung konnte er seine Sammlung genießen. Seine Frau hatte sich daran gewöhnt, daß er häufig hierher fuhr. Wie sich seine Frau doch irrte. Er kam nicht etwa hierher, um die Nachbarin beim Sonnenbaden zu beobachten. Das ließ ihn kalt. Er hatte seine geheime Sammlung.

Im Sonnenlicht, das um diese Zeit noch fast waagerecht durchs Fenster fiel, tanzte der Staub. Seine Frau würde sich jetzt vielleicht gerade mal im Bett umdrehen und überlegen, ob sie aufstehen sollte. Bis sie mit Aufschnitt und Brötchen zum Frühstück angeradelt käme, hätte er nicht nur Kaffee gekocht und den Tisch gedeckt.

Er schloß den Schrank auf. Die Tür knarrte. Von ganz unten zog er eine Kiste hervor. Die ältesten Exemplare seiner Sammlung. Pretiosen allerhöchsten Ranges. Sein Herz klopfte laut und heftig.

Leo Falk rieb sich die Stelle, auf die Nora ihn am Vortag geschlagen hatte. In einem Anflug von falscher Sentimentalität hatte er sich bei ihr entschuldigen wollen. Nein, das hier war so erregend, so großartig, daß Kategorien wie Schuld eine vernachlässigenswerte Größe darstellten.

Ächzend hob er die Kiste auf den Tisch. Sein Atem ging schwer. Er schlug den ersten Ordner auf. Im Sonnenlicht glänzte die Klarsichthülle. Vorsichtig zog er ein Foto heraus, das älteste seiner Sammlung. Es war etwas vergilbt, aber noch immer gestochen scharf.

Damit hatte alles begonnen.

Er spürte eine Erregung, die ihm seine Frau nie verschaffen konnte, auch nicht am Anfang ihrer Ehe. Das war seine geheime Passion.

Es klopfte an der Tür. Verdammt, gerade jetzt.

»Guten Morgen, Herr Nachbar!«

Eine Stimme, die er nicht kannte. Es mußte der neue Pächter von Parzelle 13 sein. Um diese frühe Zeit?

»Wer ist da?« rief Falk zurück. Hastig stellte er den Karton zurück und verschloß den Schrank.

Es klopfte wieder.

»Ja, ich komme schon! Einen Moment, bitte.«

Er zog die Tür zur Gerätekammer zu, ordnete sein weißes Haar und trat zur Vordertür. Er schob den Riegel zurück. Mit einem Kreischen der Scharniere flog ihm die Tür entgegen.

Im gleißenden Gegenlicht sah Falk nur die Umrisse einer Gestalt und langes, leuchtendes Haar. Falk wunderte sich über den Regenmantel, den der Eindringling trug. Seltsam, an diesem schönen, warmen Morgen.

Der Angriff überraschte ihn. Leo Falk spürte einen schweren Schlag gegen seine Brust. Er taumelte zurück in den Raum. Ihm wurde heiß.

Der Eindringling setzte nach und schlug noch einmal zu. Jetzt erst sah Falk die lange Klinge des Messers aufblitzen. Er blutete aus zwei tiefen Wunden. Er mußte husten. Es rasselte bei jedem Versuch, Luft zu holen. Auf seiner Zunge hatte er den Geschmack von Eisen. Er sah die blonden Haare und dieses haßverzerrte Gesicht, doch ihm war, als entfernte sich die Welt von ihm. Ein Racheengel, dachte Falk. Die Strafe des Himmels für seine Leidenschaft.

Der Eindringling stach noch einmal zu.

LEICHTIGKEIT.

Falk stürzte. Der vierte Stich traf endlich das Herz.

LEERE.

Die Blutlache um den Toten dehnte sich immer weiter aus.

Der Eindringling wickelte das Messer in den Regenmantel und putzte sich die Schuhe ab.

Ein weiterer Teil der Mission war erfüllt.

45.

Gnadenlos stach das Tageslicht in seine Augen. Er schloß sie wieder. Frische Luft drang in das Zimmer. Vogelgezwitscher. Er wollte seinen Kopf zum Wecker hin drehen, doch sein Schädel war voller Blei.

Eine Stimme, wie das jüngste Gericht: »Steh auf, Tommi!«

»Wie spät is's denn?«

»Halb acht!«

Mit einem Ruck kam Tom hoch. Das Blei schlug gegen die Schädeldecke. Dabei hatte er auf dem Sommerfest kaum etwas getrunken, und danach auch nicht mehr viel. »Warum hast du mich nicht geweckt?«

»Hab ich doch. Du bist anscheinend wieder eingeschlafen.« Etwas Unbarmherziges klang in ihrer Stimme mit.

Tom sprang hoch und ging zur Dusche. Jede Bewegung erzeugte einen schweren Elektroschock mitten im Hirn. Das warme Wasser brachte nur wenig Linderung.

Gabi hatte ihm schon Kaffee eingeschenkt. Der Kleine spielte mit Bauklötzen. Unschuld, die keine durchzechten Nächte kannte, geschweige denn ... –

»Soll ich dir rasch ein Brot machen?«

»Danke, ich frühstücke im Präsidium. Keine Zeit.«

»Weißt du, wann du heute nacht nach Hause gekommen bist?« Schärfe in ihrer Stimme.

»So um zwei«, riet Tom.

»Halb vier.«

Dann hatte er höchstens drei Stunden gepennt. »Ich habe vor dem Einschlafen noch mindestens eine Stunde wachgelegen. Es war so heiß, und der Mond schien so hell ins Zimmer.«

»Was hast du so lange gemacht?«

»Schäfchen gezählt.« Nein, er hatte über den Spielfilm nachgedacht, in dem die Geliebte eines Mannes dessen Familie terrorisierte. Er hatte ihn erst neulich zusammen mit Gabi auf *Pro-Sat* gesehen.

»Quatsch! Ich meine vorher! Wo warst du so lange?«

Er hatte Jeannette noch nach Hause gebracht. Dann hatte sie eine Flasche Sekt geöffnet und er ihr schwarzes Bustier. Tom überlegte, was er sagen sollte. Das Pochen im Schädel störte ihn dabei. »Äh, kann ich mich darauf verlassen, daß du nichts weitererzählst von dem, was ich dir jetzt sage?«

Gabi hielt die Arme verschränkt und legte den Kopf schief.

Ihm fiel der Name des Spielfilms ein. *Eine verhängnisvolle Affäre.* Tom verscheuchte den Gedanken und fuhr fort: »Wir bereiten gerade ein ganz großes Ding vor. Einen Schlag gegen die Kokainmafia. Der Chef hat mich an entscheidender Stelle eingesetzt. Observierungen, verdeckte Ermittlungen rund um die Uhr, verstehst du?« Es lohnte sich nicht, wegen eines einmaligen Abenteuers eine eingespielte Ehe zu riskieren. In diesem Punkt mußte er Engel recht geben. Was sie nicht wußte, würde sie nicht heiß machen.

»Dein Hemd stinkt, als wärst du in einer Kneipe gewesen. Und warum hast du noch geduscht, als du nach Hause kamst? Das machst du doch sonst nie.«

Er hatte nicht nach Jeannette riechen wollen, als er zu Gabi ins Bett kroch. »Du erzählst nichts weiter, ja? Wir waren auf dem Sommerfest einer Filmgesellschaft. Es war heiß, und die Luft war fürchterlich.« Tom warf eine Kopfschmerztablette in ein Glas Wasser. »Die ganze Filmbranche ist ein einziger Drogensumpf. Schwester Beate – du hast es sicher in der Zeitung gelesen. Und das war nur der Anfang. Wir haben die Drahtzieher aufs Korn genommen. Übrigens, das Hemd – kann es sein, daß es irgendwie billig aussieht?« Er trank das sprudelnde Zeug. Bitter. Hoffentlich würde es helfen.

»Das habe ich dir beim letzten Sommerschlußverkauf geholt. Gestern früh hat es dir noch gefallen!«

Dann erst sah er diesen Blick.

Sie wußte etwas. Woher?

Ihr Blick ließ ihn nicht los. Er brachte nicht einmal den Kaffee hinunter. »Äh, ich muß jetzt los. Ich rufe dich vom Büro aus an.«

Gabi nahm Tobias auf den Arm. Ein doppelter stummer Vorwurf.

## 46.

Tom nahm die P6 aus seiner Schublade und befestigte sie am Gürtel. Zerstreut hielt er einen Moment inne. Die Kopfschmerzen tobten noch immer, und auf seiner Zunge klebte ein leichter Geschmack nach Alkohol. Womöglich hatte er eine Fahne.

Er zwang sich zur Konzentration und stand auf. Sein erster Tag im K1. Eine doppelte Aufgabe.

Auf dem Gang traf er Bönte, der Wasser für die Kaffeemaschine holte. »Wie geht's? Du siehst nicht gut aus, Thomas!«

»Die Nacht war etwas zu kurz. Und selbst?«

»Der Dicke ist heute alles andere als fröhlich. Der Jugo ist noch immer nicht aufgetaucht.«

»Na, dann bin ich froh, daß ich damit nichts mehr zu tun habe. Ab heute arbeite ich im K1.«

Bönte schien wenig beeindruckt.

»Die brauchen mich im Mordfall Fabian«, legte Tom nach.

»Komische Familie, die Fabians.«

»Wieso?«

»Ich war gestern auf der Beerdigung, weil der Jugo auch dort war. Da hatten wir ihn noch. Na, und plötzlich ohrfeigt sie einen Trauergast auf der Beerdigung des eigenen Vaters!«

»Nora Fabian?«

»Dieser ehemalige Bürgermeister steht am Grab, und plötzlich klatscht es. Habicht, nein Geier.«

»Was?«

»Jetzt hab ich's: Falk! Ein alter Kumpel von Feinkost-Fabian. Wenn die Leute sie nicht weggebracht hätten, hätte sie den alten Mann regelrecht verprügelt!«

»Ich heiße Inga. Der Chef ist noch nicht da«, sagte die Sekretärin. »Eigentlich müßte die Morgenbesprechung jeden Moment anfangen.«

Auch Braunings Sekretärin hatte gerade Kaffeewasser geholt. Tom folgte ihr ins Vorzimmer. Von diesem Flügel der Festung ging der Blick auf die Oberfinanzdirektion. Ein häßlicher Klotz, der genaue Zwillingsbruder des Präsidiums.

Als Inga die Kaffeemaschine füllte, blieb er hinter ihr stehen. Er hätte sie gern nach einer Schmerztablette gefragt, aber wahrscheinlich machte das einen schlechten Eindruck.

»Sie können gern schon mal reingehen«, sagte die Sekretärin.

Tom zwang sich, die Augen von dem engen Minirock zu reißen, der ihren Hintern mehr betonte als verhüllte.

Engel saß bereits im Büro des K1-Chefs. Er war unrasiert und hatte ein etwas verquollenes Gesicht. Der lange Kollege steckte in dem gleichen, teuren Anzug wie am Vorabend. Er war zerknittert, die Jacke fleckig. Engels Nacht mußte richtig übel gewesen sein. Tom spürte Schadenfreude.

»Na sowas!« sagte Engel und schniefte. »Zufall oder höhere Fügung? Thomas Swoboda, wenn ich mich recht erinnere! Dich haben sie also vom K2 zu uns geschickt? Ist doch okay, wenn wir uns duzen, oder?«

»Ich soll die Mordkommission Fabian ergänzen mit meinem Know-how über alles, was mit Rauschgift und Sitte zu tun hat, sagt mein Chef.«

»Und seit drei Wochen bist du bei der Kripo. Know-how, soso. Ich hab's von Fröhlich eigentlich auch nicht anders erwartet.«

»Was?«

»Schon gut. Willkommen an Bord!« Statt eines Handschlags zog Engel ein Taschentuch und trompetete lautstark hinein. Tom rieb seine Schläfen. Dazwischen pochte es.

»Was machst du da?« fragte der Kollege.

Tom verstand nicht.

»Sieht aus, als ob du den Schalter suchst!« Engel lachte über seinen eigenen Scherz. Arschloch, dachte Tom.

Brauning betrat das Büro. »Swoboda Junior! Ist das der Mann, den uns das K2 schickt?« fragte er Engel. Dieser nickte, und Brauning wandte sich an Tom. »Was macht Ihr Ventilator? Ist es Ihnen zu heiß geworden bei der Sitte?« Dann blätterte er in einer Zeitung.

Tom hatte den Eindruck, als erwarte Brauning keine Antwort. Er wußte, was er einem wie Bönte erwidert hätte, aber an seinem ersten Tag in dieser Abteilung wollte er vorsichtig sein.

Das Büro wurde voll. Tom wurde Ria Pohl vorgestellt, Baumann, Schranz und Miller. Inga brachte Kaffee. Tom hoffte, das Gebräu würde seinen Schädel beruhigen.

Brauning schlug mit der zusammengefalteten Zeitung auf den Tisch. »Blödes Geschmiere: Die Polizei tappt im Dunkeln!«

»Das Schlimme ist, der *Blitz* hat recht«, sagte einer der Kollegen.

»Was haltet ihr von der Bordellgeschichte?« fragte Engel.

»Wer zum Henker ist Tatjana B.?« erkundigte sich Brauning. »Kennt die jemand?«

»Leider nein.«

»Bei unserem Gehalt?«

Tom fühlte Braunings Blick. »Ich werde das chekken«, sagte er.

»Und was ist mit der Kokain-Theorie?« fragte Miller. Tom schätzte ihn auf sein Alter.

»Zur Sicherheit kann Thomas das auch für uns überprüfen«, sagte Engel.

Tom nickte. »Wir haben neulich für das K2 Drogenspürhunde vom Flughafen angefordert. Wir könnten damit auch durch Fabians Wohnung gehen. Die entdecken auch kleinste Spuren. Soll ich mal beim BGS anrufen?«

Das Telefon klingelte. Brauning hob ab.

»Okay, Thomas, mach das mal«, sagte Engel.

Die Züge des Rottweilers verhärteten sich. »Himmel, Arsch ... – Verzeihung, Frau Falk! Wir sind sofort da.« Er knallte den Hörer auf die Gabel. »Der eine ist noch nicht ganz kalt, da gibt es schon den nächsten Mord. Himmel, und wieder einer aus der SM-Szene!«

»*Leo* Falk?« fragte Engel erstaunt.

»Was meint er mit SM-Szene?« flüsterte Tom.

»Nicht, was du denkst. Schicki-Micki, Lokalprominenz«, klärte ihn Ria Pohl auf. Eine attraktive Kollegin, die einzige Frau der Mordkommission Fabian. »Der Chef hat manchmal seine eigene Ausdrucksweise.«

Rottweilerbellen: »Swoboda, Sie fahren mit mir. Da kriegen Sie gleich mal was zu sehen!«

Tom bewunderte Braunings Benz, ein gutgepflegtes Modell aus den frühen Siebzigern. Damals hatten sie noch richtige Kühlerhauben und reichlich Chrom. Ob der K1-Chef wußte, daß Liebhaber dafür Spitzenpreise zahlten?

»Schon mal einen Steifen gesehen?« fragte Brauning unvermittelt.

»Wie bitte?«

»Einen Kalten. Einen Toten.«

»Ja. Im Streifendienst. Eine Selbstmörderin, die Tabletten geschluckt hatte.«

»Aber noch kein Gewaltopfer? Mit richtig viel Blut?«

Tom schwieg. Mord. Sein erster richtiger Fall.

Brauning bog auf eine Nebenstraße, um den Messestau zu umfahren. »Sie sind zum K1 delegiert worden, um uns im Fall Fabian zu helfen. Sie werden sich heute durch verwichste Akten wühlen und sich im K2 umtun.

Vielleicht hat der Mord an Feinkost-Fabian mit Sitte- oder Drogengeschichten zu tun. Sie werden das sorgfältig prüfen, verstanden?«

»Ja.« Eine Welle von Stolz lief durch Tom. Er fuhr in diesem schmucken Benz und wurde vom K1-Chef persönlich in sein neues Aufgabengebiet eingewiesen.

Braunings Hände krallten sich ums Steuer. »Aber zuerst zeige ich Ihnen einen schönen, blutigen Steifen. Damit Sie kapieren, wie bei uns die Musik spielt.« Tom spürte den Blick des Rottweilers auf sich ruhen. »Hier geht es nicht um Kleindealer und minderjährige Nutten. Bei uns geht es um den Tod!« Es lag etwas Beunruhigendes in Braunings Blick.

Auf dem weichen Straßenbelag quietschten die Reifen. In dieser Gegend war Tom aufgewachsen. Heute war hier eine Tempo-30-Zone. Brauning ignorierte die Schilder.

»Ich kenne den Tod, mein Junge«, fuhr er fort. »In all seinen Arten. Ich war dabei, als das Gesicht eines Mannes zerplatzte, weil ein Achtmillimeter-Hohlmantelgeschoß von hinten in seinen Schädel fuhr. Ich habe ein kleines Mädchen gesehen, dessen Gesicht aussah wie ein Kirschkuchen, weil es von seiner Mutter mißhandelt worden war.« Erst jetzt fielen Tom die dunklen Ringe um Braunings Augen auf. Vielleicht hatte auch er eine schlaflose Nacht hinter sich.

»Und ich habe meinen Sohn verrecken sehen«, brummte der K1-Chef leise. »Auf einem verschissenen Scheißhaus mit einer Spritze im Arm. Wollen Sie noch mehr hören?«

Tom schluckte. »Schon gut.«

»Meinen Sie, der Tod geht Sie nichts an? Gequirlte Scheiße! Der Tod gehört verdammt nochmal dazu. Keiner will das begreifen. Aber ohne Tod ist das Leben nicht zu haben. Der Herrgott gibt es, der Herrgott nimmt es. Denken Sie daran, wenn Sie vor einer Leiche stehen. Schauen Sie sich die Haut genau an – wie Wachs. Die Augen – wie Glas. Inhalieren Sie den verdammten Leichengeruch! Das macht frei. Dann spüren Sie, daß Sie leben. Danken Sie Ihrem Schöpfer dafür!«

Wieder dieser flackernde Blick. Tom starrte nach vorn.

Brauning lachte kurz auf. »Es gibt natürlich auch Leute, die sich in die Hose scheißen, wenn sie einen Kalten sehen. Gleich werden Sie wissen, ob ein Bulle in Ihnen steckt oder bloß ein Behördenarsch.«

Tom dachte an den Namen des Toten, zu dem sie fuhren. Leo Falk. Ein kaltes Ziehen fuhr durch seine Brust. *Wenn die Leute sie nicht weggebracht hätten, hätte sie den alten Mann regelrecht verprügelt.*

## 47.

Ben versuchte, mit Braunings Benz mitzuhalten. Im Autoradio warnten sie vor Bewegung im Freien wegen der Ozonwerte, die bereits am Morgen über irgendeinem Grenzwert lagen. Ben spürte ein fiebriges Zittern. Seine Gelenke schmerzten, sein Rachen kratzte, und er dachte an die vergangene Nacht.

Braunings Verhalten ihm gegenüber war an diesem Morgen das gleiche gewesen wie jeden Tag. Ben blieb nichts anderes übrig, als mitzuspielen. Die Zähne zusammenzubeißen und zu tun, als habe es die letzte Nacht nicht gegeben. Als stamme die Tüte in seinem Kleiderschrank von einer Erbtante. Zu seiner Erkältung gesellte sich Übelkeit.

»*Que tal está*?« fragte Ria.

Ben lachte grimmig. »*Hoy es mucho movimiento*!«

»Du kannst es ja noch.«

Sie hatten den Spanischkurs damals gemeinsam begonnen.

»Ich hab Karten für ein Konzert am Samstag«, sagte Ria. »Wenn du Lust hast, Großer, geb' ich dir eine ab.« Sie hatte das Fenster heruntergekurbelt. Ihr Haar flatterte im Fahrtwind. Die gleiche Frisur wie vor fünf Jahren, dachte Ben.

»Wer spielt?« fragte er.

»*The Babes*.«

»Kenn ich nicht.«

»Neo-Punk. Eine reine Frauen-Band. Girlies, weißt du? Freche Gören mit dicken Stiefeln und Schulmädchenkleidern, die auf Lolitas machen.«

»Ist das nicht abartig?«

»Hör auf. Das ist die neue Art von Feminismus!«

»Soweit seid ihr jetzt, daß ihr mit Pädophilen kokettiert?«

»Ich glaube, Benni, du übertreibst jetzt.«

Mit hohem Tempo nahm Ben eine Kurve. Er war sauer. »Erinnerst du dich an die Hefte in Fabians Schlafzimmer? Du fandest sie harmlos.«

»Und du bist völlig durchgedreht.«

»Fabian hat seine Stieftochter mißbraucht, von ihrem dreizehnten bis fünfzehnten Lebensjahr.«

»Nein!«

»Noras Mutter hat es mir erzählt. Die Arme ist mißbraucht worden. Das hat ihr einen Knacks gegeben. Sie leidet noch heute daran.«

»Ach. Jetzt weiß ich's.«

»Was?«

»Was du an der Schauspielerin findest.«

Ben strich über seine Bartstoppeln. »Ich werde Swoboda sagen, daß er sich darauf konzentrieren soll. Fabian war pädophil. Da soll er ansetzen, wenn er die Sitte-Akten durchstöbert. Kinderpornos, Kinderprostitution, Kinderhandel! Fabian muß Kontakte zu dieser Szene gehabt haben!«

»In der Wohnung war kein Hinweis darauf.«

»Wenn schon. Das sagt nichts!«

»Vielleicht hat sich ja die Schauspielerin für ihre schwere Kindheit gerächt.«

»Unwahrscheinlich.«

Was wußte Ria schon von schwerer Kindheit.

Ben hielt neben Braunings Benz. Vor einem Torbogen stand eine kleine, rundliche Frau neben ihrem Fahrrad. Als die Polizisten näherkamen, brach sie in Tränen aus. Brauning gab ihr die Hand, Ben bot ihr ein Papiertaschentuch an. Beate Falk erkannte ihn.

»Wer tut einem alten Mann sowas an?« schluchzte die kleine Frau.

Sie folgten ihr auf einem schmalen Fußweg zwischen Hecken und Zäunen. Insekten summten, Vögel zwitscherten, sonst herrschte absolute Ruhe. An einer Gartentür blieb sie stehen und zeigte auf das Schreberhäuschen. Brauning ging voran.

Die Tür stand offen. Blutgeruch hing im Raum. Eine dicke Fliege flog Loopings über der Leiche. Falk lag auf dem Rücken, die Augen waren weit geöffnet, wie vor Schreck. Die Blutlache reichte von den Füßen bis zu den weißen Haaren. Brauning beugte sich über das Polohemd, das einmal hellblau gewesen war. »Sieht aus wie Stichwunden.«

Stumm starrten sie auf die Leiche. Die Fliege setzte sich ins angetrocknete Blut und kam nicht wieder hoch. Ben sah, daß es nicht die erste war. Der kleine Swoboda war blaß geworden und schluckte.

Es gab jede Menge blutiger Fußspuren rund um den Toten. Nicht groß, Frauenschuhe, schätzte Ben. Eine Waffe war nicht zu sehen. Die Tür war unbeschädigt. Vielleicht hatte Leo Falk seinen Mörder gekannt oder mit Besuch gerechnet. Genau wie Heinz Fabian, dachte Ben.

Brauning brach das Schweigen. »Genug geglotzt. Überlassen wir die Hütte den Jungs von der Kriminaltechnik.«

Vor der Tür sog Ben die Luft ein, als gäbe es nichts Frischeres. Sie umringten Beate Falk.

»Wann haben Sie ihn gefunden?« fragte Brauning.

»Kurz nach acht. Er war schon seit zwei Stunden hier draußen, ich hab noch fürs Frühstück eingekauft. Bei dem Wetter sind wir gern hier.«

»Haben Sie jemanden bemerkt? Zeugen?«

Die kleine Frau schüttelte den Kopf.

»Irgendwelche Spuren? Ist irgendwas anders als sonst?«

Kopfschütteln, dann heulte sie los. »Nur, daß er jetzt tot ist!«

Die Kollegen von der Kriminaltechnik kamen mit ihren Koffern den Fußweg entlanggetrottet. Einer von ihnen fragte: »Hat jemand etwas da drin angefaßt?«

Brauning schüttelte den Kopf.

»Ich hab nur seinen Puls gefühlt und kontrolliert, ob er noch atmet«, sagte Beate Falk. »Dabei bin ich wohl in das Blut reingestiegen. Die Fußabdrücke sind von mir.«

Die Jungs mit den Koffern verschwanden in der Hütte.

Ben mußte niesen. Dort drinnen hatte er es kalt empfunden. Fast so kalt wie in der vergangenen Nacht beim Warten zwischen den Kabeltrommeln.

»Hatte Ihr Mann Feinde? Gab es Drohungen?« fuhr Brauning fort.

»Nein. Er war ein angesehener Politiker. Mein Gott! Seit zwei Jahren war er Pensionär. Wer tut einem alten Mann sowas nur an?«

»Frau Falk, es ist nötig, daß Sie uns heute noch ein paar Fragen beantworten. Ria, bitte geben Sie ihr ein Kärtchen. Kriminaloberkommissarin Pohl wird für die Aufklärung verantwortlich sein. Um Ihren Mann brauchen Sie sich erstmal nicht zu kümmern. Es sind noch ein paar Untersuchungen nötig. Wenn Sie einen kleinen Moment warten, bringen wir Sie nach Hause.« Der Rottweiler strich sich über den Schnurrbart. »Verdammt! Thann in Urlaub, Gerres in Urlaub, Nagel noch immer krank! Nur gut, daß wir Sie jetzt haben, Swoboda!«

Ben mußte grinsen. Der Kleine verstand die Ironie des Chefs offensichtlich nicht.

Ein lautes Prasseln und Knirschen ertönte. Auf dem schmalen Weg zwischen den Hecken zwängte sich ein Krankenwagen voran. Zwei Weißkittel stiegen aus.

Ein Uniformierter kam aus der Hütte. »Der Tod trat schätzungsweise heute morgen zwischen sechs und sieben Uhr ein. Nach erster Ansicht scheinen Unfall oder Selbstmord auszuscheiden.«

»Ach was«, entfuhr es Brauning.

»Die Tat könnte mit einem langen Messer erfolgt sein.«

»Wer hätte das vermutet? Und wer war der Täter?«

Beleidigt zog der Kriminaltechniker ab.

»Die Fabian!« entfuhr es Swoboda. Alle Blicke richteten sich auf den K2-Mann. Sein Gesicht war gerötet. »Nora Fabian hat Leo Falk auf dem Friedhof geohrfeigt. Ein Kollege, der Ivanisevic observiert hat, hat es mir erzählt. Falk und die Fabian hatten Streit.«

Braunings Rottweilergebiß klappte auf.

»Ich weiß«, sagte Ben und trat von einem Fuß auf den anderen. »Ich war auch dort. Ich habe danach mit Leo Falk gesprochen. Er wollte mir nicht sagen, um was es gegangen war. Und seine Frau weiß es nicht.« Ein Blick auf die Uhr. »Die Fabian ist jetzt sicher noch nicht im Studio. Ich werde sie zu Hause erwischen. Mich wird sie nicht anlügen. Und wenn, dann merke ich es.« Ben spürte Rias Blick.

In diesem Moment klickte deutlich vernehmbar eine Kamera. Vier Köpfe fuhren herum und sahen Alex Vogel vom *Blitz*, der festhielt, wie Falks Leiche aus der Hütte getragen wurde und im Krankenwagen verschwand. Der Fotograf winkte und rief: »Schönen Tag und frohes Schaffen noch!« Und verschwand.

»Frechheit«, zischte Ria.

»Ich fahre mit!« erklärte Swoboda ungefragt.

Die Hecktür des Sanitätsautos knallte zu.

## 48.

Unheil schien über der Stadt zu brüten.

Die Luft zitterte, und es war, als ob der Asphalt kochte. Ben trieb den Motor des klapprigen Dienstwagens auf Hochtouren. Der Fahrtwind brannte in seinen Augen.

Der junge Kollege auf dem Beifahrersitz räusperte sich. »Wir haben zur Zeit Vollmond. Ich konnte heute nacht kaum schlafen.«

Ben runzelte die Stirn.

»Manche sagen«, fuhr Thomas Swoboda fort, »daß der Vollmond die Irren rauslockt.«

»Nein«, antwortete Ben mit einem Seitenblick. »Die sind immer da.«

Ben steuerte den Wagen in den Rheinufertunnel. Vor ihm übte sich ein polnischer Lastwagen im Giftgaseinsatz, neben ihm putzte sein ungebetener Beifahrer die Brille und faselte vom Mond. Ben war sauer. Er wechselte auf die Überholspur, doch hier war ein Fahrschüler sein Vordermann. Ben konnte nicht anders, als in der Rußwolke des klapprigen Lkws zu bleiben.

Er warf einen Blick auf seinen Begleiter. Swoboda trug Jeans, weißes T-Shirt und Schweißperlen auf der Stirn. »Beim K2 bist du also. Sitte – für einen Muschijäger wie dich gerade das Richtige, was, Swoboda?«

»Sag Tom zu mir.«

»*Muy bonito*. Du kannst Ben zu mir sagen.« Endlich ging das Fahrschulauto nach rechts. Ben beschleunigte weit über die vorgeschriebene Höchstgeschwindigkeit hinaus und geriet lediglich in den Auspuffqualm des nächsten Lastwagens.

»Ihr habt Ivanisevic observiert?« fragte Ben und tat möglichst beiläufig.

»Klar. Erst war Spaghetti-Enzo unsere große Hoffnung, um an die Hintermänner zu kommen, dann war es der Jugo. Enzo hast du ja vermasselt.«

Ivanisevic auch, dachte Ben. »Und wie läuft's mit dem Jugo?«

»Erst mal hat er die Kollegen abgehängt. So schnell wie dessen Corvette ist kein Dienstfahrzeug. Jetzt lauern sie überall auf den Jugo, doch wahrscheinlich wikkelt der den Deal inzwischen ohne das K2 ab, und Fröhlich guckt in die Röhre.«

Ben wechselte rasch das Thema. »Und du bist also der kleine Bruder von Mike Swoboda? War ein guter Kollege. Schade um ihn.«

»Laß meinen Bruder aus dem Spiel!«

Ben mußte schon wieder niesen.

»Erkältet?« fragte sein Nebenmann.

»Nein. Leichenallergie. Ich frag mich bloß, wieso du jetzt eigentlich neben mir sitzt, Tommiboy.«

»Ich arbeite jetzt auch an diesem Fall, oder? Wenn Brauning wüßte, was du in deiner Freizeit machst, würde er dir den Fall rasch wegnehmen, schätze ich. Zuerst hat die Fabian mit ihrem Stiefvater Streit, dann ist der tot, dann streitet sie mit Falk, und der wird auch erstochen. Die Fabian war's, nur du willst es nicht wahrhaben, weil du lieber mit ihr auf Feten gehst, statt sie einzubuchten.«

Ben schüttelte den Kopf.

»Und nenn mich nicht Tommiboy.«

»Steck deine Nase lieber in die Akten, von denen du etwas verstehst, Kleiner. Dazu haben wir dich ins K1 geholt.«

»Du kannst mir keine Vorschriften machen, Großer.«

»Du drehst mächtig auf, ganz schön forsch für einen Frischling. Naja, verstehe – Swoboda, alter Polizeiadel. Bei *den* Voraussetzungen wirst du es weit bringen. Ist dein Vater noch so dicke mit Kripochef Sonntag, Kleiner?«

Für einen Moment blendete Ben das Tageslicht, als sie aus dem Tunnel fuhren. An der roten Ampel drehte er sich zu seinem Beifahrer und sah, wie dieser an seinem Schnurrbart knabberte.

»Nenn mich nicht Kleiner«, wiederholte Tom leise. Der kleine Swoboda war schon wieder rot angelaufen. Plötzlich hieb er seine Rechte in Bens Magen. Ben blieb die Luft weg. Er wußte nicht, wie er reagieren sollte.

»Grüner wird's nicht«, sagte Tom Swoboda.

## 49.

Sie standen vor der Villa. Weiße Mauern, Efeu, kleine, vergitterte Fenster. Tom überprüfte, ob sein T-Shirt korrekt in der Jeans steckte. Ben klingelte. Tom warf einen kurzen Blick auf den knittrigen Anzug des Kollegen. Seit Toms Faustschlag hatten sie kein Wort miteinander gewechselt.

Nora Fabian öffnete. Grelles Tageslicht und kein Make-up – Tom sah die Fältchen um ihre Augen. Eine Frau, die allmählich auf die Vierzig zuging, nicht mehr der jugendliche, glamouröse Kinostar, als den er sie noch auf dem Sommerfest wahrgenommen hatte. Heute schien keiner gut auszusehen.

»Guten Morgen, guten Morgen«, grüßte sie. »Jetzt sind es schon zwei. Es geht also doch.«

Tom fand ihre Fröhlichkeit aufgesetzt. Typisch Schauspielerin.

Drinnen war ein Mann, sie hatten zusammen gefrühstückt. Ein älterer Herr, schlank, fast zart. Es war der Komiker, der gestern Nora Fabian aus dem Saal geführt hatte. Tom beobachtete Bens Reaktion, wartete schadenfroh auf ein Anzeichen von Eifersucht, doch da war nichts. Ben begrüßte Max Traube wie einen guten Bekannten.

Max Traube – Tom überlegte, in welchen Filmen er ihn gesehen hatte, doch er wollte nicht fragen. Der Mann trug seine wenigen grauen Haare fast so kurz wie Jeannette. Wahrscheinlich zu alt, um für den Schönling Engel eine ernsthafte Konkurrenz zu sein, mutmaßte Tom.

»Sie kommen leider ungünstig, meine Herren, wir müssen los«, erklärte Traube. »Nora, eigentlich solltest du schon in der Maske sein.« Auch Traubes Lächeln schien aufgesetzt.

»Ich habe eigentlich nur eine Frage«, sagte Ben. Wir, dachte Tom und begann sich erneut über den Kollegen zu ärgern.

»Nora, wo warst du heute morgen?«

Die Schauspielerin hatte sich eine Zigarette angezündet und nahm einen tiefen Zug, bevor sie antwortete. »Wieso? Was war heute morgen?«

Tom glaubte, daß er jetzt an der Reihe war. »Wieder ein Mord. Und wieder mit einem Messer.«

Für einen Moment blieb es still. Zigarettenqualm und Nervosität hingen im Raum.

»Wir haben gefrühstückt«, erklärte Traube. »Ich bin relativ früh gekommen, da ich mir Sorgen um Nora machte.« Er sprach zu Engel und schien Tom zu ignorieren. »Sie war gestern etwa noch eine Stunde bei mir, und als ich sie nach Hause brachte, hatte sie sich noch nicht ganz beruhigt. Deshalb wollte ich heute früh noch einmal nach ihr sehen. Stimmt's, Nora?«

Die Schauspielerin nickte. »Es ist rührend, wie du dich um mich kümmerst, Max.«

Traube breitete die Arme aus. »Aber was faselt Ihr Kollege schon wieder von Mord, Herr Engel?«

»Wann genau sind Sie hier eingetroffen?« fragte Ben.

»Sehr früh. So gegen halb acht, schätze ich.«

»Nicht früh genug«, sagte Tom. »Der Mord geschah zwischen sechs und sieben Uhr.«

»Was soll das? Sie werden Nora doch nicht schon wieder verdächtigen?« Traubes Stimme wurde schrill. Jetzt erinnerte sich Tom: *Die Rache des Musketiers* und *Ein Käfig voller Irrer*. Das war vor der Zeit mit Gabi gewesen, lange vor Hochzeit und Kind. Traube hatte in den Filmen volles, schwarzes Haar gehabt, vielleicht eine Perücke.

»Wo warst du, bevor er kam, Nora?« fragte Ben.

»Hier natürlich.«

»Kann das jemand bestätigen? War Iris da?«

»Nein. Ich habe geschlafen. Tief und fest. *Rohypnol.* Hat mir mein Arzt gegeben. Mein Gott, Ben, du weißt doch, wie fertig ich gestern war. Nachdem mich Max nach Hause gebracht hat, habe ich erstmal was zum Beruhigen geschluckt. Ich habe geschlafen wie ein Murmeltier im Winter. Max hat mich wecken müssen. Nicht wahr, Max?«

Tom hatte einen lauernden Blick in Traubes Augen gesehen. Jetzt bestätigte er eilfertig Nora Fabians Aussage. Tom machte sich Notizen, wie er es gelernt hatte. Ben und die anderen ignorierten ihn weiterhin. Die Fabian qualmte hastig.

Traube wurde unruhig. »Wir müssen jetzt wirklich ins Studio. Sie können Nora nicht für jeden Mord in dieser Stadt verantwortlich machen.«

»Sie fragen gar nicht, *wer* überhaupt ermordet wurde«, stellte Ben fest.

»Wer wurde denn ermordet?« echote die Primadonna.

»Nora, was war zwischen dir und Leo Falk? Warum hast du ihn auf dem Friedhof angegriffen?«

»Falk? Das tut wirklich nichts zur Sache, Ben. Ich war's jedenfalls nicht!«

»Kann ich bitte die Tabletten sehen, Frau Fabian?« fragte Tom.

Die Schauspielerin zog eine Schublade auf, fast in Griffweite von ihrem Platz am Eßtisch. *Rohypnol*. Eine halbvolle Packung.

»Damit kann man eine Elefantenherde einschläfern«, sagte Traube. Auch eine Art zu töten, dachte Tom.

Sie hatten das Villenviertel verlassen, und die Straße wand sich hügelabwärts Richtung Innenstadt. Der ältere Kollege hatte heute einen Escort erwischt, dem offensichtlich Hunderte von Kollegen zuvor kräftig zugesetzt hatten. Die Schaltung hakte, und die Federung war ausgeleiert.

Tom brach das Schweigen. »Wohin jetzt?«

Engel würdigte ihn keines Blickes. »Wohin wohl. Ich liefere dich in der Festung ab, wo du hingehörst.«

»Du glaubst doch im Ernst nicht, was die Fabian sagt?«

»Hör mal, Kleiner. Hier geht es nicht um Glaubensfragen. Wenn du willst, daß eine Verdächtige sich verplappert, dann mußt du sie erst mal reden lassen. Sag ihr nicht, daß es um Mord geht. Verstehst du? Wenn du Tarzan vorhältst, daß Jane um Mitternacht gekillt wurde, dann war er zu der Zeit garantiert nicht im Dschungel. Oder er hat *Rohypnol* genommen. Wieso muß ich hier eigentlich den Ausbilder spielen?« Engel fuhr über eine Unebenheit, stieß mit dem Kopf gegen das Wagendach und redete sich in Rage. »Verdammt noch mal, kann denn heutzutage jeder Idiot Kommissar werden? Dein Bruder hätte sich jedenfalls geschickter angestellt. Wer hat dir eigentlich gesagt, daß du deine Klappe aufreißen sollst?«

Ende eines Anschisses. Tom fühlte sich neben Engel um einige Zentimeter geschrumpft.

»Ich hätte sie festgenommen«, sagte er leise, mehr zu sich selbst.

## 50.

Eine Stunde später lief Ben die Treppe zu Fabians Wohnung hoch. Kollegen vom Bundesgrenzschutz kamen ihm mit ihrem Spürhund entgegen. Der Schäferhund hechelte und beschnupperte Bens Beine.

»Und, schon fertig? Das ging ja schnell!« sagte Ben.

»Wer sind Sie?« fragte einer der Bundesbeamten muffig.

»Benedikt Engel, K1, ich leite die Ermittlungen im Mordfall Fabian.«

»Viel Spaß!«

Das hätte der Uniformierte sich sparen können. Der Hund zerrte an der Leine. Er wollte nach unten.

»Und, irgendwelche Drogenspuren in Fabians Wohnung?« fragte Ben.

»Nichts. Falscher Alarm, genauso wie gestern bei dem Scheißbüfett in diesem Fernsehschuppen. So schnell bekommt ihr unseren Ralf nicht mehr. Am Flughafen haben wir wichtigeres zu tun. Tschüs!«

Sie drängten an ihm vorbei nach unten. Ralf. Der Hund war das einzige, womit sich diese Idioten wichtig machen konnten. Ben rief ihnen hinterher, etwas lauter als nötig: »Stimmt es, daß ihr die armen Tiere süchtig macht, damit sie das Zeug finden können?«

In der Wohnung hing immer noch der Geruch nach Tod. Ben versuchte, die Blutflecken zu ignorieren, und machte sich noch einmal auf die Suche. Er verrückte Schränke und Regale, hängte Bilder ab, rollte Teppiche zusammen, riß die Matratze aus dem Bett. Kein versteckter Safe. Kein Schlüssel für ein Schließfach. Keine geheimen Papiere.

Sobald er die Wohnung freigab, würde ein Hausverwalter sie renovieren lassen und weitervermieten. Vorher wollte Ben nichts unversucht lassen.

Er nahm jedes Buch aus dem Regal, blätterte durch alle Seiten. Er untersuchte jeden Zettel, den er fand. Zwei Stunden nahm er sich Zeit und machte es gründlich. Er stöberte in den FKK-Heften nach versteckten Notizen, Namen, Telefonnummern.

Am Ende war er schweißgebadet und so weit wie nach der ersten Untersuchung. Kein Hinweis auf Kontakte zur Pädophilenszene. Keine Verbindung zum Drogenring.

*Mala suerte.*

## 51.

Tom war erstaunt, so viele der K2-Kollegen in der Kantine anzutreffen. Mit seinem Brokkolibratling setzte er sich zu ihnen.

»Ich dachte, ihr seid hinter Ivanisevic her«, fragte Tom. »Oder ist er vielleicht hier in diesem Raum?«

»Nix mehr Jugo, nix mehr Observierung«, sagte Bönte. »Er ist immer noch nicht aufgetaucht. Wie vom Erdboden verschwunden.«

»KOK Bönte hat sich von der verdächtigen Person abhängen lassen«, stichelte Bernhard.

»Immerhin haben wir die Corvette gefunden, aber vom Halter des Fahrzeugs fehlt jede Spur. Fröhlich hat einen Haftbefehl besorgt, aber seine Wohnung war leer. Und nicht nur das!« Tom erfuhr, daß Fröhlich die Idee nicht als erster gehabt hatte. Die K2-Kollegen hatten die Wohnung aufgebrochen und durchwühlt vorgefunden.

Anlaß für reichlich Spekulationen.

»Statt den Deal zu machen, ist er mit dem Geld der Bande abgehauen.«

»Mit dem Stoff hätte er doch viel mehr Kohle gemacht.«

»Aber dann hätte er teilen müssen.«

»Abgehauen – ohne seinen Rennwagen?«

»Oder die Kolumbianer haben ihn umgebracht und das Geld und den Stoff behalten.«

»Und wer hat dann seine Wohnung durchsucht?«

»Seine Kumpels, auf der Suche nach dem Stoff.«

»Man bringt doch Geschäftspartner nicht einfach um.«

»Oder es ist ihm zu heiß geworden, weil wir ihn beschattet haben.«

»Dein Schatten wird ihm wenig zu schaffen gemacht haben. Dich hat er doch ständig abgehängt.«

»Was ißt du da eigentlich?« fragte Bönte.

»Brokkolibratling«, antwortete Tom.

»Sieht aus wie fritierte Kotze.«

Tom legte die Gabel weg. Tommaso kam an den Tisch. Auch er hatte das vegetarische Gericht auf dem Tablett.

»Was macht Spaghetti-Enzo?« fragte Tom.

»Du wirst es nicht glauben, aber der Junge spielt plötzlich verrückt. Er hat auf einmal Angst vor seinen Kumpels. Er sagt, sie wollen ihn im Knast ermorden. Weiß der Teufel, was plötzlich in ihn gefahren ist. Namen hat er noch nicht genannt. Aber er will einen Deal machen. Er faselt ständig was von Zeugenschutzprogramm. Namen gegen Sicherheit.«

»Und?« fragte Tom.

»Zeugenschutzprogramm? Sowas hat vielleicht das LKA, aber nicht wir. Enzo hat die Hosen dermaßen voll, daß er früher oder später auch so alles auspacken wird. Eher früher, glaube ich.«

»Und wenn er wirklich in Gefahr ist? Vielleicht sollte man das LKA einschalten?«

»Damit *die* sich dann die ganzen Lorbeeren einsammeln? Nein, Fröhlich will den Fall für sich. Ist doch klar.«

»Fritierte Kotze«, sagte Bönte.

»Wieso?« fragte Tommaso. »An Fröhlichs Stelle würdest du den Spaghetti doch auch für dich behalten. Unser letzter Trumpf. Vielleicht haben wir Glück. Die Szene scheint jedenfalls in Aufregung zu sein.«

»Dein Essen sieht aus wie fritierte Kotze«, erläuterte Bönte.

Tommaso aß weiter und erklärte mit vollem Mund: »Brokkoli ist Geistesnahrung.«

Bönte kuckte ihn skeptisch an. »Geistesnahrung? Was soll das denn sein?«

»Etwas, was du noch nie gegessen hast!« antwortete Tommaso.

## 52.

Er hatte Geld eingesteckt. Drogengeld. Blutgeld. Er fühlte sich gut, seine Erkältung war verflogen. Ben staunte, was Geld alles bewirken konnte.

*Occasion* stand auf den Fenstern des Ladens. Innerhalb von dreißig Minuten gab er weit mehr als tausend Mark aus. Beladen mit Schachteln und Tüten kehrte er zum Auto zurück. Hemden, Hosen, ein Anzug aus leichter Wolle. Krawatten, eine Weste für den Herbst. Schuhe aus durchbrochenem Leder, hergestellt von einer österreichischen Manufaktur. Seine Beute.

Dann fuhr er zum *Marktbistro*. Nie wieder Kantine, schwor sich Ben.

Er fühlte sich gut, als er das Lokal betrat. Der Mittagsandrang war abgeebbt, es war fast leer. Poliertes Holz, goldgerahmte Spiegel, gekühlte Luft. Kellner in weißen Schürzen, die fast bis zum Boden reichten. Und Iris.

»So ein Zufall!« Küßchen links, Küßchen rechts, Ben tat, als wäre es für ihn die natürlichste Begrüßungsform der Welt. Sie hob ihr Glas.

»Auf meinen Glücksprinz! Auch ein Gläschen Prosecco? Ach nein, ich weiß schon. Kein Alkohol, wegen dieses Verwandten.«

»Es war mein Vater.«

»Oh!« Iris ließ ihr Glas sinken.

»Er war ein Trinker und Schläger. Im Suff hat er unsere Familie zerstört. Er landete im Knast, und als er rauskam, hat er sich endgültig totgesoffen.«

»Eine traurige Geschichte.«

»Es ist vorbei.«

Ben bestellte Mineralwasser und warf einen Blick auf die Karte.

Iris zeigte auf eine Reisetasche. »Stell dir vor, wo ich das Wochenende verbringe! Dietling, der Regisseur, hat mich in sein Haus auf Ibiza eingeladen. Er sagt, ich habe großes Talent.«

Ben nickte in Richtung auf ihr Dekolleté. »Zwei große Talente.«

»Das ist nicht fein von dir. Erst weist du mich zurück, dann wirst du frech. Nein, Dietling sagt, er wird mich ganz groß rausbringen. Ich sei viel zu gut für diese Watzmannscheiße.« Sie nahm noch einen Schluck.

Ben lachte. »Er will deine Talente ganz groß rausbringen, was?«

»Mein Gott, Benedikt! Was hab ich nicht alles getan, um ins Geschäft zu kommen. Ich habe meine Fotomappe an alle Angestellten des Castingbüros einzeln geschickt. Ich habe das Fitneßstudio gewechselt, um im selben zu trainieren, wo auch die Frau von Napoleon Gladisch hingeht. Ich habe mit meinem Agenten geschlafen, weil er auch der Agent des Chefautors des *Watzmannhauses* ist. Ich habe sogar bei Nora die Küche geputzt.«

Sie leerte das Glas. »Ach, Nora! Kurz nachdem du weg warst, hat Max sie nach Hause gebracht. Ich glaube, die hatten sich auch gestritten. Und dann hat sie sich bei mir ausgeheult. Von dir haben wir übrigens auch gesprochen, Großer. Du solltest dich mal um sie kümmern. Die Arme ist ziemlich durcheinander. Ich meine die Therapie wegen ihrer Kindheit, der Alkoholentzug, der ganze Medienrummel und so. Und jetzt auch noch der Streß mit *Pro-Sat*! – Ich hab ja viel Verständnis, aber was sie sich heute früh geleistet hat, grenzt schon an Altersdepression, oder? Um halb sechs hat sie mich angerufen und mir schon wieder die Ohren vollgeheult. Stell dir vor: halb sechs Uhr früh, mitten in der Nacht! Ich hatte vielleicht gerade mal drei Stunden geschlafen!«

»WAS?«

»Auch einen Prosecco?« fragte einer der Kellner.

»Ja, äh, nein, danke.«

Der Kellner nahm Iris' leeres Glas und begann, den Tresen zu polieren.

»Wann war das?« fragte Ben leiser.

»Halb sechs, ich hab auf den Wecker geschaut. Daß sie vor lauter Ärger und Alpträumen nicht schlafen kann, hat sie gejammert. Daß sie Streit mit Gladisch hat und Angst, daß der sie aus der Serie rausdrücken will. Daß sie an Selbstmord denkt und lauter solches Zeug. – Ach, da kommt Dietling. Hallo, Schatz!« Iris ging ihm entgegen. Küßchen links, Küßchen rechts. Der auch heute komplett in Weiß gekleidete Regisseur nahm ihre Tasche, und sie folgte ihm nach draußen, wo ein Taxi wartete.

»Tschüs, Glücksprinz!« rief sie von der Tür aus. »Und kümmer dich um Nora!« Dann war sie verschwunden mit ihrer guten Laune, ihrem Lachen und ihren Talenten.

Ben stand wie gelähmt. In seinem Kopf schlugen die Gedanken Rad.

## 53.

Zurück in der Festung. Telefonate. Das Labor.

Ben schärfte dem Kriminaltechniker ein, ihn sofort zu verständigen, wenn sie bei der Spurenauswertung weitere Parallelen zwischen den Morden an Falk und Fabian finden sollten. Als der Kollege nachfragen wollte, hatte Ben schon aufgelegt. Dann versuchte er, Nora zu erreichen. Doch sie schien weder bei *MMD* zu sein noch bei *Pro-Sat* oder zu Hause.

Als er auflegte, klingelte es sofort.

Es war Vogel. »Wer zum Teufel war der Tote?«

»Welcher Tote?«

»Der heute morgen. Mensch, verkauf mich nicht für blöd, Kumpel.«

»Keine Zeit. Auskünfte erteilt unsere Pressestelle.«

»Was soll das, Ben?«

»Alex, sei mir nicht böse, aber ich muß jetzt los.«

»Red schon! Dreimal Clara S., eine Menge Kohle für einen Namen!«

»Ich brauche deine Kohle nicht!«

»Seit wann denn das? Hast du im Lotto gewonnen? Übrigens, deine neue Freundin hat zur Zeit eine Menge Ärger, wie es scheint!«

»Wieso?«

»Plötzlich hast du es nicht mehr eilig, was? Dein Star hatte gerade Streit mit 'Napoleon' Gladisch in dessen Büro. Und weißt du, warum? Weil sie nicht mit Martin Vondermühle spielen will.«

»Worauf willst du raus?«

»Ich würde es Nervenzusammenbruch nennen.«

»Warum will sie nicht mit Vondermühle spielen?«

»Lies meine Kolumne, morgen früh! *Blitz*-Leser wissen mehr!«

»Red schon!«

»Ben, sei mir nicht böse, aber jetzt muß *ich* los!« – Aufgelegt.

Ben griff sein Sakko und lief aus dem Büro. Er mußte Nora erwischen. Auf dem Gang rannte er fast Ria über den Haufen.

»Hey, Großer, nicht so schnell. Hast du nicht einen Tip für mich? Falk hatte anscheinend tatsächlich keine Feinde.«

»Doch.«

»Wen denn? Sag schon!«

»Naja, sein Mörder scheint ihn nicht gerade geliebt zu haben.«

»Du Arsch. Hey, Ben, warte! Du hast mir immer noch keine Antwort gegeben!«

»Worauf?«

»Ob du mit mir ins Konzert gehst?«

»Ach, da bist du ja, Benedikt!« Das war Inga, Braunings Sekretärin. »Der Chef will dich sprechen!«

»Später!«

»Nein, sofort!« Leise fügte sie hinzu: »Dicke Luft. Was hast du jetzt schon wieder ausgefressen, Benedikt?«

Der Rottweiler hatte ein hochrotes Gesicht, obwohl es in dem abgedunkelten Büro relativ kühl war. Ohne Einleitung bellte er los: »Was ist mit dir und dieser Fabian?«

Hatte der kleine Swoboda gesungen? »Ich hab's im Griff. Kein Problem. Berührt nicht die Arbeit.«

»Kein Problem? Bist du von allen guten Geistern verlassen?« Brauning knallte eine Klarsichthülle auf den Schreibtisch. Schwarzweiße Fotoabzüge in DIN-A-4-Größe. Das *Watzmannhaus*-Sommerfest. Ben erkannte sich selbst, wie er Nora in den Arm nahm, ihr vertraulich durch die Haare strich. Nora, die sich hilfesuchend an ihn lehnte, bevor sie mit Traube das Fest verließ.

Ben hatte den Fotografen gar nicht bemerkt. War es der verdammte Vogel?

»Du kannst mir nicht in den Nacken pinkeln und dann erklären, es würde regnen! Eine Mordverdächtige und der Ermittler, ein Turtelpärchen. Und weißt du, woher ich diese Fotos habe? Vom Präsidenten! Weißt du, was das ist? Verdammte Scheiße hoch zehn! Die Obermuftis toben. Sonntag ist auf zweihundert. Die wollen dich am liebsten in die Verwaltung versetzen! Du hast große Scheiße gebaut! Nur weil deine verdammten Eier größer sind als dein Hirn! Diese Schauspielerin muß eine Muschi wie Kaschmir haben. Sie hat dir mit ihrer Muschi das Hirn fritiert!«

Ben starrte stumm auf die Bilder.

»Was läuft denn zwischen euch?«

»Keine Ahnung.«

»Himmel, Herrgott! Irgendwas ist doch!«

»Irgendwas.«

»Vergiß sie!« Brauning wischte sich den Schweiß von der Stirn. »Du hast Glück im Unglück, du verdammter Hurensohn. Der Präsident und der Chefredakteur der *Morgenpost* sind gute Freunde. Sie werden es nicht drucken, aber sie haben uns jetzt in der Hand. Ich muß den Fall sauber zu Ende bringen. Sonntag setzt mich unter Druck. Wieviel Urlaubstage hast du noch?«

»Fünfzehn, aber ich will erst im Herbst ...«

»Überstunden, freie Tage?«

»Will ich mir eigentlich lieber auszahlen lassen ...«

»Krankheit? Genau! *Hormonelle Dysfunktion*!« Brauning lachte schallend.

Ben konnte nicht mitlachen.

»Die Ermittlung leitet ab sofort Ria Pohl. In beiden Fällen. Die ist hoffentlich gegen Kaschmirmuschis immun. Laß dich nie wieder mit dieser Fabian blicken! Fick, wen du willst, aber nie wieder die Stieftochter, Erbin oder Feindin eines Ermordeten! Sonntag wartet nur darauf, daß jemand aus meiner Abteilung Scheiße baut.

Verstanden?«

»Hm.«

»Ich versteh ja, daß dich so ein Filmstar reizt und daß es dir schmeichelt, wenn sie dich ranläßt. Aber wenn Sonntag merkt, daß es mehr als eine Mischung aus Dienst und Zufall war, dann ist es aus mit dir, und mit mir dazu!« Brauning hämmerte mit der Faust auf die Fotos nieder.

»Es war auch nicht mehr.«

»Dann bete zu Gott, daß Sonntag dir das abnimmt.«

Brauning ging auf Ben zu und klatschte mit seiner Rottweilerpranke auf Bens Schulter. Ben fühlte sich unwohl. Säure stieg aus dem Magen hoch.

## 54.

»Wie weit sind Sie, Swoboda?«

Tom hörte die Telefonstimme und stellte sich den dazugehörigen hageren Mann mit dem penibel gestutzten Seemannsbart vor. Sonntag war der zweitwichtigste Mann der Behörde, und Tom war sein Vertrauter.

»Heute ist mein erster Tag, den ich mit Engel zusammenarbeite. Er scheint in der Tat unberechenbar zu sein.«

»Das habe ich Ihnen bereits gestern gesagt. Weiter sind Sie noch nicht gekommen?«

Tom spielte seinen Trumpf aus: »Ich habe etwas für Sie. Ich habe ihn gestern nach Feierabend verfolgt. Er war mit Nora Fabian privat zusammen. Auf dem Sommerfest einer Filmgesellschaft.«

»Schon besser. Sie sind also am Ball. Es war das Fest in den großen Studios unten am Rhein. Ich bin bereits informiert. Brauning sagt, es war nicht privat, sondern dienstlich. Aber es sah sehr vertraulich aus. Zu vertraulich für einen ermittelnden Kripobeamten.«

»Das glaube ich auch, Herr Sonntag.«

»Glauben heißt nichts wissen. Bringen Sie mir den Beweis, daß Engel mit der Fabian ein Verhältnis hat! Liefern Sie ihn mir! Bleiben Sie dran, Swoboda! Das K1 ist noch der gleiche Sumpf wie früher. Es reicht nicht aus, Bollmann durch Brauning zu ersetzen. Wir müssen den Sumpf trockenlegen.«

»Jawohl, Herr Sonntag.«

»Ich erwarte Ihren Bericht morgen um diese Zeit, verstanden? Wir dürfen keine Zeit verlieren, da sauberzumachen!«

Tom sah auf die Uhr. Bald würde Gabi ihn zu Hause erwarten. Er wollte Jeannette anrufen, doch er fand die Nummer nicht. Vor ihm lag ein Riesenberg von Akten. Er wußte nicht, was er zuerst erledigen sollte.

Doch er war stolz. Sonntag hatte *wir* gesagt.

## 55.

Die Tür der Villa war nur angelehnt.

Ben sah sich um, dann ging er hinein. In der Halle war es dämmrig und angenehm kühl. Er trat an die Wendeltreppe und lauschte.

»Nora?«

Er stieg hinab. Jalousien verwehrten den Blick auf den Garten. Ben suchte die Terrassentür, als er hinter sich ein Rascheln hörte.

Auf dem Sofa lag die Schauspielerin, eingehüllt in eine Decke. Langsam richtete sie sich auf. Das blonde Haar war zerzaust, die Stirn in Falten gelegt. Ihre Stimme klang, als müsse sie sich auf jeden einzelnen Laut konzentrieren. Sie wirkte zart und verletzlich.

»Was willst du hier?«

»Ich dachte, du freust dich vielleicht.« Er hatte sie im Studio vermutet, doch die Leute von MMD hatten ihm gesagt, sie sei nach Hause gegangen.

Sie antwortete in Zeitlupe. »Du kommst doch nur, um zu sch-schnüffeln.«

»Gestern warst du freundlicher, Nora.«

»Du hast es geschafft, daß ich auf dich reingefallen bin, du Sch-Schnüffler.«

»Wie geht es dir?«

»Durst. Holst du mir was zu trinken?«

Ben ging in die Küche. Während er ein Glas mit Mineralwasser füllte, sah er sich um. Er stellte die Flasche zurück in den Kühlschrank und kontrollierte rasch die anderen Schränke. Kein Alkohol.

Als er zurückkam, sah er, daß Nora Mühe hatte, die Augen offen zu halten. Er griff nach ihrem Handgelenk. Der Puls war schwach, aber regelmäßig. Ben setzte sich neben sie.

»Tabletten?«

Sie nickte. Gierig trank sie das Glas leer. Ben unterdrückte den Impuls, sie in den Arm zu nehmen.

Nora wandte ihm ihr Gesicht zu, doch ihre Pupillen rannten hin und her wie eine Maus im Käfig. »Du bist kein Freund. Du bist ein Schnüffler.« Wieder das Wort mit *Sch*, obwohl ihr die Aussprache so schwer fiel.

»Ich weiß, wie dir zumute ist.«

»Du weißt gar nichts.«

»Du solltest nicht so viel von den Tabletten nehmen.«

»Ich habe wunderbar geschlafen. Bis du mich geweckt hast. Die Pillen vertreiben die Ungeheuer.«

»Ich weiß, wie dir zumute ist, Nora«, wiederholte Ben.

»Gar nichts weißt du«, wiederholte Nora.

»Ich habe mit deiner Mutter gesprochen.«

»Die weiß auch nicht alles.«

»Die Tabletten helfen nicht auf Dauer.«

Keine Antwort. Zittrig kramte Nora nach einer Zigarette und zündete sie an. Ben sah schweigend zu, wie Nora mehrere Züge machte.

»Nimm nicht soviel Tabletten«, echote Nora schließlich. »Wie einfach sagt sich sowas. Ich hatte heute Streit mit Marco, dem Programmdirektor bei *Pro-Sat*. Ich war richtig wütend. Marco packte mich bei den Armen, um mich festzuhalten. Er meinte es nicht so, aber plötzlich war alles wieder da. Ich konnte nicht einmal mehr schreien. Ich konnte mich nicht rühren. Ich war gelähmt wie eine Stoffpuppe, wie ein Hase, der nachts auf der Landstraße gebannt in die Scheinwerfer starrt. Versteinert.«

»Wie eine gefühllose Pflanze.«

»Genau. Wie damals bei Mamas zweitem Mann. Starr und gefühllos.«

»Weil jede Gegenwehr, jedes Gefühl nur eine unnütze Energieverschwendung bedeutet hätte.«

»Ja.«

»Und alles verschwamm vor deinen Augen, stimmt's?«

»Als ich ein Kind war, nannte ich es Unwirklichkeit.« Nora war jetzt völlig wach. Sie starrte ihn an. »Woher weißt du das alles?«

»Ich lag auch mal auf der Couch.«

Nora vergaß, an der Zigarette zu ziehen. »Willst du mir davon erzählen, oder ist es dir unangenehm?«

Ben mußte an Sigrid Romberg denken. Die Psychologin hatte ihn damals das gleiche gefragt. »Ich binde es nicht jedem auf die Nase. Aber warum soll ich ein Geheimnis draus machen?«

»Ein Trauma in der Kindheit?«

»Mein Vater war auch ein Tyrann. Er hat uns geschlagen. Er hat meine Mutter getötet. Jahrelang lief ich geduckt durch die Welt. Mein Vater war längst im Gefängnis, doch mein Körper erwartete noch immer Schläge. Sirenen, Gewitter, Türenschlagen – all das löste bei mir Angstzustände aus. Ich hatte Alpträume. Später, im Heim, habe ich mich oft mit anderen geprügelt. Es war, als suchte ich die Gewalt, um zu lernen, wie man sie besiegt.«

»Fabian hat mich nicht oft geschlagen. Er drohte meistens nur. Er sagte, er würde meine Katze vergiften, wenn ich etwas verraten würde. Dann hat er mich wieder verwöhnt. Zuckerbrot und Peitsche. Er hat mich zu seiner Hure gemacht. Und so hat er mich auch genannt. Hure, Nutte, Hexe.«

Nora zündete eine zweite Zigarette an der ersten an. »Als ich noch trank, ging ich eine Zeitlang in Kneipen und gabelte die ekligsten, dreckigsten Männer auf, die ich kriegen konnte. Kannst du dir das vorstellen? So habe ich mich selbst gedemütigt. Ich träumte, ich sei voll von schwarzem Schleim. Und wenn ich den Mund aufmachte, kam alles raus. Ich war ein schlammiges Abwasser, in dem Schlangen brüteten.«

Ben erzählte: »Einmal schleuderte mein Vater meinen kleinen Hund durch das Zimmer. Er brüllte und stieß mich herum. Sein Gesicht war wie das eines Fremden. Um mich herum wurde alles weiß. Ich dachte: jetzt stirbst du. Irgendwas hast du getan, und das ist das Urteil. Ein anderes Mal hielt er stundenlang ein Gewehr auf mich und meine Mutter gerichtet. Ich weiß noch genau, wie die Wand aussah, an der wir stehen mußten.« Die schrecklichen Bilder, die wie Kaugummi in Bens Hirn klebten. Das Klatschen der Ohrfeigen war das Leitmotiv seiner Kindheit.

»Die Zeit ist ein dünnes Pflaster für unsere Wunden«, sagte Nora.

Ben nickte. »Ich fürchtete mich immer vor dem Nachhausekommen. Ich wußte nie, was passieren würde. Einmal schlug er mich mit dem Schürhaken. Mit der Zeit gewöhnte ich mich daran. Ich rollte mich zusammen wie ein Ball. Wenn er sich beruhigt hatte und die dicken, blaugrünen Striemen sah, fragte er: Wie ist das denn passiert?«

Jetzt war Nora dran: »Ich war oft krank. Anfälle. Ich hörte Stimmen und fühlte, wie mein Körper verbrannte. Ich dachte, ich sei vom Teufel besessen.« Nora streckte ihm ihre Arme entgegen. »Ich ritzte mir immer wieder mit dem Messer die Arme blutig. Heimlich. Indem ich es tat, bewies ich mir, daß ich existierte.« Nora lehnte sich gegen Ben, ihr Haar floß über seine Brust.

Ben nahm sie in den Arm. Er erzählte von seiner Mutter, einer schönen, zierlichen Frau wie Nora. Er erzählte vom Tag der großen Katastrophe.

Bens Vater hatte wieder einmal getrunken. Er wütete durch das Haus, weil Ben oder seine Mutter eine der kleinlichen Regeln verletzt hatte, mit denen er die Familie terrorisierte. Ben riß aus. Er rannte nach draußen, über die Felder, in den Wald. Er sprang über Bäche und Zäune, bis seine Lunge brannte. In der Krone eines Baumes wartete er die ganze Nacht hindurch, frierend und von Dornen zerkratzt. Sein Versteck, hier fühlte er sich halbwegs sicher. Im Morgengrauen hoffte er, die Wut seines Vaters hätte sich gelegt. Ben schlich zurück und fand das Haus verlassen vor. Seine Mutter war tot, und sein Vater von der Polizei weggeschafft.

»Ich war bei einigen Seelenklempnern, Nora. Ich war in Heimen und bei Ärzten. Keiner konnte mir das Gefühl nehmen, meine Mutter hätte überlebt, wenn ich nicht davongerannt wäre. Ich weiß, es ist verrückt, aber das Gefühl geht nicht weg. – Jetzt kennst du meine Geschichte.«

Nora drückte sich an ihn. »Das Leben zieht seine Fäden durch unsere Herzen und näht unerbittlich seine Muster«, sagte sie.

Sie sahen einander an. Noras Augen hatten einen feuchten Schleier. »Bei dir fühle ich mich geborgen«, erklärte sie. »Du kannst zuhören. Du hast Geduld.«

Sie küßten sich. Gegenwart und Vergangenheit verschwammen wie die Aussicht aus einer Achterbahn. Doch die ungeklärten Fragen wirbelten in Bens Kopf weiter.

»Welchen Streit hattest du mit Falk?«

Nora legte einen Finger auf seinen Mund. »Es reicht. Laß uns nicht mehr von der Vergangenheit sprechen«, sagte sie.

»Und warum hattest du mit Gladisch Streit?«

»Hör auf, Benedikt! Warum können wir es uns nicht einfach schön machen?«

»Okay, du hast recht.« Ben hatte einen Entschluß gefaßt. Die Lösung aller Fragen. »Pack deinen Koffer und laß uns nach Südamerika fliegen! Es gibt da ein paar

Länder, die nicht ausliefern. Ich kann unsere Spuren verwischen.«

Er spürte, wie sie sich anspannte. Senkrechte Linien erschienen auf ihrer Stirn. Er hatte damit gerechnet, daß sie zunächst überrascht wäre. Um so mehr würde sie sich freuen, wenn sie merkte, daß er es ernst meinte. Daß er nicht mehr als Bulle mit ihr sprach.

»Hab keine Angst, Nora! Wir schaffen das! Ich habe genügend Geld. Zumindest fürs erste ist unser Leben sicher. Sie werden uns am Flughafen nicht aufhalten.«

»Benedikt!«

»Es macht mir nichts aus, was du getan hast. Ich weiß selbst, wie stark Haß sein kann. Ich kann dich gut verstehen und werfe dir nichts vor. Laß uns gemeinsam neu anfangen.«

»Bist du übergeschnappt?«

»Ich weiß, daß deine Alibis falsch sind. Du hast heute früh mit Iris telefoniert und nicht geschlafen. Ich habe es noch keinem gesagt, aber sie werden dahinterkommen. Laß uns abhauen, solange es nicht zu spät ist.«

Er spürte, wie es in ihr arbeitete. Sie mußte sich erst an den Gedanken gewöhnen, mit ihm zu fliehen. Doch es war der einzige Ausweg, den Ben sah.

Nora blähte die Nasenflügel auf und atmete tief durch. Dann holte sie aus und schlug Ben ins Gesicht. Es brannte, als hätte sie ihm die Haut abgezogen.

»Du bist und bleibst ein verdammter Schnüffler! Glaubst du, ich fahre mit dir in ferne Länder und gebe hier meine Karriere auf? Gerade noch habe ich gedacht, ich könnte mich in dich verlieben, und dann sagst du, ich sei eine Mörderin! Schnüffler! Verdammter Bulle!« Sie holte erneut aus.

Ben hielt sie fest. »Nora, du mußt dich der Realität stellen!«

»Die Realität ist, daß du dich hier einschleichst und mich zur Verbrecherin machen willst!«

»Nora!«

»Die Realität ist, daß ich hierbleibe und Karriere mache. Weihnachten startet das *Watzmannhaus*. Das Fernsehpublikum wird mich lieben. Du kannst mir gestohlen bleiben! Die Realität ist, daß du jetzt sofort aus meinem Haus verschwindest!«

»Nora, hör mir doch zu!«

»LASS MICH LOS! VERSCHWINDE!«

## 56.

Observieren – das war das einzige, was Tom in seinen drei Wochen beim K2 wirklich gelernt hatte. Er beherrschte die Regeln. Bönte hatte sie ihm beigebracht. Nicht zu dicht auffahren, auch mal einige Autos zwischen dich und den Verfolgten lassen, damit dieser keinen Verdacht schöpft. Wenn du an der Ampel hinter ihm stehst, darfst du nicht nach vorne starren, denn das könnte ihm im Rückspiegel auffallen. Und wenn der Observierte als letzter über die Kreuzung kommt und du bei Rot halten mußt, brauchst du nicht nervös zu werden. Denn fast immer schafft dein Vordermann die nächste Kreuzung nicht mehr und steht dort, bis ihr beide Grün habt. Dann bist du wieder auf seinen Fersen.

Tom wischte sich den Schweiß von der Stirn. Obwohl die Sonne bereits tief stand, heizte sie noch mächtig ein. Ein Jogger keuchte vorbei. Wahnsinn, bei den Ozonwerten.

Wenn deine Zielperson ein Haus betritt, kann es schwierig werden. Nicht, wenn es ein belebtes Viertel ist, Innenstadt oder anonyme Mietskasernen. Aber in ruhigen, besseren Gegenden gibt es immer Nachbarn, die am Fenster hängen und denen du auffällst, wenn du im Auto sitzenbleibst und eine Tür oder ein Fenster im Auge behältst. In richtig guten Gegenden gibt es diese Nachbarn allerdings nicht mehr. In einer Villengegend wie dieser gibt es nur Mauern und Hecken, und die Häuser stehen weit zurückversetzt in irgendeinem Park.

Die Tür ging auf. Tom stand rund hundert Meter entfernt und saß tief in seinen Sitz gesunken. Er sah auf die Uhr. Fast zwei Stunden war der große Tröster bei ihr gewesen. Viel zu lange für eine dienstliche Vernehmung.

Erst als Bens Auto aus seinem Blickfeld verschwunden war, startete Tom. Er rollte einen Hügel hinab, ein paar Kurven, dann fädelte er drei Autos hinter seiner Zielperson in die Hauptverkehrsstraße ein. Zwei Stunden, in denen Tom hier draußen auf Lauer gesessen hatte, statt in Akten über Kindesmißbrauch, Drogen und Prostitution nach Verbindungen zu Feinkost-Fabian zu forschen. Tom hatte deshalb kein schlechtes Gewissen. Für ihn stand die Mörderin ohnehin bereits fest: Nora Fabian, die Schauspielerin. Auch wenn Engel das nicht wahrhaben wollte.

Benedikt Engel überquerte den Rhein. Und begann, Tom Rätsel aufzugeben.

Es ging wieder stadtauswärts, diesmal nach Osten. Die große Ausfallstraße entlang, vorbei an Arbeitervierteln und heruntergekommenen Gewerbegebieten. Irgendwo dort lag die Halle, wo Tom das Drogendepot gefunden hatte. Engel fuhr weiter, Richtung Autobahn.

An der Auffahrt lag der Park-and-Ride-Parkplatz. Fast hätte Tom verpennt, daß Engel abbog. Er hatte Mühe, seiner Zielperson durch die Reihen abgestellter Autos zu folgen. Schließlich sah er, wie Engel neben einem kleinen roten Mazda hielt.

Benedikt Engel öffnete die Heckklappe, verschloß sie wieder und wischte mit einem Tuch über den Griff. Dann machte er sich im Inneren zu schaffen. Schließlich wischte er über beide Türen. So beseitigt man Fingerabdrücke, dachte Tom und notierte sich die Zulassungsnummer.

Anschließend folgte er Engel stadteinwärts. Nach zwanzig Minuten erreichten sie den Hafen. Es ging vorbei an Industrieanlagen und eingezäunten Brachflächen, bis an das letzte Hafenbecken. Eine gottverlassene Gegend. Tom hielt Abstand.

Der K1-Mann stieg aus und starrte auf das Wasser. Dann betrat er ein Häuschen, vor dem zwei Limousinen parkten. Ein brackiger Geruch wehte um Toms Nase. Engel kam zurück.

Er ging langsam über das Gelände, als suchte er nach Spuren. Wieder blieb er am Hafenbecken stehen. Tom konnte sich keinen Reim darauf machen.

Engel fuhr zurück, Tom blieb.

Er war jetzt neugierig auf die Fahrer der beiden Limousinen. Als sich nach zehn Minuten nichts getan hatte, lief er selbst zu dem Häuschen. Sein Herz arbeitete so heftig, daß es in seinen Ohren knirschte.

Das Häuschen war wie ausgestorben. Die Fensterscheibe zerborsten, das Türschloß aufgesprengt. Auch im Inneren ein Bild der Zerstörung. Der Boden war übersät mit abgebröckeltem Putz. Bis auf einen blanken Holztisch war der Raum leer.

Die Limousinen waren verlassen. An einer fehlten bereits die Radkappen. Tom notierte die Nummern. Nur langsam beruhigte sich sein Puls. Dies war kein guter Ort, das spürte Tom. Noch fehlte ihm die Verbindung zu Nora oder zum Präsidium. Tom war verwirrt. Und neugierig.

Er würde die Verbindung kriegen.

## 57.

In der Wohnung war es mindestens so warm wie draußen. Trotzdem zitterte Tom vor der Kälte, die Gabi verströmte.

»Genüge ich dir nicht mehr?« Ihr erstes Wort, als er sie begrüßte.

»Ich liebe dich. Das weißt du doch.«

»Du hast keine andere?« Gefrierpunkt. Minusgrade.

»Natürlich nicht.« Ich lüge, du lügst, er lügt. Die Konjugation des Lebens.

»Jeannette erzählte etwas anderes.«

*Jeannette*. Tom spürte, wie das Blut in seinen Kopf schoß. Plötzlich fiel es ihm ein: Der Zettel mit Jeannettes Nummer!

»Du hast sie angerufen?« Tom sah, wie es Gabi Mühe machte, ruhig zu bleiben.

»Seit wann geht das mit euch beiden?« Sie konnte nicht viel wissen.

»Ich habe sie gestern erst kennengelernt. Ich kann dir alles erklären, Gabi.«

»Faß mich nicht an! Ich will deine Lügen nicht hören.«

»Es ist alles nur beruflich. Ehrlich. Ich habe mit dieser Frau nur ein bißchen geflirtet, zum Schein, um an Informationen über eine Tatverdächtige ranzukommen. Verdeckte Ermittlung. Du kannst Vater fragen. Das gehört zum Job.«

Tränen rannen über ihre Wangen. Sie würde Vater nicht fragen. »Ich glaube dir kein Wort.«

Sie hatte *nicht* mit Jeannette gesprochen. Tom spürte das.

Er erzählte ihr, daß er jetzt für das K1 arbeitete. Er erzählte vom Fall Fabian und vom Verdacht, der auf Nora Fabian fiel. Er wende die üblichen Mittel an: die Anwerbung von Personen aus dem Umfeld der Verdächtigen als Informanten. Und Nora Fabians Maskenbildnerin könne ihm Informationen liefern, die ihn zum Star unter den Ermittlern machen würden. Tom fühlte, daß Gabi begierig darauf war, eine Entschuldigung zu hören, die sie glauben konnte.

Lügen und Tränen.

Tom erfuhr, daß Gabi die Nummer auf dem Zettel angerufen, aber sofort wieder aufgelegt hatte, als sich Jeannette gemeldet hatte. Nach einer halben Stunde hatte Tom sie kraft seines Charmes soweit, daß sie sich für ihr Mißtrauen sogar entschuldigte.

Dann packte Tom die Tüte aus.

»Was ist das?« fragte Gabi ungläubig.

»Du wolltest doch, daß ich härter wirke, um rascher

Karriere zu machen«, sagte er.

»Aber neulich hast du mich noch angebrüllt, als ich davon sprach!«

»Da hatte ich sie schon längst bestellt. Ich war nur sauer, weil du schon genauso wie Vater gesprochen hast.« Er schraubte die zwei Deckel auf, auf denen *L* und *R* stand. »Ich bin es satt, daß die Brille ständig rutscht, wenn ich mal schwitze. Und ich will doch meiner Frau gefallen. Guck, ich kann es sogar schon ohne Spiegel!«

Tom blinzelte. Er hatte die Kontaktlinsen erst einmal zuvor getragen. Das war zur Probe beim Optiker.

»Ohne Brille siehst du ganz anders aus!«

»Enttäuscht?«

»Ach was!«

Es brannte, und Toms Augen begannen zu tränen. Doch er wollte sich an die Linsen gewöhnen.

Morgen sollte er sie zwei Stunden am Stück tragen, hatte der Optiker gesagt.

## 58.

Die *Taverne Paros* hatte den Charme eines Vereinsheims. Am Eingang stand ein Spielautomat, an dem sich ein alter Mann festhielt. Daneben saß ein Kellner und faltete Papierservietten. Vom Band jaulte griechische Folklore.

Ben fragte nach dem Hinterzimmer. Der Kellner überschlug sich vor Beflissenheit und führte ihn zu einer Tür neben dem Tresen.

Drei Tische, keine Musik. Unter einem Poster der *Olympic Airways* saß der K1-Chef. »Hallo, Partner!«

»'n Abend, Herr Brauning.«

»Wir sind per du, Benedikt, wenn du dich erinnerst. Das gilt auch, wenn ich dich heute nachmittag beurlaubt habe. Ich heiße Frank, wie du vielleicht weißt.«

»Hallo, Frank«, sagte Ben und versuchte ein Lächeln.

»Ich war sauer heute nachmittag, aber du wirst es verschmerzen, oder? Vergiß die Schauspielerin! Ich kenne den Typ Frau. Sie reißen dir das Herz raus, stekken es in den Mixer und schalten auf ganz fein pürieren. Sie nehmen deine Eier in den Mund, beißen sie ab, kauen sie durch und spucken sie dir ins Gesicht. Die saugen dir die Seele aus dem Leib. Das sind keine Weiber, sondern Killer. Such dir ein Mädchen, das in die Kirche geht und deine Hemden bügelt.«

Ben schwieg.

»Okay?« fragte Brauning.

»Okay«, antwortete Ben. Ihm war unwohl. Es roch nach Zwiebeln und abgestandenem Zigarettenrauch.

»Mein Beichtvater sagt immer: Scheiß auf die Weiber. In dem Punkt übertreibt er natürlich, er kann ja nicht anders. Mein Leitsatz ist: Du kannst dich auf die Frauen verlassen, vor allem darauf, daß sie dich betrügen.«

Es mußte raus: »Ich glaube, sie war's.«

»Die Fabian?«

»Ja.«

»Wer glaubt das nicht. Aber daß du es sagst, freut mich. Das zeigt mir, daß du auf dem besten Weg zur Besserung bist. Trotzdem, du nimmst dir deine hormonelle Dysfunktion. Es sieht besser aus, wenn du dich aus den Ermittlungen raushältst und Sonntag erst mal nicht über den Weg läufst.«

Der Kellner brachte eine Platte mit gemischten Vorspeisen, eine Flasche *Ouzo* und drei Gläser. Ben bestellte Wasser.

Als der Kellner gegangen war, sagte Ben: »Ich sorge mich um die Autos. Vielleicht hätten wir sie verschwinden lassen sollen. Und was ist, wenn die Leichen doch an die Oberfläche kommen?«

Brauning sah ihn scharf an. »Vergiß es, mach dir nicht in die Hosen! Die bleiben unten, ich bin doch kein Anfänger. Wenn ich gesagt habe, wir treffen uns zur Nachbesprechung, dann meine ich nicht, daß wir das Ganze noch mal durchkauen und Bedenken wälzen.

Nein. Wir planen den krönenden Abschluß!«

Eine kalte Klammer legte sich um Bens Herz. »Noch ein Mord? Da mache ich nicht mit!«

»Seit wann so empfindsam? Das war kein Mord, sondern Schädlingsbekämpfung. Und außerdem kann ich dir garantieren, daß es keine weiteren Leichen gibt. Nur ein paar schöne lange Gesichter. Und Ruhm und Ehre für uns beide!« Brauning rieb sich die Hände. »Das kannst du im Moment genauso gut gebrauchen wie ich, schätze ich.«

Sie schwiegen eine Weile. Brauning trommelte mit den Fingern auf den Tisch, dann sah er auf die Uhr. Er schnalzte mit der Zunge und schüttelte den Kopf.

Ben zeigte auf das dritte Glas. »Für wen ist das?«

»Müßte eigentlich schon da sein. – Da kommt sie ja!« Die Tür hatte sich geöffnet, und der Kellner ließ eine junge Frau mit Kopftuch ein.

»Ihr verdankst du deinen Reichtum!«

Sie nahm das Tuch ab und enthüllte einen kahlen Schädel und reichlich Ringe an den Ohren. Ben erkannte Sinead-Jeanny, Thomas Swobodas Freundin, Noras Maskenbildnerin.

»Setz dich, Jeannette«, bellte der Rottweiler freudig erregt, als sich die Tür wieder geschlossen hatte. »Schieß los! Wie willst du den Stoff anlegen?«

»Es gibt da einen jungen Mann, ehrgeizig und genußsüchtig zugleich. Morgen mittag will er das nötige Geld zusammengekratzt haben. Es bleibt dabei, daß die Kohle mir gehört?«

»Natürlich! Weiter!«

»Er nimmt zwei Kilo. Das reicht doch?«

»Super! Weiter!«

»Ich bring's ihm ins Haus. Gleich danach hat er ein Treffen mit Leuten, mit denen er ins Geschäft kommen will. Ich denke, da wird er das Pulver als Muntermacher unter die Leute bringen. Als Schmiermittel fürs Geschäft.«

»Was für Leute?«

»Mein Abnehmer ist ein Medienmensch. Er verspricht sich einen dicken Vertrag als Berater bei *Pro-Sat*. Damit das klappt, will er sich als Schneelieferant unentbehrlich machen. Leute von Film und Fernsehen werden dasein.«

»Und wir nehmen sie hoch. Das wird ein Fest! Ich sehe schon die Schlagzeile: Nach Kinderärztin Dr. Gundlach jetzt der zweite Teil, noch größer, noch deftiger! Das wird ein Fest, nicht wahr Benedikt? – Ach, verzeiht, ich habe euch noch gar nicht bekannt gemacht.«

Jeannette ließ nicht erkennen, ob sie Ben wiedererkannte, deshalb verhielt sich Ben genauso. Er erfuhr, daß Jeannette als V-Frau die Drogenszene ausspionierte. Das LKA hatte sie angeworben.

»Wir kennen uns schon lang, nicht wahr, Jeannette?« sagte Brauning. »Die besten Tips gibt sie mir, nicht den Landeskriminalern. Über das LKA oder über das K2 können die Dealer doch nur lachen. Der einzige, der in dieser Stadt wirklich aufräumt, ist Frank Brauning. Jeannette weiß das. Wir haben schon so manchen Hit gelandet, von dem Fröhlich oder die Schnarchnasen vom LKA nur träumen können. Jeannette hat überall ihre Verbindungen. Sie ist großartig.«

»Aus dem K2 erfuhr ich, daß ein Deal bevorstand. Daß er im Hafen abgewickelt werden sollte, erfuhr ich vom BND«, erklärte Jeannette.

K2 – damit meinte sie wahrscheinlich den kleinen Swoboda. »BND? Was hat der Nachrichtendienst mit der Drogenbekämpfung zu tun?« fragte Ben.

»Alle wollen sich profilieren«, sagte Brauning. »Fröhlich und sein K2, das LKA, das BKA und jetzt auch der BND. Das sind die Dämlichsten. Seit der Osten in die NATO will, sucht Pullach neue Feinde. Die sind so geil auf Kokain, daß sie ständig versuchen, über irgendwelche Scheinkäufe an die großen Dealer zu kommen. Erzähl mal, Jeannette!«

»Letzten Monat organisierte das LKA in Dortmund einen Scheinverkauf, um die dortige Türkenmafia auszuhebeln. Die Leute, die sie festnahmen, waren alle vom BND. Beinahe wäre die Sache an die Öffentlichkeit geraten«, sagte sie. Braunings Lachen bellte durch das Hinterzimmer. Er goß *Ouzo* nach.

»Jeder konkurriert gegen jeden. Jeder versucht, den anderen auszunutzen. Das ist Politik. Das ist das wahre Leben«, erklärte der Rottweiler. »Und keiner ahnt, daß *wir* die Fäden in der Hand halten. Bis es am Freitag morgen groß in der Zeitung steht! Danach steht deiner Beförderung zum Hauptkommissar nichts mehr im Weg, Benedikt. Du hast doch noch deine guten Kontakte zur Presse?«

Brauning und das Mädchen stießen mit dem Aniszeug an.

Sie besprachen die Einzelheiten.

Dann hatte Brauning eine Idee. Die Rottweileräuglein blitzten. »Was ist mit deinem neuen Freund aus dem K2, Jeannette? Könnte der nicht auch Gast bei der Party sein? Ein Mann aus Fröhlichs Abteilung, mit dem Strohhalm in der Nase und Koks im Blut? Das wäre die Krönung, nicht wahr, Benedikt? Weichei Fröhlich wäre am Arsch! Meinst du, du kannst das für uns arrangieren, Jeannette?«

»Du bist ein Schwein.«

Brauning lachte schallend.

Jeannette sagte, sie wolle mal sehen.

Brauning verabschiedete sich. »Eßt auf und trinkt noch etwas, es ist alles bezahlt. Ich muß jetzt heim zu Mutter und Tochter!« Dann war er verschwunden.

Sie sahen sich an. »Wie bist du an ihn gekommen?« fragte Ben.

»Ich bin seine Schwiegertochter.«

Ihr Name war Jeannette Brauning. Sie war die Witwe von Frank Brauning Junior, der vor zwei Jahren an einer Überdosis Heroin gestorben war. Seitdem arbeitete sie als Informantin im Drogenmilieu, bezahlt vor allem vom Landeskriminalamt.

Jeannette gestand Ben, daß sie Brauning haßte. Sie gab ihm einen Großteil Schuld an der Sucht seines Sohnes. Sie erzählte von einer Vater-Sohn-Beziehung, die Frank Junior erdrückt hatte.

Sie saßen noch fast eine Stunde. Der Schnaps blieb unangetastet.

»Weißt du eigentlich, was gestern ablief?« fragte Ben.

»Ich hab's eingefädelt. Ich kann mir denken, was auf dem Grund des Rheinhafens liegt«, antwortete Jeannette.

»Warum machst du dabei mit?«

»Tu doch nicht so scheinheilig! Aus dem gleichen Grund wie du! Geld allein macht nicht glücklich, aber es kann gut dabei helfen. Und noch etwas: Brauning ist der einzige, der die Dealer zur Strecke gebracht hat, die meinen Mann auf dem Gewissen haben. Er ist der einzige, der wirklich etwas tut, da hat er recht. Seit dem Tod seines Sohnes ist er ein Fanatiker geworden. Für ihn ist das ein Kreuzzug. Das macht meinen Mann nicht wieder lebendig, aber es tut verdammt gut.«

Ben glaubte, für einen Moment nicht Rauch und Anis zu riechen, sondern das modrige Wasser des Hafenbeckens.

## 59.

Noch bevor er die Wohnungstür erreichte, hörte er von drinnen das Telefon klingeln. Er schloß auf und stürzte hinein. Es hatte mindestens achtmal geklingelt, als Ben den Hörer in die Hand bekam. Wer auch immer ihn sprechen wollte, meinte es ernst.

»Endlich. Ich habe es schon tausendmal versucht.« Es war Nora.

»Und?«

»Ich muß dich sprechen.«

»Ich dachte, du redest nicht gern mit Schnüfflern.«

»Glaubst du immer noch, ich war's?«

»Ja, klar. Wie du weißt, hat Iris mir gesagt, daß du mit ihr am frühen Morgen telefoniert hast. Also hast du nicht gepennt. Also hast du Falk ermordet. Oder willst du sagen, daß Iris gelogen hat?«

»Nein, es stimmt, was sie dir gesagt hat, aber ich war es trotzdem nicht!«

»Erwarte nicht, daß ich die Information noch länger zurückhalten kann.«

»Glaub mir, bitte!«

»Gib dir keine Mühe. Ich bin ohnehin raus aus dem Fall.«

»Wieso?«

»Rate mal.«

»Wie wird es weitergehen?«

»Traube wird seine Aussage früher oder später widerrufen, und du wanderst in den Knast.«

»Ich meine, wie wird es mit uns weitergehen?«

»Sag ich doch: du wanderst in den Knast.«

»Du bist nicht so kalt wie du tust, oder?«

Ben schwieg. Es war schwül in seiner kleinen Wohnung. Er legte sein Jackett über den Stuhl und knöpfte das Hemd auf.

Noras Stimme klang flehend: »Ich habe mir alles noch mal durch den Kopf gehen lassen, und ich weiß, ich habe dir heute nachmittag unrecht getan. Du hast es gut gemeint. Und ich brauche deine Hilfe, Benedikt. Vergib mir!«

Er schwieg weiter. Wenn sie glaubte, er wäre noch immer bereit, ihr zur Flucht zu verhelfen, hatte sie sich geschnitten. Er hatte ihr den Vorschlag in einem schwachen Moment gemacht, und solche Momente hatte er nicht wie ein Krämer gleich mehrfach auf Lager.

»Bist du noch dran?«

»Ja.«

»Ich will nur, daß du mit mir redest. Daß du mir zuhörst und mir einen Rat gibst.«

»Sprich.«

»Nicht am Telefon. Kann ich zu dir kommen?«

»Sag mir erst, um was es geht.«

»Max setzt mich unter Druck. Wegen der Alibis.«

»Was will er?«

Sie zögerte, dann kam die Antwort mit gepreßter Stimme: »Mich.«

»Kann er haben. Es gibt jetzt im Knast diese speziellen Besucherzimmer für Paare.«

Am anderen Ende war es still, dann hörte Ben ein leises Weinen. Er hatte sie getroffen, doch sie legte nicht auf.

Schließlich sagte sie: »Ich kann dir alles erklären. Hilf mir.« Sie schluchzte und schniefte, und was sie sagte, klang echt. Eine heiße Klammer legte sich um Bens Herz bei ihren Worten.

»Ich liebe dich doch, Benedikt. Merkst du das nicht?«

Sie saßen auf seiner Dachterrasse und hielten sich an ihren Cappuccino-Tassen fest. Die Terrasse war klein, Ben hielt weitestmöglich Distanz zu Nora.

»Schön hast du es hier!« sagte Nora. Es war nach Mitternacht, und in den Straßen war es still. Hinter den alten Fassaden an der Kreuzung unter ihnen ragte schwarz der Block des Hochhauses empor. In einer der höheren Etagen waren einige Fenster erleuchtet. Der Rest der Stadt schien zu schlafen.

»Was ist das für ein Geräusch?«

»Das kommt vom Rhein. Das ist das Tuckern der Boote. Tagsüber hört man es nicht. Aber nachts, wenn es ganz still ist, dringt es bis hierher.«

»Ein tolles Plätzchen«, wiederholte sie und ließ ihre Zigarette lange aufglimmen.

»Deswegen bist du nicht da.«

Sie sah ihn an. Ihr Haar leuchtete im Mondlicht. Ganz deutlich konnte er ihren Leberfleck erkennen.

»Max weiß, daß ich in der Klemme bin. Von ihm war die Idee, daß ich sagen sollte, ich hätte Rohypnol genommen und den ganzen Morgen geschlafen. Und daß ich am Sonntag den ganzen Abend bei ihm gewesen sei.

Das stimmt auch nicht.« Mit einem ängstlichen Blick forschte Nora in Bens Gesicht. »Zuerst habe ich gedacht, er gibt mir das Alibi aus reiner Freundschaft. Aber jetzt verlangt er, daß wir zusammenziehen und heiraten. Er sagt, ich soll ihm gehören. Er stellt mich vor die Alternative: Morgen will er die Verlobung bekanntgeben oder seine Aussagen zurücknehmen. Das Schwein hat mich in der Hand. Er weiß genau, daß ich nicht sagen kann, wo ich am Sonntag in Wirklichkeit war.«

»Und warum nicht?«

Hektisch stieß sie den Rauch aus. »Warum? Weil der Mann verheiratet ist.«

»Welcher Mann?«

Sie zögerte. Ihre Augen schimmerten. Ben zündete ein Windlicht an. Jetzt erst sah er ihre Tränen. »Marco Gladisch. Wir hatten eine Affäre. Es ist vorbei, glaub mir, Benedikt. Gladisch würde nie bestätigen, daß wir am Sonntag zusammen waren. Und Max weiß das. Das Schwein nützt es schamlos aus. Max hat es schon immer auf mich abgesehen. Ich hätte ihm erst gar nicht vertrauen dürfen.«

»Wo und wann?«

»Was?«

»Dein echtes Alibi. Gladisch.«

»Von sieben bis ungefähr um Mitternacht. In seinem Büro.«

»Im Büro?«

»Du solltest es mal sehen. Er ist ein Aufschneider und macht auf Filmmogul. Er hat dort alles, vom eigenen kleinen Kino bis zum Bad mit Sauna und Whirlpool.«

»Aha.« Damit würde Ben nicht dienen können. Schon gar nicht im Büro.

Nora fuhr aufgeregt fort: »Aber Marco würde es nie bestätigen. Dafür ist er zu feige.«

»Warum gibst du nicht zu, daß du am Sonntag abend auch bei Heinz Fabian warst?«

Nora starrte ihn an. »Bei meinem Stiefvater? Ich – bei ihm zu Hause? Niemals!«

»Nora sei ehrlich. Ich habe keine Lust, mir die Nacht mit Märchen um die Ohren zu schlagen. Fabians Nachbar hat dich gesehen. Er heißt Schmitz und hängt den ganzen Tag am Spion seiner Tür. Sowas wird Mördern oft zum Verhängnis.«

Sie sog an ihrer Zigarette und überlegte. »Was hat er genau gesehen?«

»Eine Person in etwa deiner Größe und mit deiner Frisur. Und auch diese Aussage werde ich morgen den Kollegen weitergeben müssen.«

Nora lachte nervös. »Dafür kommen doch allein in dieser Stadt Tausende in Frage.«

»Aber Fabian hatte nur eine Stieftochter, die so aussieht. Und darauf kommt es an. So etwas nennt man Indiz.«

Nora schwieg und nahm einen letzten Zug. Sie drückte den glühenden Stummel in einem Blumentopf aus. Plötzlich starrte sie Ben an. Ihre Augen waren weit aufgerissen. »Mein Gott – Max war's! Das ist die Erklärung! Kennst du den Film *Ein Käfig voller Irrer*? Eine Verwechslungskomödie. Max kann das. Er schlüpft in Frauenkleider, setzt sich eine Perücke auf, und du würdest schwören, es wäre eine Frau!«

»Du meinst ... – Warum sollte er das tun?«

»Um mich zu kriegen. Max ist verrückt genug, so etwas zu tun. Was meinst du, was der schon alles angestellt hat!«

Ben erinnerte sich vage an den Film und an die wenigen Male, die er Max Traube erlebt hatte. Er war verunsichert und wußte nicht, was er von Noras Theorie halten sollte.

Sie schien überzeugt zu sein. »Das ist die Idee! Der Mörder muß sich tarnen, damit der Verdacht auf jemand anders fällt. Wenn du Max kennen würdest, dann würdest du ihm das zutrauen.«

»Das heißt, er bot dir ein falsches Alibi an, und indem

du das annahmst, hast du in Wirklichkeit dem richtigen Täter ein Alibi gegeben. Das wäre verdammt raffiniert.«

Nora erzählte ihm von ihrer Zeit in Frankreich und von ihrem Verhältnis zu Traube. Sie hätte ihn längst zum Teufel gejagt, wenn er nicht immer wieder für sie gesorgt hätte, wenn es ihr schlecht gegangen war. Und es war ihr sehr oft schlecht gegangen. Sie redeten und kamen sich allmählich näher. Bis sie Arm in Arm in den klaren Himmel sahen und Sternschnuppen zählten.

»Jetzt geht es mir gut«, sagte die Schauspielerin. »Sag mal, Benedikt, hast du vielleicht etwas anderes als Cappuccino, was du mir anbieten kannst?«

»Wasser, Saft, was du willst. Von mir kannst du alles bekommen außer Alkohol.«

»Ich dachte eigentlich ans Bett.«

Ihr Mund war ganz nah, und er küßte sie. Brauning hatte ihn ohnehin vom Fall entbunden, dachte Benedikt. Er hatte nicht viel zu verlieren. *Such dir ein Mädchen, das in die Kirche geht*. Zum Teufel, das war das letzte, was er wollte.

Eine Stunde später standen sie wieder auf der Dachterrasse. Nora schmiegte sich an Bens Seite, und er nahm sie in den Arm. Sie waren aufgewühlt, erschöpft und zufrieden. Die Nachtluft kühlte ihre nackte Haut, und Ben atmete Noras Geruch. Ein Gemisch aus Sex und einem Rest Parfum.

Sie fragte: »Liebster, was soll ich jetzt machen?«

»Ich kann dir ein Taxi rufen.«

Sie zwickte seinen Bauch. »Du Witzbold weißt genau, was ich meine.«

»Du bist in einer verdammt schwierigen Situation. Versuch, Traube noch ein paar Tage hinzuhalten. Und du mußt unbedingt mit Gladisch reden.«

»Hm. Mit dem habe ich mich erst vor ein paar Stunden gefetzt.«

»Trotzdem. Er ist der einzige, der dich entlasten kann.«

»Darf ich dich um etwas bitten, Liebster?«

»Kommt darauf an«, sagte Ben. Er ahnte, was sie wollte. An ihrer Stelle würde er auch danach fragen.

»Kannst du die Aussagen von Iris und diesem Schmitz noch ein paar Tage für dich behalten? Wenn Gladisch mir hilft, spielen sie sowieso keine Rolle.« Ihre Augen leuchteten im Mondlicht.

»Du willst, daß ich mich strafbar mache. Zurückhalten von Beweismitteln. Du weißt, was das ausgerechnet für einen Polizeibeamten bedeutet.«

»Bitte! Ich weiß nicht, was ich tun soll, wenn du mir nicht hilfst. Du bist meine einzige Hoffnung, Benedikt. Ich könnte Traube niemals heiraten. Oder willst du, daß ich das tue?«

»Na gut.«

Sie gab ihm einen langen Kuß.

»Wünsch mir Glück, Benedikt!«

# Donnerstag

## 60.

*Morgenpost*, 29. Juni, Seite 1:

EHEMALIGER BÜRGERMEISTER ERMORDET
LEO FALK IN SCHREBERGARTEN
TOT AUFGEFUNDEN

*Der 64jährige ehemalige Kommunalpolitiker Leo Falk wurde gestern morgen auf seinem Schrebergrundstück an der Sudetenstraße von seiner Frau tot aufgefunden. Nach Angaben der Polizei war er in den frühen Morgenstunden mehreren Stichwunden erlegen. Der bislang unbekannte Täter konnte unbeobachtet entkommen. Über mögliche Parallelen zum Mordfall Fabian – der bekannte Gastronom war am Sonntag abend ebenfalls erstochen worden – wollte die Polizei keine Angaben machen. Falk und Fabian waren befreundet, hieß es aus Kreisen der Angehörigen.*

*Der gelernte Konditor Falk war bereits in jungen Jahren in den Rat der Stadt gewählt worden. 1973 wurde er Fraktionsgeschäftsführer, 1978 Fraktionsvorsitzender seiner Partei. 1983 wurde er mit den Stimmen beider großer Parteien zum Bürgermeister gewählt, ein Amt, das er mit großem Ansehen bis vor zwei Jahren innehatte. »Die gesamte Stadt trauert mit der Witwe. Leo Falk hat sich in hohem Maße verdient gemacht«, erklärte Oberbürgermeisterin Seifert. Falk war nach dem Abschied von der Politik noch in zahlreichen Brauchtumsvereinen aktiv gewesen.*

*Blitz*, 29. Juni, Seite 1:

## XAVER, HÖR AUF!<br>DER SAHARA-SOMMER MACHT UNS VERRÜCKT

*Puuuh! Es ist so heiß wie auf einem Kamel in der Wüste. Das ist der Sahara-Sommer. Die ganze Stadt im Hitzekoller! Alle drehen durch. Auf den Rheinwiesen: Spontandemonstration unter der Sprenganlage. Angestellte des Regierungspräsidenten forderten Hitzezuschlag: »Nieder mit der Hitze, ich will nicht, daß ich schwitze!« Im Hafen: ein Bauarbeiter raubte einer Rentnerin den Sonnenschirm, schrie: »Ich brauche Schatten, die Hitze macht mich verrückt!« Über die Kö radelten zwei nackte Männer. Die Passanten nahmen es gelassen hin. In der Uniklinik verlangte ein Student: »Kastriert mich! Die Frauen sind so leicht bekleidet, ich muß ständig an Sex denken!« Die ganze Stadt im Sommer-Wahn. Xaver (so heißt das irre Hoch), hab Erbarmen!*

*Blitz*, Innenteil, Rubrik »*Watzmannhaus intim*«:

## NORA FABIAN: NERVENZUSAMMENBRUCH<br>KRACH UM MARTIN VONDERMÜHLE

*Von Alex Vogel. Nach dem Wetter-Desaster in den Alpen nun Sturm und Donner hinter den Kulissen von Pro-Sat. Zoff um Oscarpreisträger Martin Vondermühle, 61, (»Tod im Hotel«). Der in Malibu, Kalifornien, lebende Filmstar (Foto) soll höchste Einschaltquoten garantieren. Der Sendetermin steht schon fest (1. Weihnachtstag), doch Nora Fabian will offensichtlich Vondermühle verhindern – Rivalität um die Zuschauergunst? Krisensitzung gestern nachmittag im Büro von Programmdirektor Marco Gladisch. Danach sagte die Fabian einen Drehtermin ab. Man munkelt Nervenzusammenbruch. Offensichtlich hat »Napoleon« Gladisch sich gegen seine Diva durchgesetzt. Bereits heute soll Filmstar und Frauenliebling Vondermühle am Rhein eintreffen.*

## 61.

Immer wieder hatte Tom in dieser Nacht mit Gedanken an Sonntag und Engel, an das K1 und an Brauning wachgelegen. Als er gegen Morgen endlich in Tiefschlaf gefallen war, weckte ihn Tobis Geschrei.

Gabi ging den Kleinen stillen. Als sie zurückkam, begann sie, Tom auf den Leib zu rücken.

Tom war müde. Er hatte gelesen, daß Mütter nach der Geburt des Kindes die Lust am Sex verlören. Seine Frau schien eine Ausnahme zu sein. Tom tat, als würde er noch schlafen. Erfolglos.

»Weißt du, daß wir schon ewig nicht mehr miteinander geschlafen haben?« fragte Gabi.

»Hm.«

»Die durchschnittliche Koitusfrequenz deutscher Paare liegt bei zweimal die Woche, stand neulich im *Blitz*. Da liegen wir zur Zeit drunter, du Sexmuffel!«

Auch das noch. »Aha.«

»In Deutschland droht der Untergang der Erotik, haben sie geschrieben. Bei uns ist er schon Tatsache.« Ihre Hand lag auf seiner Brust und begann sich unter die Pyjamajacke zu schieben. Er drehte sich auf die Seite und wandte ihr den Rücken zu.

Vielleicht hatte jeder Mensch nur einen bestimmten Vorrat an Lust auf seinen Partner. Vielleicht war sein Vorrat für Gabi schon aufgebraucht.

Sie ließ nicht locker. »Schatz, wir sollten wirklich mal ernsthaft darüber reden.« Die Wir-müssen-das-ausdiskutieren-Arie. Ihm blieb nichts erspart.

»Nicht jetzt, ich bin noch zu müde.«

»Dann heute abend!«

»Da bin ich auch zu müde.«

Schweigen.

Er hörte dem Vogelgezwitscher zu, das von draußen ins Schlafzimmer drang, und dem beginnenden Straßenverkehr. Er wußte, sie würde gleich wieder davon anfangen. Dabei war es höchstens sechs Uhr. Er könnte noch so schön schlafen.

»Bin ich dir langweilig geworden?« fragte Gabi.

Er spürte, wie sie sich gegen seinen Rücken schmiegte. Ihr Becken an seinem Hintern.

»Soll ich vielleicht etwas an meinem Typ tun? Vielleicht eine neue Frisur? Oder sollten wir mal etwas Neues ausprobieren? Willst du, daß ich mir Reizwäsche kaufe? Würde dich das auf Touren bringen?«

Ihre Hand schob sich über seinen Schenkel. »Sag mir, was dir Spaß machen würde! Sag mir, was du dir wünschst!«

Ihre Finger glitten unter seinen Hosenbund. Erregende Gedanken gingen Tom plötzlich durch den Kopf. »Soll ich's dir wirklich sagen? Ganz ehrlich?«

»Ja«, hauchte sie. »Bitte!«

Ihre Zunge arbeitete an seinem Ohr, ihre Hand in seiner Hose.

»In meiner Phantasie stelle ich mir manchmal vor, daß du dich rasieren und daß du kleine Ringe an den Schamlippen tragen würdest. Und an den Ringen kleine Glöckchen. Und dann wünsche ich mir, daß du unter dem Rock kein Höschen tragen würdest, so daß ich deine Muschi klingeln höre, wenn du gehst.«

Schon bei den ersten Worten hatte sie ihre Hand zurückgezogen. Jetzt rückte sie vollends von ihm ab.

»GROSSER GOTT! ICH HABE EINEN PERVERSEN GEHEIRATET!«

Er drehte sich um. »Was hast du? Du wolltest doch, daß ich dir das erzähle!«

»ABER DOCH NICHT SOLCHE PERVERSEN SCHWEINEREIEN!«

Tom wollte sie beschwichtigen, doch sie gab ihm keine Chance.

»GEH DOCH ZU DEINER JEANNETTE, WENN DU PERVERSITÄTEN BRAUCHST!«

Sie sprang heulend aus dem Bett und rannte ins Bad. Er saß da, alleingelassen mit seiner Erregung und seinen Phantasien.

Jeannette trug lediglich Ringe an den Ohren und einen am Nabel. Alles andere wäre ihm aufgefallen.

62.

»Mutti, guck mal, das Flugzeug hat ein Arschloch!«

»Kind, sei still!«

Martin Vondermühle mußte lachen. Der Bus brachte die Fluggäste übers Rollfeld zur Abfertigungshalle. Ein paar Minuten noch, und der Schauspieler würde den Boden seiner alten Heimatstadt betreten.

Das Kind hatte offensichtlich Spaß daran, seine Mutter zu ärgern. »Aber das Flugzeug hat wirklich ein Arschloch, kuck doch mal!«

Es zeigte auf eine Boeing, in deren Heck ein drittes Triebwerk saß. Martin Vondermühle war froh, daß er eine Sonnenbrille trug und sein Toupet weggelassen hatte. Keiner würde ihn erkennen und mit dem Finger auf ihn deuten.

Die Paßkontrolle verlief rheinisch-lasch. Vor fast zwanzig Jahren hatte er die Stadt verlassen. Jetzt, bei seiner Rückkehr, hing ein Gefühl der Fremde an ihm wie ein Mantel, den er nicht abstreifen konnte.

Vor der Gepäckausgabe suchte der Schauspieler eine Toilette auf. Der Raum war angenehm klimatisiert und sauber. Er rieb sich eine Handvoll Wasser ins Gesicht, als wollte er die Auswirkungen der Zeitverschiebung verjagen. Er hörte, wie die Tür aufging und eine Putzfrau hinter seinem Rücken zu wischen begann. Im Spiegel kontrollierte Vondermühle den Sitz des Toupets. Sein gewohntes Äußeres war hergestellt. Er warf sich selbst ein Lächeln zu. Dann sah er das ungläubige Staunen der Putzfrau.

Das Gepäck kam rasch. Die Zollkontrolle war unbesetzt.

Es waren drei Personen, die auf Vondermühle warteten. Den kleinen, aufgeblasenen Programmdirektor von

*Pro-Sat* kannte er bereits. Er rang sich ein Lächeln ab und gab ihm die Hand. Der zweite, ein Fotograf, legte sofort mit seiner Kamera los. Die dritte, eine ansehnliche Blondine, trug einen Regenmantel. »Bei diesem Wetter?« fragte der Schauspieler.

»Sie hat nichts drunter an«, erklärte der Fotograf grinsend und nahm für einen Moment den Apparat vom Gesicht.

»Fast nichts«, korrigierte die Blonde mit dünnem Stimmchen und nervösem Kichern. Mein Gott, dachte Vondermühle, hoffentlich spielt die nicht in dieser dämlichen Serie mit. Der Oscarpreisträger befürchtete das schlimmste.

»Fahren wir gleich zu den Rheinwiesen!« sagte Gladisch. »Ich lasse Ihr Gepäck ins Hotel bringen. Die Fotos sollen heute noch an die Presse gehen. Frau Gerber spielt im Watzmannhaus übrigens Ihre Geliebte, Herr Vondermühle. Unsere PR-Kampagne läuft großartig. Die Dreharbeiten sind schon fast Nebensache.«

Ein widerlicher Typ, dieser Programmdirektor, dachte Martin Vondermühle. Plötzlich hörte er ein anwachsendes Gemurmel hinter sich und fuhr herum.

»Den kenn ich aus dem Fernsehen!« kreischte eine dicke Frau.

Eine Menschenmenge drängte sich von allen Seiten heran. Vondermühle brach in Schweiß aus. Der blöde Fotograf hat die Leute aufmerksam gemacht, dachte er.

»Kann ich ein Autogramm kriegen?« krähte ein kleiner Junge.

Der Schauspieler fühlte sich plötzlich wie erschlagen. Er begann sich auf die Rückkehr nach Malibu zu freuen.

## 63.

»Ich habe mit dem Staatsanwalt gesprochen. Er rät von einer Festnahme Nora Fabians im gegenwärtigen Stadium ab«, sagte Brauning.

»Scheiße«, entfuhr es Tom. Er sah, daß die Kollegen, die im Büro des K1-Chefs versammelt waren, genauso dachten.

Nur der Rottweiler nicht. »Da wir gerade von Scheiße sprechen, was haben *Sie* denn rausgebracht, Swoboda?«

Tom vernahm ein Kichern aus der Reihe der Kollegen. Er beschloß, den Idioten zu ignorieren. »Ich habe die Verbindung Fabians zum Rotlichtmilieu gecheckt«, sagte er. »Diese Tatjana gibt an, der *Blitz* habe übertrieben. Heinz Fabian war nur zweimal bei ihr. Von Bordellkrieg keine Spur. Der letzte Fall von Streit zwischen Zuhälterbanden liegt mehr als ein Jahr zurück.«

»Und? Was war da? Hatte Fabian damit zu tun?«

»Ich werde das überprüfen.«

Brauning verdrehte die Augen. »Und die Kinderfickerszene? Hatte Fabian Kontakt dorthin?«

»Ich habe mir die Akten bereits kommen lassen. Ich arbeite daran.«

»Na, dann passen Sie auf, daß es *Ihnen* nicht kommt, so schnell wie Sie arbeiten!«

Wieder dieses Kichern. Es kam von Baumann. Arschloch, dachte Tom.

»Mach dir nichts draus, Thomas!« sagte Ria Pohl nach der Morgenbesprechung zu ihm. »Brauning steht selbst mächtig unter Druck. Das darfst du nicht persönlich nehmen. Er ist halt so. Rauhe Schale, weicher Kern.«

»So richtig zum Gernhaben«, brummte Tom.

»Du siehst heute irgendwie anders aus«, bemerkte die Kollegin. Wenigstens eine, die es bemerkte. Gabi hatte ihn schlicht ignoriert.

»Meine Brille.«

»Welche Brille?«

»Ich habe sie gegen Kontaktlinsen getauscht. – Wo steckt eigentlich Engel?«

»Der ist krank geworden, zu allem Überfluß.«

»Er hat Angst, daß er den Fall nicht lösen kann.«

»Du tust Ben unrecht. Brauning hat gesagt, daß auch Ben die Fabian für die Mörderin hält.«

»Ausgerechnet Engel?«

»Warum nicht, er hat sich mit ihr doch am meisten beschäftigt.«

»Eben.«

»Ich glaube, du unterschätzt ihn. Und jetzt mach dich an die Akten! Brauning zerfleischt dich, wenn du keine Ergebnisse bringst.«

Sonntag auch, dachte Tom.

## 64.

»Ich komme von der Abteilung Innere Dienste und möchte mit Ihnen über Benedikt Engel sprechen.«

»Ich weiß. Der Kripochef hat Sie angekündigt. Sie können alles wissen, was nicht unter die Schweigepflicht fällt. Schießen Sie los!«

Sigrid Romberg faltete die Hände auf ihrem Schreibtisch und fixierte Tom. Er las Mißtrauen in ihren Augen. Bei aller akademischen Arroganz machte die Psychologin auf ihn einen etwas verhärmten Eindruck. Genau der Typ, der bei Engel Trost suchen würde, dachte Tom.

»Warum haben Sie damals befürwortet, daß Benedikt Engel im Dienst bleibt?«

»Meine Untersuchungen ergaben, daß er eine gute psychische Konstitution besaß. Seine gelegentlichen Gewaltausbrüche können gar nicht so schlimm gewesen sein. Es lag keine einzige Anzeige gegen ihn vor. Meine Prognose war, daß sich das nicht mehr wiederholen würde. Und damit lag ich doch richtig, oder?«

»Sie wußten, daß er vorher schon mehrmals in psychiatrischer Behandlung war?«

Sie zögerte. »Er hat es mir gesagt.«

»Sie wußten, daß er eine schwierige Kindheit hatte und in Heimen aufgewachsen ist?«

»Ja.«

»Warum taucht das dann in Ihrem Gutachten nicht auf?«

»Weil er diese Vergangenheit aufgearbeitet und bewältigt hat.«

»Indem er freiwillig Nachtschichten übernahm und wochenlang nichts anderes tat, als darauf zu lauern, daß irgendwo ein Mann eine Frau verprügelte?«

»Sie übertreiben!«

»Nein, so war es! Und Sie wußten das! Warum nehmen Sie ihn in Schutz?«

Die Psychologin wich seinem Blick aus.

Tom griff an: »Man nannte ihn großer Tröster. Hat er Sie etwa auch getröstet?«

»Das geht Sie nichts an!« Sie hätte genausogut ja sagen können.

»Frau Doktor Romberg, ich habe in Engels Vergangenheit gegraben, ich kann auch Ihre durchwühlen! Was halten Sie davon?« Tom sah ihre Knöchel weiß werden. »Wie schnell kann eine Familie zerbrechen, wenn bestimmte Verfehlungen ans Tageslicht kommen. Manchmal genügen schon Gerüchte, ein Verdacht. Das können Sie doch nicht wollen? Ich weiß, daß Sie Kinder haben. Sagen Sie mir nur: Haben Sie – vielleicht aus Sympathie – Engel damals zu milde beurteilt?«

Sie sah ihn zornig an. »Vielleicht. Kann sein. Und wenn schon. Er ist als Ermittler tausendmal besser als Sie, auch wenn Sie hier noch so sehr den Harten markieren!«

Tom hatte, was er wollte.

Er war stolz auf sich, als er seinen Bericht für Sonntag in die *Olympia* hackte. In nur einem Tag hatte er genug Material gesammelt, um Engel das Genick zu brechen. Punkt eins: Engels Verfehlungen als großer Tröster waren laut Aussagen früherer Streifenkollegen weit größer, als die damalige Untersuchung aufgeführt hatte. Punkt zwei: Das Gutachten, das Engel damals dienstfähig geschrieben hatte, war so gut wie nichtig. Punkt drei: Wieder war Engel ein Verhältnis mit einer Frau eingegangen, die in Verdacht stand, eine schwere Straftat begangen zu haben. Folgerung: Engel war in höchstem Maße unzuverlässig, als Polizeibeamter untragbar. Sonntag würde zufrieden sein. Das einzige, was nicht in Toms Schema paßte, war ein beiläufiger Satz von Ria Pohl: *Benedikt hält die Schauspielerin für die Mörderin.* Tom beschloß, daß dieses Detail für seinen Bericht an den Kripochef unwesentlich war.

Er nahm das Papier aus der Maschine und las es noch einmal durch. Es klopfte.

Ria Pohl stand in der Tür. »Laß uns rasch rausfahren. Es gibt da etwas, das wir uns ansehen müssen.«

Tom ließ seinen Bericht in der Schublade verschwinden. Er überprüfte, ob sein Hemd korrekt in der Hose saß, und folgte Ria.

## 65.

Er kannte die Statistik. Gut 15.000 Fälle werden jährlich angezeigt. Nur etwa ein Zehntel der Beschuldigten wird verurteilt. Die Beweislage ist oft dürftig, es steht Aussage gegen Aussage, und Polizei und Justiz sind meist überfordert.

Tom erinnerte sich an eine Diskussion über die Dunkelziffer. Längst nicht jedes dieser Delikte wird gemeldet, das ist klar. Aber geschieht es wirklich hunderttausendfach, Jahr für Jahr? Eine halbe Million Male, wie sogenannte Experten behaupten? Steckt gar in jedem Mann ein Triebtäter, wie eine Mitstudentin auf der Verwaltungshochschule einmal behauptet hatte?

Auch von den Folgen für die Opfer hatte Tom gehört. Sie flüchten sich in Krankheiten, werden magersüchtig oder depressiv, versuchen Selbstmord. Sie sind anfällig für Drogen, kapseln sich ab, werden häufig zu Außenseitern, zu Psychokrüppeln, die ein Leben lang daran leiden. Zweifellos war es eins der verabscheuungswürdigsten Verbrechen. Kindesmißbrauch – bisher für Tom nur Theorie.

Aber das hier war die Praxis. Brutale Realität.

Stapelweise Beweisstücke. Eine Dokumentation grausamster Perversitäten. Ein ganzer Schrank voller Fotoalben, Schundhefte und Videobänder. Dazu ein Rekorder und ein Fernsehgerät.

»Verfluchte Scheiße«, murmelte Ria und starrte auf die Fotos.

Beate Falk brach in Schluchzen aus. Sie hatte den Schrank aufgebrochen und die Kripo verständigt. Mit einem Mal hatte sie die dunkle Seite des Mannes kennengelernt, mit dem sie Jahrzehnte lang verheiratet gewesen war.

Ria Pohl hielt in Händen, was obenauf gelegen hatte. Das erste Kapitel einer langen Dokumentation des Grauens. Die Aufnahmen waren alt, verblaßt und abgegriffen. Doch das Mädchen war unzweifelhaft zu erkennen. Beate Falk hielt es nicht mehr aus. Sie lief hinaus in den Garten. Die beiden Beamten blieben allein zurück.

Voller Entsetzen sah Tom zu, wie Ria weiter in dem Album blätterte. Jedes einzelne Foto war Zeugnis einer Schändung. Das Gesicht der jungen Nora Fabian zeigte Qual und Abscheu, manchmal auch Abwesenheit, als hätte man sie unter Drogen gesetzt. Drei Täter zeigte das Album, manchmal sogar alle drei auf dem selben Foto.

»Das ist der Stiefvater. Heinz Fabian!« sagte Ria und stieß den Finger auf ein Bild. »Ich habe Hochzeitsfotos von ihm gesehen. So sah er damals aus!«

Tom betrachtete das Unfaßbare. Er wußte nicht, was er sagen sollte.

Ria blätterte. Sie übersprang die Großaufnahmen der Geschlechtsorgane. »Sagen dir die anderen beiden Gesichter etwas?«

Der eine hatte eine hohe Stirn und trug auffällig lange, breite Koteletten. Die Haare des zweiten waren sorgfältig gescheitelt und bedeckten die Ohren, wie es der damaligen Mode entsprach. Beide waren auf den Bildern fünfunddreißig bis vierzig Jahre alt und von mittlerer Größe. Keine besonderen Merkmale.

Tom schüttelte den Kopf.

Die nächste Seite. Schweiß auf den Körpern der Täter. Verbissene Gesichter, als sei Vergewaltigung eine Wettkampfdisziplin. Und dieses Album war nur ein kleiner Teil des Grauens, das in dem Schrank zwischen Rasenmäher und Gartenliege archiviert war.

»Du mußt schon genau hinsehen, Tom!« forderte Ria ihn auf.

Tom zwang sich dazu. »Der hier könnte Falk sein, was meinst du? Und der andere kommt mir auch irgendwie bekannt vor, aber ich komm nicht drauf.«

Ria ging mit dem Album nach draußen.

Tom trat ans Fenster der Gerätekammer. Auf dem Nachbargrundstück arbeitete eine mollige Nackte an ihrer Sonnenbräune. Ihre schweren Brüste waren bereits alarmierend gerötet. Doch vor Toms Augen war immer noch das Bild der gequälten Nora Fabian. Er schüttelte den Kopf, als könne er es auf diese Art vertreiben.

Er atmete tief durch und konzentrierte sich auf die Obstbäume und Blumenbeete vor dem Fenster. Auch seine Eltern hatten hier draußen einen Schrebergarten gehabt. Tom erinnerte sich an die Schaukel zwischen den Apfelbäumen, an den Sandkasten, an das aufblasbare Planschbecken. An das Toben mit den anderen Kindern der Kolonie. Eine vergleichsweise unbeschwerte Kindheit, dachte Tom jetzt. Die Sonnenanbeterin drehte sich auf den Bauch, um ihre pralle Kehrseite zu toasten. Allmählich gelang es Tom, das Flattern in seinem Magen zu beruhigen.

»Na, du Spanner?« sagte eine Stimme, direkt neben Tom. Er fuhr herum. Blut schoß in seinen Kopf.

»Es *ist* Falk, seine Frau hat ihn identifiziert«, fuhr Ria fort und wedelte mit dem Album. »Und den Dritten hat sie auch erkannt. Martin Vondermühle. Ein Hollywoodstar beim Rudelbumsen mit einer Untersechzehnjährigen! Wenn das seine Fans wüßten!«

Sie legte das Album in den Schrank zurück. »Wir lassen das ganze in die Festung bringen. Deine Kollegen vom K2 sollten sich das mal ansehen. Ein ganzer Schrank voll Material. Und dann fährst du zu Vondermühle. Er soll heute in der Stadt ankommen, habe ich gelesen.«

»Nora Fabian hat Falk aus dem gleichen Grund umgebracht wie ihren Stiefvater.«

»Ja. Jetzt ist der Fall klar. Nora Fabian hatte ein Motiv für beide Morde. Ein sehr starkes Motiv.«

Jetzt war die Festnahme fällig, dachte Tom.

Ria starrte auf den Schrank. »Falk war ein Monster, und nicht einmal seine Frau hat es geahnt. Unfaßbar«, meinte sie. Sie sah Tom an. »Was ist – Tränen? Das beruhigt mich, daß die Sache auch einem Mann nahegehen kann.«

Welche Sache? Es war der Staub in dieser Kammer, der Toms Augen reizte. Und es waren die Linsen, die er schon viel zu lange trug. Doch er brauchte einen Spiegel, um sie herauszunehmen. Und außerdem hatte er keine Zeit.

Er mußte sich um Vondermühle kümmern.

## 66.

Das elektrische Mahlwerk brummte, und sein Schädel brummte mit. Ein doppelter Espresso, das war es, was er jetzt brauchte. Der Rote von *Segafredo,* der Ferrari unter den Kaffeesorten, hatte der Verkäufer gesagt. Ein Kilo hatte er umsonst bekommen, als er die Maschine aus Edelstahl erstanden hatte. Ein Kilo, wie die Gratisdroge zum Anfixen, zum Süchtigmachen, dachte Ben.

Er drückte den Hebel nach oben. Die Nadel des Barometers zitterte nach rechts. Es rumorte – im Dampfkessel und in Bens Kopf. Das schwarze Öl floß in dünnem

Strahl in die Tasse. Ben sog den Duft ein. Als er den Hebel senkte, hörte er das Telefon.

Drei Sätze von Ria brachten ihn in Fahrt. Ganz ohne doppelten Espresso. Drei Vergewaltiger – warum, zum Teufel, hatte Nora ihm das nicht gesagt?

»Heilige Scheiße! Und zwei davon sind schon tot!« rief Ben in den Hörer.

»Sieht ganz so aus, als wolle sich die Schauspielerin an den Männern rächen«, erklärte Ria.

Ben hatte keine Antwort. Um Nora an sich zu ketten, hätte Traube bereits ein Mord genügt. Aber Vernunft war bei Mord ohnehin nie im Spiel. Schon gar nicht in diesem Fall. Dieser Mörder mußte krank sein.

Ben zählte eins und eins zusammen. »Martin Vondermühle ist jedenfalls in höchster Gefahr!«

»Ich habe Thomas Swoboda hingeschickt.«

»Ausgerechnet diesen Anfänger?«

»Du weißt genau, daß wir viel zu wenige sind. Und du bist auch noch krank geworden. Wie geht's dir eigentlich?«

»Geht so. Irgend etwas mit den Drüsen, sagt der, äh, Arzt.«

»Soll ich die Fabian mit den Fotos konfrontieren? Ich glaube, ich werde sie vorladen und mit harten Bandagen verhören, auch wenn sie selbst ein Opfer war. Was meinst du?«

Noranoranora.

Die Vorstellung, Nora mit den Erinnerungen an damals zu quälen, gab ihm einen Stich. »Das ist jetzt dein Fall, Ria. Ich mische mich da nicht ein.«

»Meinst du wirklich, sie könnte auch Vondermühle umbringen?«

»Wer auch immer, der Mörder ist durchgeknallt. Soviel steht fest. Wir müssen damit rechnen, daß er auch einen dritten Mord begehen will! Ich fahre hin«, entschied Ben. »Ich will nicht, daß der Kleine uns die Geschichte vermasselt!«

»Ich dachte, du seist krank?«

Ben legte auf und wählte erneut. Er brauchte zwei Minuten, dann wußte er, wo der Schauspieler abgestiegen war. Den Kaffee hatte er längst vergessen.

## 67.

Eine Handvoll Autos stand vor dem Hotel. Porsche, Mercedes, Rolls-Royce. Tom schätzte den Gesamtwert auf eine runde Million.

Ein Jaguarfahrer im dunklen Zweireiher gab dem Wagenmeister den Schlüssel und federte die Stufen zum Eingang hoch. Tom folgte ihm. Ein uniformierter Türsteher hielt die Tür auf. Tom bemerkte, daß dieser sich nur für den dunklen Zweireiher verbeugte.

Die Halle war klimatisiert. Gerade richtig für das Hotelpublikum im Anzug oder Kostüm, jedoch zu kühl für Tom, der nur ein kurzes Polohemd trug. Mindestens zehn Grad unter der Außentemperatur, schätzte Tom. Sofort spürte er wieder das Brennen in den Augen. Die Luft war nicht nur kalt, sondern auch trocken.

Er schritt über einen dicken Teppich, vorbei an Ledersesseln und Kunstobjekten. Er spürte den kritischen Blick des Angestellten hinter dem Tresen. *Concierge* stand auf dem Schild. Tom zeigte seinen Ausweis.

»Ach so, Polizei. Sie müssen wissen, daß Herr Vondermühle nicht gestört werden möchte. Es gibt so viele Fans und Journalisten, die zu ihm wollen. Und der Herr von *Pro-Sat*, der gerade nach ihm fragte, hat uns ausdrücklich angewiesen, in der nächsten Stunde keinen zu ihm hinaufzulassen.«

»Welcher Herr? Hat er seinen Namen genannt oder sich ausgewiesen?«

Der Concierge glotzte verständnislos.

»Wann war das?«

»Gerade eben. Vor fünf bis zehn Minuten.«

»Welche Zimmernummer?«

»Vondermühle?«

»Mein Gott, ja!«

»653, sechster Stock, dort drüben sind die Aufzüge.«

Wieder über dicke Teppiche, vorbei an grauen Anzugträgern mit und ohne Handy. Tom hörte ein Sprachengewirr. Englisch, Japanisch, Russisch. Neben der Bar klimperte ein Pianospieler. Eine Reihe von Uhren zeigte die Zeiten ferner Städte. Ein Wasserfall plätscherte, und daneben flatterte ein Papagei mit gestutzten Flügeln.

Der Aufzug war sofort da.

Als sich im sechsten Stock die Tür öffnete, stand Tom vor einer Kreuzung. Drei Hotelflure, in jede Richtung einer. Zimmer 653 – welcher Gang war der richtige? Kleine Schildchen waren an den Wänden, Tom versuchte sich zu orientieren.

Ein Zimmermädchen kam einen der Gänge entlang und schob einen Wagen, auf dem sich mannshoch Wäsche türmte.

Plötzlich nahm das Brennen zu und Wasser stand in seinen Augen. Sie taten höllisch weh. Ein Fremdkörper mußte unter die Linse geraten sein. Staubkörner, eine Wimper, irgend etwas Blödes. Tom war so gut wie blind.

Er geriet in Panik. Er mußte die Linsen herausnehmen, doch ohne Spiegel hatte er Angst, sie zu verlieren. Er kniete sich hin, damit sie nicht weit kullern konnten, wenn sie daneben fielen. Mit der Linken riß er die Augenlieder auseinander. Es dauerte viel zu lange, bis er die erste Linse draußen hatte. Er kramte nach den Behältern, er durfte die Döschen nicht vertauschen.

Weiter vorn im Flur polterte es laut, das Zimmermädchen schrie auf.

Tom sah immer noch nichts, wie in dichtem Nebel. Der Schmerz lähmte ihn fast. Endlich tropfte auch die zweite Linse in Toms Hand. Tränen rannten über sein Gesicht, doch er war froh, beide Linsen nicht verloren zu haben. Wasser, dachte Tom. Ich muß mir Wasser in die Augen tun.

Jemand rannte an ihm vorbei und riß ihn fast um. Tom sah der Gestalt hinterher. Vor seinen kurzsichtigen, gemarterten Augen hatte er das unklare Bild einer schlanken, blonden Frau.

Plötzlich hatte er eine Erscheinung.

Die Frau nahm im Laufen ihr langes Haar ab, verwandelte sich in einen kurzhaarigen Mann, der sich umsah und dann durch die Tür neben den Aufzügen verschwand. Am anderen Ende des Gangs fluchte unterdessen das Zimmermädchen auf polnisch.

Tom suchte nach seiner Brille. Er hatte davon gehört, daß Luxushotels bisweilen eigenartige Menschen beherbergen. Vielleicht hatten ihm seine Augen auch nur einen Streich gespielt.

Das Zimmermädchen schrie ein zweites Mal. Diesmal voller Entsetzen.

Tom wußte nicht, wohin er sich wenden sollte. Hinter ihm öffnete sich der Aufzug, und ein zweiter Mann lief an ihm vorbei. Das Schreien hörte nicht auf. Tom versuchte, sich durch den Tränenschleier hindurch zu orientieren, und tastete sich den Gang entlang.

»Was ist mit dir los? Plötzlich erblindet?« sprach ihn eine bekannte Stimme an. Es war Benedikt Engel.

»Scheißlinsen! Ich brauche Wasser!«

Der Große führte ihn mit hartem Griff den Gang entlang. »Blöder Idiot! Du hast dir wirklich einen tollen Moment ausgesucht, um Kontaktlinsen auszuprobieren!«

Sie betraten eins der Zimmer. Tom hörte das Rauschen eines Wasserhahns. Er beugte sich über das Waschbecken und spülte seine Augen aus. Für einen Moment nahm das Brennen noch zu. Tom zwinkerte, dann ließ der Schmerz langsam nach. Die Fremdkörper waren draußen, vielleicht war es auch nur die Reizung durch die Linsen und die trockene Luft gewesen. Er setzte die Brille auf, und die Welt wurde wieder deutlich. Aus dem Spiegel sahen ihm zwei rote, verheulte Augen entgegen. »Danke«, sagte er voller Erleichterung, doch Engel war längst fort.

Tom trat aus dem Bad und blieb wie vom Blitz getroffen stehen.

In der Mitte des Zimmers lag ein Mann, blutüberströmt und reglos. Tom erkannte ihn sofort. Martin Vondermühle.

Draußen unterhielt sich Engel mit dem Zimmermädchen. Tom näherte sich dem Schauspieler und tastete nach dessen Puls.

»Zu spät«, hörte er Engel sagen. Der Kollege stand in der Tür.

»Scheißlinsen!« wiederholte Tom. Er hätte den Mord verhindern können.

Auch Engel schien niedergeschlagen. »Ich habe die Kollegen verständigt. Diesmal gibt es eine Zeugin. Jetzt ist Nora Fabian dran. Ich habe gedacht, daß es jemand anderes war, aber was das Zimmermädchen gesehen hat, ist eindeutig. »

»Die Fabian? Nein, es war ein Mann«, protestierte Tom verwirrt. Ein Mann war an ihm vorbeigelaufen und durch den Treppenzugang verschwunden, als er fast blind im Korridor kniete. *Der Herr von Pro-Sat, der gerade nach ihm fragte,* schoß es durch Toms Hirn.

Engel trat auf den Gang, wo die junge Polin sich mühte, den umgestürzten Wäschewagen aufzustellen. Tom folgte mit tränenden Augen.

»Nora Fabian stürmte aus diesem Zimmer, während du drüben am Aufzug mit deinen Linsen beschäftigt warst. Die Fabian riß den Wagen mitsamt der Zeugin um und verschwand über die Treppe, kurz bevor ich eintraf.« Engel ließ die Hotelangestellte für Tom die Aussage wiederholen. Sie hatte nicht mehr wahrgenommen als langes, blondes Haar.

Tom schüttelte den Kopf. »Es war ein Mann.« Er versuchte dem Kollegen klarzumachen, wie er das Geschehen wahrgenommen hatte.

Engel wurde nachdenklich. Sollte der Großkotz ihn endlich einmal ernst nehmen?

Uniformierte Kollegen trafen ein.

Tom hörte, wie Engel die Anweisungen gab: »Sperrt den ganzen Flur ab! Laßt niemanden in das Zimmer, bis die Kriminaltechnik da ist! Durchsucht das Treppenhaus und alle in Frage kommenden Ausgänge! Vielleicht hat der Täter die Tatwaffe auf der Flucht beseitigt!«

Engel nahm Tom mit nach unten. In der großen Halle waren inzwischen mehr Polizisten als Gäste. Der Hoteldirektor bestürmte Engel und bat um Diskretion.

Die Kriminaltechniker trafen ein. Engel erklärte ihnen den Weg. Tom fühlte sich wie in einem schlechten Traum. Er stand vor dem künstlichen Wasserfall und fror. Seine Bindehäute brannten noch immer. Er hatte versagt.

»Mit deinen roten Augen siehst du aus wie David Bowie in: *Der Mann, der vom Himmel* fiel«, spottete Engel. »An deiner Stelle würde ich zum Augenarzt gehen.«

Tom fühlte sich zu ausgelaugt, um den Großkotz dafür zu hassen.

Plötzlich nahm Engel ihn in den Arm. »Es ist nicht deine Schuld, Tommiboy. Vondermühle war schon tot, als du oben ankamst. Du hättest es nicht mehr verhindern können, auch ohne dein Malheur mit den Linsen.«

Tom wurde klar: Er war nicht nur ungeschickt gewesen. Er war vor allem zu spät gekommen. Mißmutig schüttelte er den Arm des Kollegen ab.

»Danke. Spar dir den Trost.« Plötzlich fiel ihm seine Verabredung ein. »Wie spät ist es eigentlich?«

Engel deutete auf die Uhren an der Wand. »Fünf nach zwölf, zumindest in Mitteleuropa.«

»Scheiße.« Tom würde sich beeilen müssen.

»Hast du etwas vor?«

Tom wollte zum Ausgang laufen, doch Engel hielt ihn fest. »Sinead O'Connor und ihre Fernsehleute? Geh da nicht hin!«

Tom starrte Engel an. Wie kam dieser arrogante Großkotz dazu, sich in seine Angelegenheiten einzumischen? Woher wußte er davon?

Ria Pohl und Miller betraten das Hotel und steuerten auf sie zu.

»Ich mein's verdammt ernst. Geh da nicht hin!« wiederholte Benedikt Engel leise.

## 68.

»Jetzt ist er komplett übergeschnappt. Du mußt mich vor dem Wahnsinnigen schützen, Benedikt. Ich habe Angst vor ihm!«

Nora hatte ihn angerufen, als er gerade überlegt hatte, wo er sie am besten erreichen konnte. Im Hintergrund waren gedämpfte Straßengeräusche zu hören.

»Vor wem?«

Noras Worte sprudelten los: »Max. Jetzt brüstet er sich damit, drei Leute erstochen zu haben, und sagt, er hätte es für mich getan. Er sagt, er wollte mich von meinen Peinigern erlösen. Ich mache mir schreckliche Vorwürfe! Ich hätte ihm nicht von den Vergewaltigungen erzählen sollen. Aber ich konnte doch nicht wissen, daß er so reagiert! Er hat nicht nur Fabian umgebracht, sondern auch Falk und jetzt auch noch Vondermühle!«

»Langsam. Wann hat er es dir gesagt?«

»Gerade eben. Wir haben uns in seinem Apartment getroffen. Ich wollte ihm die Verlobung ausreden. Es war schrecklich. So habe ich ihn noch nie erlebt. Ich bin jetzt in einer Telefonzelle. Ich habe es keine fünf Minuten bei dem Irren ausgehalten. Er will noch heute die Verlobung bekannt geben und verlangt, daß ich behaupte, wir wären heute vormittag zusammengewesen.«

Eine Straßenbahn fuhr mit lautem Klingeln vorbei. Ben wartete ab, bis es leiser wurde.

»Traube braucht ein Alibi. Das ist gut. Damit hast du ihn jetzt auch in der Hand.«

»Aber ich habe auch keines! Er sagt, er hätte eine blonde Perücke getragen und zwei Leute hätten ihn damit im Hotel gesehen. Er will auch diesen Mord auf mich schieben, wenn ich nicht alles tue, was er verlangt. Es ist ein Alptraum!«

Ben atmete tief durch. Was Nora sagte, stimmte mit den Angaben des jungen Swoboda überein. »Und wo warst du kurz vor zwölf?«

»Du fragst schon wieder wie ein Schnüffler.«

»Nora, du weißt, daß ich dir helfen will. Ich riskiere verdammt noch mal den Job und wahrscheinlich noch mehr!«

»Ich weiß, verzeih, ich meinte es nicht so. Ich war bei Marco, wie du es vorgeschlagen hast. Doch der will nichts davon wissen. Er sagt, er wird bestreiten, daß ich am Sonntag bei ihm war, und er wird bestreiten, daß ich heute bei ihm war. Er hat mich aus dem Büro geworfen. Ich kann froh sein, daß er mich nicht auch noch aus der Serie geworfen hat. Marco Gladisch ist ein Arsch. Der denkt nur an seine Ehe und an seinen Ruf. Was soll ich machen?«

»Gib Traube das Alibi, wenn meine Kollegen euch befragen. Paß auf, daß ihr euch nicht widersprecht. Ich glaube nicht, daß man dich vor Freitag vorladen wird.« Ben verwarf den Gedanken, Nora auf die Konfrontation mit Falks Fotoalbum vorzubereiten. So etwas ging nicht schonend, schon gar nicht am Telefon. »Mach Traube klar, daß du ihn genauso in der Hand hast wie er dich, und überrede ihn, diese Scheißverlobung aufzuschieben. Ich weiß, du schaffst das schon.«

»Ich halte das nicht durch. Es hat alles keinen Sinn mehr.«

»Gib nicht auf, Nora. Einer der Zeugen hat gesehen, wie Traube die Perücke abnahm. In seinem Wahn ist Traube leichtsinnig geworden.«

Ben konnte hören, wie Nora wieder Mut faßte. »Sehr gut. Hat er Traube erkannt?«

»Nein. Aus verschiedenen Gründen taugt die Zeugenaussage nicht viel. Sie wird meine Kollegen nicht beeindrucken, fürchte ich. Aber wenn es zu einer Gerichtsverhandlung kommt, kann sie dir vielleicht helfen.«

»Sag mir, daß alles nicht wahr ist. Sag mir, daß das nur ein böser Traum ist! Benedikt, ich brauche dich so. Können wir uns nicht treffen?« Im Hintergrund vernahm Ben ein anschwellendes Stimmengewirr.

»Nein, jetzt nicht. Ich habe eine wichtige Verabredung. Vielleicht heute abend. Ich rufe dich an.«

»Scheiße, da stehen jede Menge Leute vor der Zelle. Die haben mich erkannt. Wie komme ich da raus?« Sie klang wie in Panik.

»Versuch, ruhig zu bleiben, Nora.«

»Blöde Fans! Das sind schon mindestens ein Dutzend. Heute abend sehen wir uns, ja? Du bist der einzige, dem ich vertrauen kann!«

»Keine Angst, Nora. Wir kriegen das schon geschaukelt.«

## 69.

Als sie am späten Nachmittag in die Festung zurückgekehrt waren, versammelte Ria Pohl die Kollegen der Kommission Fabian in ihrem engen Büro. In den letzten vier Stunden hatten sie Dutzende von Hotelangestellten und Gästen vernommen. Der Direktor hatte Tagungsräume und Schreibmaschinen zur Verfügung gestellt sowie Schnittchen servieren lassen. Dafür hoffte er, daß sie sein Haus aus den Meldungen raushalten würden.

Die Stimmung war gereizt.

Das polnische Zimmermädchen hatte eine Blondine gesehen. Für die Kollegen war damit alles klar. Tom glaubte, daß sie sich irrten, doch er hatte keine einleuchtende Erklärung.

»Alles deutet auf die Schauspielerin hin«, sagte Ria. »Das schwache Alibi, das klare Motiv in allen drei Fällen und vor allem die Aussage der Zeugin ...«, sie sah auf ein Protokoll, » ... Maria Urban. Wäre da nicht die Beobachtung unseres Kollegen Thomas.«

»Der Augenzeuge mit der Sehschwäche!« rief Baumann. Die Kollegen lachten. Da war es wieder.

Für Dutzende von Beamten war er den ganzen Nachmittag über die Zielscheibe ätzenden Spotts gewesen. Keiner der verdammten Truppe nahm ihn ernst. Daß Ria Pohl ihn in Schutz zu nehmen versuchte, half nicht viel. Tom hatte keine Lust mehr, auf seiner Version zu bestehen.

»Wer hätte außer der Fabian ein Interesse daran, die drei Vergewaltiger umzubringen?« fragte Schranz. Auch Tom mußte mit den Schultern zucken.

*Der Herr von Pro-Sat, der nach Vondermühle gefragt hatte.* Tom hatte die Aussage des Portiers protokolliert. Der Mann sah zu viele Menschen, um sich an einzelne gut zu erinnern. Mittleres Alter, mittlere Größe, schlank, kurze Haare – mit einer so mageren Beschreibung konnte man nicht an die Computer der Kunstabteilung gehen. Selbst wenn sie einen Verdächtigen hätten, würde eine Gegenüberstellung mit dem Portier nichts bringen. Und Tom hatte noch weniger gesehen.

»Sobald Brauning da ist, muß er mit dem Staatsanwalt sprechen«, sagte Ria Pohl. »Entweder wir bekommen einen Haftbefehl, oder wir laden sie zur Vernehmung vor. Wir holen sie gleich morgen früh, bevor sie die Villa verläßt.«

Alle redeten nur noch von der Schauspielerin. Doch Tom hatte nach wie vor ein anderes Bild im Kopf. Es war unscharf und verwackelt, und es gab ihm Rätsel auf.

Der angeblich kranke Benedikt Engel hatte sich aus dem Staub gemacht und die ganze Arbeit ihnen überlassen. Tom ärgerte sich, daß er auf den Kollegen gehört hatte. Er hatte die Verabredung sausen lassen und sich statt dessen an der Vernehmungsaktion beteiligt.

Dabei hätte der Tag so schön werden können. Von einem »geilen Lunch und coolen Drinks« hatte Jeannette ihm vorgeschwärmt. Eine Art Geschäftsessen, bei dem sie ihm vielleicht einen Sicherheitsjob bei den MMD-Studios vermitteln könnte. »Dann können wir uns sehen, ohne daß deine Frau auf dumme Gedanken kommt«, hatte Jeannette gesagt. Tom hoffte, daß eine Chance auf diesen lohnenden Nebenjob nach wie vor bestand.

Ria Pohl verteilte die Aufgaben. Tom dachte an Kripochef Sonntag. *Innere Dienste.* An der geheimen Front hatte Tom Ermittlungserfolge vorzuweisen, die ihm in der Chefetage Ansehen bringen würden. Sonntag war ein Chef, der Wachsamkeit, logisches Denken und entschlossenes Handeln schätzen und belohnen würde. Anders als in der Kommission Fabian, wo man einen Querdenker wie Tom als kleinen Jungen behandelte.

Phantasielose Idioten. Sie verfolgten nur den einfachsten Erklärungsansatz.

»Und paßt auf! Sie hat es gelernt, zu täuschen. Sie ist verschlagen und hinterlistig. Und vor allem: Nora Fabian ist bewaffnet und gewalttätig«, hörte Tom Ria Pohl zum Schluß vortragen.

Sie plante ihn nicht einmal mehr für die weitere Arbeit ein.

Tom war es recht.

In seinem Büro stellte er den Ventilator an, um die Hitze zu lindern, dann das kleine Kofferradio, um das Surren des Ventilators zu übertönen. Er nahm den Bericht über Benedikt Engel aus der Schublade, um ihn noch einmal auf Tippfehler zu überprüfen, bevor er das Werk dem Kripochef übergeben wollte.

Sonntag würde beeindruckt sein. Tom würde bei den Chefs einen Stein im Brett haben, und das völlig ohne Einmischung seines Vaters.

Plötzlich lenkte das Radio ihn ab. Sie brachten ein Live-Interview, und Tom erkannte plötzlich, daß es ihn anging. Er drehte die Lautstärke hoch.

»Woher hatten Sie den Hinweis auf das Kokain?« fragte ein Reporter aufgeregt.

»Der Tip kam aus der Szene«, antwortete eine barsche Stimme kurzangebunden. Rottweiler Brauning.

»Und Sie haben die Aktion nur zu zweit gemacht?«

»Ja, wir wollten nicht, daß es sich herumspricht und die Täter gewarnt werden. Außerdem war Eile geboten.«

»Das erinnert an die Festnahme von Barbara Hahn vor drei Tagen. Was ist das für ein Gefühl, so erfolgreich zu sein, Kriminaloberkommissar Engel?«

»Es ist schon toll! Man geht da rein, und da sitzen zehn Leute, jeder mit einem Röhrchen in der Nase und einem Häufchen Schnee vor sich. Wir haben sie mitten in ihrer Koksparty gestört. Wenn dann die Handschellen klick machen, weiß man, daß sich die Arbeit bei der Polizei lohnt.«

»Denken Sie an unsere Kinder, denken Sie an unsere Jugend«, hörte Tom den K1-Chef ins Mikrofon bellen. »Heutzutage macht das Gift nicht einmal vor unseren Schulen halt.«

Der Reporter fragte: »Sie sind eigentlich von der Mordkommission. Was sagen Ihre Kollegen von der Rauschgiftabteilung, wenn Sie denen die großen Fische wegschnappen?«

Brauning antwortete: »Die sind darüber so froh wie alle anderen. Wir arbeiten Hand in Hand. Das K2 wird sich jetzt an die Auswertung machen und früher oder später auch noch die Hintermänner kriegen, davon bin ich überzeugt.«

»Es ist ein Erfolg der gesamten Polizeibehörde. Es kommt nicht darauf an, wer die Verbrecher schnappt, sondern daß sie aus dem Verkehr gezogen werden«, ergänzte Engel. »Es geht nicht um persönliche Eitelkeiten. Wir ziehen alle an einem Strang.«

Die Stimme des Reporters überschlug sich fast vor Begeisterung darüber, daß er ein dermaßen langes Live-Interview führen durfte. »Bescheidenheit ist eine

Zier«, rief er. »Das waren Erster Hauptkommissar Frank Brauning und, äh, Kriminaloberkommissar Benedikt Engel, die Helden des Tages – und damit zurück ins Funkhaus zu unserem Helden Matthias!«

»Danke, Norbert«, sagte der fröhliche Studiomoderator, während er langsam den Musikregler hochzog. »Das war unser Live-Bericht von der Razzia im Haus des bekannten Medienberaters Hermann Kuschke. Zwei Kilogramm Kokain wurden beschlagnahmt und zehn Verdächtige festgenommen. Mehr über den Coup gleich in unserem News-Magazin.«

Tom kaute an seinem Schnurrbart.

*Ich meine es ernst. Geh da nicht hin*!

Es dauerte einige Minuten, bis er sah, daß er sämtliche Kugelschreiber zerlegt und die Minen verbogen hatte.

Dann zerriß er seinen Bericht in kleine Fetzen.

## 70.

So früh war Ben selten im *Notorious* gewesen. Anita, die Kellnerin, wischte die Tische, und George stand anstelle seines Chefs hinter dem Tresen und putzte Gläser im Schneckentempo. Da das *Notorious* im Souterrain lag, war es hier deutlich kühler als draußen, wo der Sommer weiter alle bisherigen Rekorde brach.

Bevor er Nora anrief, um sich mit ihr zu verabreden, wollte Ben sich erst noch eine Verschnaufpause gönnen.

Als George ihn sah, kam er an Bens Tisch, um mit ihm über die neuesten Jazzplatten zu diskutieren. Der gemütliche Schwarze war als Fachmann unschlagbar, und Ben hatte eine Menge von ihm gelernt. Er hörte ihm gern zu. Er liebte sein Lachen, und George lachte viel.

Anita brachte Ben unaufgefordert ein Mineralwasser, und er bestellte *Panzerotti* mit Spinat. Die beiden Männer sahen ihr hinterher. Ben fragte sich, ob sie Wäsche unter ihrem Cat-Suit trug. Sooft er auch auf ihren Hintern starrte, noch nie hatte er gesehen, daß sich der Rand eines Slips unter dem grauen Elastikstoff abzeichnete.

»Ich spiel dir mal was vor«, sagte George und legte die erste CD des Tages auf.

Es war ein moderner Großstadtrhythmus mit einem Hauch von Afrika. Das Thema ließ nicht lange auf sich warten. Mehrere Bläser, die perfekt harmonierten. Dann die Soli, kurz und rasch aufeinander folgend: Trompete, Tenorsaxophon, Posaune, jeder versuchte den anderen an Phantasie und Tempo zu übertreffen.

Und dann wieder der Refrain. Musik wie heißes Fieber, wie ein Rausch.

»Wer ist das?« rief Ben begeistert.

»Branford Marsalis«, antwortete George, und sein ganzer Körper zuckte im Takt. »Aus meine Heimat California.«

Ben wußte, daß George aus Los Angeles stammte. Wenn dort alles so war, dann verstand Ben nicht, warum George weggegangen war.

Ein zweites Trompetensolo folgte.

»Roy«, sagte George und begann zu schnippen. »Keine andere hat die satte Sound.«

Um das Quintett von Roy Hargrove zu hören, war Ben im letzten Jahr eigens nach Frankfurt gefahren. Er schloß die Augen und träumte.

Es wurde Ben immer gleichgültiger, was die Behörde zu seiner Affäre mit Nora sagen würde und auch, ob die Zwei-Mann-Razzia im Haus des feisten Medienberaters Bens Ansehen mehren würde. Er vergaß sogar seine Enttäuschung darüber, daß er den dritten Mord nicht hatte verhindern können.

Jazz war seine Droge.

George spielte ihm weitere Stücke vor. Seine persönliche Hitparade. Als Anita die *Panzerotti* brachte, setzte sich George erneut an den Tisch, um ihm Gesellschaft zu leisten. Ben fragte ihn aus, über Kalifornien, über L. A.

»Warum bist du eigentlich weggegangen?«

»Crime and violence. Hier ist viel mehr Sicherheit.«

Ben mußte an die letzten Tage denken. George bemerkte seinen ungläubigen Blick.

»Oh doch«, sagte der Schwarze. »In die Viertel, wo ich aufgewachsen, ist die Chance, erschossen zu werden, höher als in Sarajewo. It's a bad neighbourhood. Die Unterschied ist, daß in L. A. sich niemand aufregt darüber.«

»Ich würde trotzdem gern mal hinfahren. Hollywood, Sunset Boulevard, die Namen lösen bei mir sofort Fernweh aus.«

»Ich war in die Frühjahr dort, zusammen mit meine Frau. Willst du sehen die Fotos?« Und George zeigte ihm Bilder von der Wüste und vom Meer, von Straßen und Wolkenkratzern, von Hollywood, Venice, Watts. Es war nicht alles so wie die Musik.

»Ich sehe immer nur deine Frau oder Verwandte von dir. Warum bist du nie abgebildet?« fragte Ben.

»Ganz einfach«, lachte George mit seiner tiefen, rauhen Stimme. »Irgend jemand muß die Fotos ja machen!« Ben fiel in das Lachen ein.

Es kamen weitere Gäste, und George bekam zu tun.

Ben tupfte Sahne und Spinatreste mit einem Stück Brot aus dem Teller. Seine Gedanken begannen zu wandern. Er grübelte zum wiederholten Mal darüber nach, wie er Traube eine Falle stellen könnte. Und wieder dachte er an Nora und an den grausigen Fund in Falks Laube.

Plötzlich fuhr ein Blitz durch Bens Nerven. Sein Herz pochte los.

*Irgend jemand muß die Fotos ja machen*!

»Hast du ein Gespenst gesehen?« fragte Anita, als sie ihm ein weiteres Wasser brachte.

Ben legte einen Zwanzigmarkschein auf den Tisch und rannte aus dem Lokal.

## 71.

Draußen waren schwarze Gewitterwolken aufgezogen und sorgten für eine frühe Dämmerung. Im selben Moment, als Ben sein Auto startete, begannen schwere Tropfen auf die Scheibe zu klatschen. Sie verdampften, sobald sie auf den heißen Asphalt trafen, und im Nu entstand eine Nebeldecke, die für Bens Scheinwerfer fast undurchdringlich war.

Er sah weder Mittelstreifen noch Randstein, dennoch raste er durch die Stadt, als sei der Teufel hinter ihm her. Immer wieder erhellten Blitze für Sekunden den gesamten Himmel.

Im Autoradio sprachen sie bereits über das nächste Hoch und über die Klimakatastrophe, doch Ben hörte nicht hin. Die Wischer arbeiteten im Schnellgang. Eine Ampel schaltete auf gelb. Ben beschleunigte, doch sein Vordermann hielt an, noch bevor es rot wurde. Ben stieg auf die Bremse, und sein Auto geriet ins Schlingern. Nur Millimeter hinter dem anderen kam der Golf zum Stehen. Ben fluchte, erst über den Vordermann, dann über sich. Sein Herz klopfte, und als die Ampel grünes Licht gab, fuhr er bedächtiger.

Zehn Minuten später hielt Ben in zweiter Reihe. Die wenigen Schritte bis zur Haustür reichten aus, um ihn völlig naß werden zu lassen.

Die kleine, mollige Frau trug schwarz, dasselbe wie zwei Tage zuvor auf Fabians Beerdigung. Ihre Augen waren verquollen. Ben nahm den Kaffee an.

»Ich weiß, es war ein Schock für Sie«, entschuldigte er sich. »Erst der Mord an Ihrem Mann, dann der Fund in der Laube. Aber ich muß Sie noch einmal etwas fragen.«

»Mir ist klar, was für ein Schwein Leo war, und trotzdem fehlt er mir.« Beate Falk preßte die Lippen aufeinander.

Ben war ungeduldig. Er hatte heute schon einmal einen Wettlauf verloren. »Drei Männer waren auf den Fotos zu sehen. Auf einigen alle drei zusammen.«

Beate Falk heulte los.

»Bitte, erinnern Sie sich«, insistierte Ben. »Da muß es noch einen Vierten geben! Den, der die Fotos *gemacht* hat. Gab es neben Fabian und Vondermühle noch jemanden, mit dem sich ihr Mann damals traf? Einen vierten Mann?«

»Warten Sie«, sagte sie, und ihr Schluchzen ebbte ab. Ben sah, wie die Erinnerung in ihr arbeitete. »Das muß die Skatrunde gewesen sein.«

»Skatrunde?«

»Ja. Einmal die Woche hatten sie bei Fabian ihren Skatabend. Willi hieß der Vierte. Reihum setzte immer einer aus. Wie beim Preisskat. Deshalb spielten sie zu viert.«

Ben interessierte sich nicht für Spielregeln. »Willi, und wie weiter?«

»Willi, Willi ...«

»Frau Falk, bitte! Das ist wichtig! Er könnte das nächste Mordopfer sein!«

»Noch ein Mord?«

»Wo wohnt er? Wo arbeitet er?«

»Stimmt es, daß Martin Vondermühle auch tot ist? Ich hab im Radio so etwas gehört.«

»Frau Falk! Wie hieß Willi mit Nachnamen?«

Die kleine Frau schüttelte wieder den Kopf. »Ich komm nicht drauf.«

»Sie müssen sich erinnern!«

»Das ist so lange her!«

»Haben Sie Willi einmal kennengelernt? Hatte er vielleicht einen Spitznamen?«

»Einmal waren wir bei ihm zu Hause, hier in der Stadt, glaube ich. Und im Karneval gingen wir ein paarmal zusammen aus, die ganze damalige Clique. Er war so ein kleiner Dicker, ein witziger Kerl. Ja, er hatte einen Spitznamen. Jetzt fällt es mir ein! Willi *Macht-nix*, so haben die anderen ihn genannt. Bei jedem Schnaps sagte Leo immer: Prost, Willi Macht-nix. So ähnlich hat er auch geheißen. Warten Sie ...«

»Kann ich mal Ihr Telefonbuch haben?«

Beate Falk grübelte weiter. Ben blätterte.

Er fand drei Eintragungen, die nach Meinung der Witwe passen konnten. Falls der Mann noch in der Stadt wohnte.

*Machnick W. Chlodwig-13*
*Machnitzke Willi Feld-6*
*Machnitzky Wilhelm Kölner-72*

Ben riß die Seite heraus.

## 72.

Das Donnern hatte aufgehört, doch der Regen prasselte unvermindert. Die Scheibenwischer wurden mit den Wassermassen nicht fertig, die Kanalisation auch nicht. Ganze Straßen versanken unter tiefen Pfützen. Ohne Rücksicht auf die wenigen Passanten ließ Ben das Wasser aufspritzen, als er durch die Stadt pflügte.

Ein Feuerwehrwagen raste Ben entgegen. Für einen Moment verwehrte ihm das aufgepeitschte Wasser die Sicht.

Als er die Chlodwigstraße erreichte, fuhr er langsam, um die Hausnummern zu erkennen. Hinter ihm hupte es. Ben sah eine Einfahrt, fuhr zur Seite und rannte zur Haustür. Nasser konnte er jetzt nicht mehr werden.

Fünf Klingeln. *Wolfgang Machnick* stand auf der untersten. Ben machte kehrt.

Zehn Minuten später hielt er zum zweiten Mal. Im Haus Feldstraße Nummer sechs gab es eine Zahnarztpraxis, ein Anwaltsbüro und darüber eine Wohnung: *Machnitzke.*

Ben ließ es zweimal lange klingeln, dann summte der Türöffner. Zwei Stufen auf einmal, ein kurzer Sprint nach oben. In der Wohnungstür stand ein junger Mann.

»Sind Sie Willi Machnitzke?«

»Ja.«

»Gibt es noch einen Willi in Ihrer Familie?«

»Mein Opa hieß auch Willi, aber der ist seit über dreißig Jahren tot. Wen suchen Sie denn?«

Ben hastete nach unten, durch den Wolkenbruch zum Auto. Verdammt – seine Schuhe waren nicht wasserdicht.

Die Kölner Straße war nur wenige Minuten entfernt.

Die letzte Chance.

## 73.

Die Welt war durchweicht und dampfte noch weiter, als der Regen so plötzlich aufhörte, wie er begonnen hatte. Die Wolken brachen auf, und die tiefstehende Sonne tauchte die Fahrbahn in gleißendes, rötliches Gold.

Im Radio ging es immer noch ums Wetter. Der Reporter war in seinem Element. Das Sommergewitter als Katastrophe: Zwölf Verkehrsunfälle hatte die Polizei innerhalb einer Stunde registriert, mehr als einhundert Keller mußte die Feuerwehr leerpumpen.

Die Sonne blendete Ben, fast wäre er an der Nummer 72 vorbeigefahren.

Es war ein häßliches altes Mietshaus zwischen noch häßlicheren neuen. Ben atmete durch. Die Luft war frisch und etwas kühler geworden. Neben der obersten Klingel hing ein vergilbtes Plastikschild: *W. Machnitzky*.

Ben klingelte, doch niemand antwortete.

»*Willi Macht-nix*«, murmelte Ben. »Mach schon auf!«

Er drückte noch einmal. Keine Antwort.

Ben versuchte die Klingel einer Arztpraxis, und es summte sofort. Er drückte die Tür auf und rannte die Treppen hoch.

Es war die Dachwohnung. Die Tür hatte ein einfaches Sicherheitsschloß, wie es die meisten Wohnungen trotz der Empfehlungen seiner Kollegen noch besaßen. Ben war wieder einmal froh darüber. Es dauerte keine halbe

Minute, es zu öffnen.

Heiße, stickige Luft schlug ihm entgegen. Sofort stand Ben der Schweiß auf der Stirn. Er hatte kein gutes Gefühl.

Ein leises, monoton wiederkehrendes Geräusch kam aus einem Zimmer, dessen Tür nur angelehnt war. Ben hatte das Holster seiner P6 geöffnet und schlich zur Tür, die Hand auf der Waffe, bereit zu ziehen. Er gab der Tür einen leichten Stoß. Langsam glitt sie auf.

Ben betrat das Wohnzimmer und sah in die Augen von Willi Machnitzky, die ihn unter halbgesenkten Lidern anstarrten.

Er erschrak.

Die Sonnenstrahlen fielen durch das Dachfenster und ließen das Wohnzimmer glühen. Willi Machnitzky saß unter der Schräge auf dem Teppichboden. Die Haare, die Machnitzky sonst quer über seine Glatze gekämmt hatte, waren in die Stirn gerutscht. Die Augen waren blutunterlaufen.

Ein Elektrokabel war tief in den Hals eingeschnitten und hielt den Oberkörper an den Rippen des Heizkörpers fest. Zum ersten Mal sah Ben jemanden, der sich an etwas aufgehängt hatte, was niedriger war als er selbst. Ben wußte, daß diese Art des Strangulierens schmerzhaft war. Es konnte Minuten dauern, bis die Blutzufuhr gestoppt war und der Tod eintrat. Und Machnitzky hatte die Zeit gehabt, unter Qualen über seine Sünden nachzudenken.

Das Gesicht des Mannes war aufgedunsen. Hals, Wangen und Augenlider waren rot gepunktet. Die Finger, die sich auf dem Boden abstützten, schimmerten grauviolett. Die ersten Totenflecken. Dem Mann war nicht mehr zu helfen.

In der Nähe der Leiche drehte sich ein Plattenteller. Die gute, alte Diamantnadel war am Ende der Rille angekommen und knirschte das immer gleiche Geräusch. Ben las den Aufdruck auf dem Cover: Das *Requiem* von Mozart.

»Macht nix, Willi«, sagte Ben leise.
Dann sah er den Abschiedsbrief.

*Liebe Kinder!*

*Es ist aus. Meine alten Freunde Heinz und Leo sind tot. Es ist nur eine Frage der Zeit, bis die ganze Wahrheit ans Licht kommt. Ich könnte die Schande nicht ertragen. Es gibt nur einen Ausweg.*

*Wahrscheinlich ist der Mörder jetzt auch hinter mir her. Ich nehme ihm/ihr die Arbeit ab.*

*Bitte behaltet mich in Erinnerung. Nicht wegen meiner Fehler, sondern als der Vater, der Euch immer über alles liebte.*

*Vergebt mir!*

*Euer Vater*

Die Skatrunde hatte sich im Jenseits versammelt. Wieder war Ben zu spät gekommen.

Er fühlte die Temperatur an Machnitzkys Wange. Er war noch warm.

Vielleicht eine Stunde zu spät, schätzte Ben. Dann fiel ihm ein, daß die Leiche in dieser heißen Wohnung gar nicht kalt werden konnte. Der Mann konnte schon länger tot sein. Ben ergriff die Hand und bewegte den Arm Machnitzkys. Er spürte leichten Widerstand. Der Beginn der Totenstarre.

Als Machnitzky seinen Hahn für immer abgedreht hatte, hatte Ben im *Notorious* gesessen und sich Urlaubsfotos angesehen.

Er entdeckte das Telefon.

Nora hatte seinen Anruf erwartet.

»Paß auf, Liebes, ich habe Neuigkeiten. Du erinnerst dich wahrscheinlich daran, daß es noch einen vierten Mann gab, daß sie dich damals zu viert mißbrauchten. Ich habe ihn.«

»Wo?«

»Hier in der Stadt. Ich bin in seiner Wohnung.«

»Ach.«

»Das ist deine Chance«, sagte Ben, doch Nora begriff nicht sofort.

Ben erklärte seinen Plan: »Traube hat die anderen drei umgebracht, also wird er auch den vierten töten wollen. Du mußt ihn nur dezent darauf aufmerksam machen. Ich warte bei Machnitzky auf Traube. Sobald er kommt, habe ich ihn in flagranti. Dann helfen ihm keine Lügen mehr und kein noch so guter Anwalt. Und du kommst sauber aus der ganzen Sache raus.« Ben nannte die Adresse. »Es ist jetzt kurz vor acht. Ich bleibe bis Mitternacht bei Machnitzky. Bis dahin wird er sicher aufkreuzen. Dann ist der Alptraum für dich endgültig vorbei.«

»Nur bis Mitternacht? Was ist, wenn er nicht kommt?«

»Dann sieht es nicht gut für dich aus. Aber keine Angst. Vondermühle war drei Stunden nach seiner Ankunft in der Stadt tot. Dann werden vier Stunden für Machnitzky genügen.«

Nora war begeistert. »Benedikt, ich wußte, daß du mir helfen würdest. Wenn alles vorbei ist, fahren wir in Urlaub. Wir beide, versprichst du mir das?«

»Gern.«

»Ich bin ja so glücklich, daß ich dich getroffen habe. Sehen wir uns heute noch?«

»Sobald ich Traube festgenommen habe.«

»Ich schicke ihn dir. Aber paß auf dich auf. Er ist gefährlich. Er wird bewaffnet sein.«

Als nächstes wählte Ben Rias Privatnummer. Bereits nach dem zweiten Klingeln war sie dran.

»Benni? Gratuliere zu deinem Drogenfund! Ihr habt für mächtig Wirbel gesorgt! In der Festung gab es heute nachmittag kein anderes Thema. Es heißt, ihr sollt sogar eine Belobigung bekommen. Die Hauptkommissarstelle ist dir jetzt sicher. Gratuliere!«

»Was macht die Kommission Fabian?«

»Steht so gut wie vor dem Abschluß. Brauning wird morgen als erstes den Haftbefehl für die Fabian besorgen.«

»Falls es dich interessiert, da gibt es noch einen Vergewaltiger! Es waren vier in der Skatrunde!«
»Skatrunde?«
»Ich bin gerade beim Vierten, der die Fotos gemacht hat. Er ist ebenfalls tot. Selbstmord.«
»Noch 'ne Leiche?«
»Ja. Und ich glaube nicht, daß es Nora war.«
»Nicht schon wieder, Benni.«
»Ich werde dir noch heute den Täter liefern.«
»Soll ich dir Verstärkung schicken?« fragte Ria.
»Nein, bloß nicht! Bis die eintreffen, beobachtet er vielleicht schon das Haus. Ich muß versuchen, allein klarzukommen.«
»Mir ist nicht wohl dabei«, sagte Ria.
Im Treppenhaus waren Geräusche. Eine Tür wurde zugeschlagen, Schritte polterten.
»Benni, bist du noch dran?«
Die Schritte wurden leiser. Sie entfernten sich nach unten. Falscher Alarm.
»Hat sie dir den Kopf verdreht?«
»Nein. Höchstens die Augen geöffnet.«
»Paß auf dich auf, Benni!«

## 74.

Allein mit der Leiche.
Um die Stille zu vertreiben, setzte Ben die Platte in Gang. Klassische Musik sagte ihm nicht viel, aber er kannte die Sage, die sich um das *Requiem* rankte: Der Tod habe es in Auftrag gegeben, und Mozart habe es für seine eigene Trauerfeier geschrieben.
Während draußen der Regen für Abkühlung gesorgt hatte, strahlten Dach und Wände die konservierte Hitze des Tages unvermindert nach innen ab. Ben glaubte, Leichengeruch zu spüren. Er öffnete die Fenster, doch die Schwüle zog nicht ab.
Ben stellte einen Sessel in den Flur. Hier wollte er

warten. Wenn der Mörder eintrat, würde die Wohnungstür ihn zunächst verdecken. Ben hätte den Überraschungseffekt auf seiner Seite. Er legte die Pistole auf den Schoß.

Als die Musik zu Ende war, gab es wieder dieses Knirschen. Ben stand auf und drehte die Platte um.

Von seinem Sessel aus musterte er die Bilder, die an der Wand hingen. Schwarzweiße Grafik, Stierkampfszenen. Jedes Bild trug den berühmten Schriftzug: *Picasso*. Ben fiel die Gewalttätigkeit der Szenen auf: Speere bohrten sich in die Körper, Stierhörner schlitzten Pferdeleiber auf. Ein toter Torero. Blut.

Ben dachte mit Schaudern daran, daß Machnitzky irgendwo in dieser Wohnung eine ähnliche Fotosammlung wie Falk besaß. Traube mußte krank sein, aber etwas in Ben ließ ihn die Morde verstehen.

Draußen dämmerte es, und die Konturen der Stiere und der Matadore verschwammen allmählich.

Ben mußte gähnen. Längst hatte er den Plattenspieler ausgeschaltet. Er lauschte einer Diskussion, die von der Straße heraufschallte. In der Ferne hupte die Alarmanlage eines Autos. Ein Hit von Michael Jackson dröhnte aus einem Autoradio herauf. Ben stellte sich einen übergroßen Kenwood-Aufkleber in der Heckscheibe eines Opel-Manta vor. Er fächelte sich mit dem Plattencover Kühlung zu und gähnte in Serie. In den letzten drei Nächten hatte er vielleicht gerade mal zwölf Stunden Schlaf gehabt. Im Haus war es still, und Ben nickte schließlich ein.

Plötzlich war er hellwach. Es klingelte.

Ben schreckte hoch und entsicherte die Waffe. Es klingelte ein zweites Mal. Ben atmete durch und drückte auf den Türöffner.

Unten summte es, und die Tür wurde aufgedrückt.

Behutsam öffnete er die Wohnungstür einen Spalt, vielleicht hätte Machnitzky das auch getan. Er sah auf die Uhr: es war erst zehn Uhr.

Ben wartete und lauschte.

Er vernahm Schritte und ein leises Keuchen, wie von jemandem, der es nicht gewohnt war, viele Treppen zu steigen. Ben hörte, wie die Schritte näherkamen, Stockwerk für Stockwerk. Seine Rechte krampfte sich um die Waffe.

An der Tür hielt der Besucher einen Moment inne.

Er klopfte. Erst zaghaft, dann fester. Schließlich glitt die Tür langsam zur Seite.

Ben hörte ein Schnaufen und vorsichtige Schritte. Die Tür versperrte ihm die Sicht. Endlich trat der Besucher ganz in die Wohnung.

Es war ein Mann, etwas kleiner als Ben. In der Hand trug er ebenfalls eine Pistole. In der Wohnzimmertür blieb der Mann stehen und richtete seine Waffe in den Raum.

Ben spürte das Erschrecken des anderen, als dieser die Leiche entdeckte. »Scheiße«, sagte der Mann und ließ die Pistole sinken.

»Schon gut. Steck die Knarre wieder ein«, antwortete Ben.

Der andere erschrak zum zweiten Mal und fuhr herum.

Ben sah in zwei entzündete Augen und nickte ins Zimmer, Richtung Heizkörper. »Der vierte Skatspieler.«

Thomas Swoboda faßte sich an die Herzgegend und stieß einen Seufzer der Erleichterung aus. »Ich habe schon gedacht, der Mörder sei hier!«

»Dann bist du also dahinter gekommen.«

»Ja. Irgendwer muß die Fotos ja gemacht haben. Selbstauslöser war das kaum. Ich habe mir Vondermühles Notizbuch besorgt. Und dort fand ich Machnitzkys Adresse. Unter privat.«

»Du bist schlauer, als ich dachte, Kleiner.«

»Aber du warst schneller, Großer.«

»Nicht schnell genug. Hol dir einen Sessel!«

Sie knipsten das Wohnzimmerlicht an, damit es in

der Diele nicht ganz dunkel wurde. Tom legte eine neue Klassikplatte auf. Melodien, die Ben bekannt vorkamen. Er tippte auf Verdi oder Puccini.

Draußen nahm das Gewitter einen neuen Anlauf, fast so heftig wie zuvor. In Böen prasselte der Regen gegen die Dachfenster. Ben zählte die Sekunden zwischen Blitz und Donner.

Nach einiger Zeit räusperte sich Tom. »Die Hitze hier weicht einem noch das Hirn auf.«

»Hm.«

»Bist du sicher, daß der Mörder hier aufkreuzen wird?« fragte Tom.

»Ja.«

»Keiner der Kollegen hat mir geglaubt, daß ich einen Mann im Hotel gesehen habe. Die glauben eher diesem Zimmermädchen als mir.«

»Kein Wunder, du hast mit deinen Linsen gespielt und geheult wie ein Schloßhund, während der Mörder entkam.«

»Fängst du jetzt auch damit an? Ihr seid alle blind!«

Ben mußte grinsen. »Der Blinde in der Geschichte bist du, Tommiboy!«

»Ich habe gehört, du gehörst auch zu denen, die glauben, daß es die Fabian war. Ihr seid alle ganz verbohrt in die Vorstellung, daß die Fabian es war! Und du bist am schlimmsten. Erst siehst du nicht ein, daß sie verdächtig ist, dann kann es auf einmal kein anderer gewesen sein. Du bist hoffnungslos auf sie fixiert! *Du* bist blind. Vor Liebe. Vor enttäuschter Liebe.«

Ben grinste noch immer. »Apropos Liebe – hast du schon mit Jeannette gesprochen?«

»Hör mir bloß auf mit dieser Schlampe! Sie ist Rauschgiftdealerin, stimmt's?«

»Nein, sie war Braunings V-Frau.«

»Um so schlimmer! Von der bin ich gründlich geheilt!«

Wieder tauchte ein Blitz die Diele in flackerndes Licht. Nach kaum einer Sekunde krachte der Donner.

Das Gewitter mußte jetzt über ihnen sein.

Tom war sauer und wollte seine Wut an Ben auslassen. »Du hast die Schauspielerin mit deiner Tröster-Masche nicht rumkriegen können, stimmt's?«

»Hör auf, Thomas!«

Tom bohrte weiter. »Das ist wie mit dem Fuchs und den Trauben, die zu hoch hängen. Sie sind bitter, sagt der Fuchs. Die Filmdiva ist ein paar Nummern zu groß für dich, und du kannst es nicht verkraften. Der große Tröster ist ein schlechter Verlierer. Halt dich lieber an deine gequälten Eheweiber!«

Das war zuviel. Ben hieb Tom die Faust in den Magen. Sein Kollege krümmte sich und rang um Luft.

»Jetzt sind wir quitt«, sagte Ben.

»Du bist gewalttätig«, stieß Tom hervor, als er wieder Luft bekam. »Labil und unberechenbar. Das hast du von deinem Vater geerbt. Dich sollte man aus dem Verkehr ziehen!«

Ben packte Tom am Kragen. »Hey, woher weißt du das alles eigentlich?«

»Du hast die Gewalt im Blut!« keuchte Tom.

»So etwas vererbt sich nicht. Du bist das beste Beispiel dafür!« erwiderte Ben und ließ den anderen los.

Der kleine Swoboda starrte ihn an.

Ben setzte nach: »Du wirst niemals so gut sein wie dein großer Bruder! Du eiferst ihm vergeblich nach! Und die Freundschaft deines Vaters mit dem Kripochef wird dir auf Dauer auch nichts nützen, Kleiner!«

Tom hob seine Fäuste. Lauernd starrten sie sich gegenseitig in die Augen.

In diesem Moment hörten sie ein Geräusch im Treppenhaus.

Schritte. Ein Rumpeln. Es kam näher.

Beide hielten die Luft an und lauschten. Ein Stockwerk tiefer wurde eine Tür geöffnet. Wahrscheinlich Nachbarn. Schließlich war es wieder still.

»Fehlalarm.«

»Wir sind jetzt wirklich quitt«, sagte Tom.

»Ruhe jetzt!« raunte Ben. »Sonst warnen wir den Mörder.«

»*Den* Mörder?«

»Du sagst doch selbst, man soll nicht so verbohrt sein.«

»Es muß jemand sein, der von Noras Vergangenheit weiß«, flüsterte Tom.

»Jaja.«

»Vielleicht hat sie einen Killer engagiert. Oder ihre Mutter hat die Morde in Auftrag gegeben.«

»Oderoderoder.«

Tom war eingeschnappt.

»Beruhig dich wieder. Du hast ja recht, Tom.« Leise erzählte Ben dem Kollegen, wie Traube versuchte, Nora unter Druck zu setzen. Er sah, wie Toms Augen immer größer wurden.

»Wahnsinn«, sagte Tom.

»Du hast es erfaßt.« Ben streckte die Hand aus. »Frieden?« fragte er.

Tom schlug ein. »Frieden. Und vielen Dank.«

»Wofür?«

»Daß du mich gewarnt hast. Eure Razzia wäre für mich ziemlich peinlich gewesen.«

Mehr als ziemlich, dachte Ben. Er verschwieg ihm, daß es Braunings Idee gewesen war, Tom auf die Koksparty einzuladen und ihnen ans Messer zu liefern.

»War doch klar. Ich laß doch einen Kollegen nicht ins Unglück rennen. Nicht einmal dich, Tommiboy.«

»Ich glaube, du bist ein feinerer Kerl, als ich dachte, Großer.«

Eine Weile saßen sie stumm und studierten den Stierkampf. Sie lauschten den Geräuschen und der Musik von Machnitzkys alten Platten.

Ben sah auf die Uhr: kurz vor elf.

»Und wenn es doch Nora ist?« fragte Tom plötzlich.

»Was?«

»Wenn mich im Hotel meine Augen getäuscht haben

und wenn alles, was die Fabian dir über Traube erzählt hat, Lügenmärchen sind?«

»Dann wird Traube nicht kommen.«

»Und wie lange sollen wir uns hier den Arsch absitzen? In der Wohnung einer Leiche?«

»Ich habe Nora gesagt, daß ich bis Mitternacht warte.«

»Also noch eine Stunde.«

»Nein. Wenn es sein muß, bis morgen abend.«

»Wieso?«

»Ich habe Nora nicht gesagt, daß Machnitzky tot ist. Wenn Traube nicht der Mörder ist, dann wird Nora kommen, um den vierten Mann umzubringen. Und zwar nach Mitternacht, weil sie glaubt, Machnitzky sei dann allein.«

Tom sah Ben in die Augen. »Also entscheidet es sich um Mitternacht.«

»Ja.«

»Wenn es vorher klingelt, ist es der Komiker. Danach ...«

» ... ist es Nora.«

»Du hast dich abgesichert.«

Ben schwieg.

»Du traust ihr nicht.«

Bens Stimme klang heiser: »Doch. Aber ich bin Polizist.«

Die Uhr zeigte zwanzig Minuten nach elf. Ben begann, nervös zu werden.

Tom drehte zum x-ten Mal eine Platte um. »Die Leiche stinkt«, sagte er, als er zurückkam. Gleich darauf nickte er ein.

Zehn vor zwölf. Verdammt, wo blieb Traube?

# Freitag

## 75.

Um Mitternacht löschten sie das Licht und schalteten den Plattenspieler aus. Zeit für Machnitzky, zu Bett zu gehen. Ben verabschiedete sich von Tom.

Der Regen war schwächer geworden. Nur vereinzelte Autogeräusche drangen von der Straße nach oben. Tom glaubte, Engel wegfahren zu hören.

Tom war verwirrt, weil nichts so war, wie es schien. Er hatte im Hotel eine Frau gesehen, die ihre Haare abnahm und in Wirklichkeit ein Mann war. Deshalb hatte er jetzt mit Max Traube gerechnet, aber gleich würde Nora Fabian kommen. Und er hatte gedacht, Benedikt Engel würde die Schauspielerin in Schutz nehmen, statt dessen hatte er einen Plan ausgeheckt, mit dem sie auch die Schauspielerin schnappen konnten. Und er, Thomas Swoboda sollte plötzlich eine Hauptrolle spielen.

Er fühlte sich unwohl. Im fahlen Mondlicht sah er Machnitzky an der Heizung sitzen und ihn durch halbgeöffnete Augen anstarren. Er lauerte darauf, daß die Leiche sich bewegen würde, um ihn ins Totenreich mitzunehmen. Eine irrationale Angst, das wußte Tom, doch er konnte sie nicht verdrängen. Er zog die Wohnzimmertür zu. Jetzt war Machnitzky weg, dafür war es stockdunkel.

So hatte er sich seinen Einsatz für das K1 nicht vorgestellt.

Erst nach etwa zehn Minuten kam Engel zurück.

»Hast du jemanden gesehen?« fragte Tom.

»Nein. Aber ich hoffe, sie hat gesehen, daß ich rauskam.«

»Wie bist du wieder reingekommen?«

»Über den Hinterhof. Ich bin einmal um den Block

gefahren und habe in der Parallelstraße geparkt. Ich habe einen Kaugummi im Auto gefunden. Magst du?«

Tom lehnte ab.

Während Ben kaute, bemerkte er, daß Tom wieder einschlief. Der kleine Swoboda machte es sich einfach.

Für eine Weile war das leise Schnarchen des Kollegen das einzige, was Ben hörte.

Er verlor das Zeitgefühl. Irgendwann war der Kaugummi zäh und geschmacklos geworden, aber er hielt wach.

Als Ben Schritte vernahm, tippte er wieder auf einen Hausbewohner, denn es hatte niemand geklingelt. Ben saß wie versteinert. Es war, als wollte er nicht wahrhaben, daß jemand in Machnitzkys Wohnung eindringen könnte. Als wollte er verdrängen, daß er hier war, die Identität eines Mörders aufzuklären. Ben hatte Angst vor der Wahrheit.

Erst, als bereits die letzten Stufen vor Machnitzkys Tür knarrten, stieß er Swoboda an. Der Kollege fuhr hoch.

Sie griffen nach ihren Waffen und lauschten. Unmittelbar vor der Tür blieben die Schritte stehen.

Einige Sekunden war es totenstill. Dann kratzte es im Schloß. Es schnappte auf.

Die beiden Polizisten hielten die Luft an.

Die Tür schwang auf, und die Schritte tappten leise in die Diele. Sie konnten die Gestalt nur erahnen. Der Eindringling stieß auch die Wohnzimmertür auf.

Aus den Dachfenstern fiel schwacher Lichtschein auf eine schlanke Gestalt und auf die Klinge des Messers, das sie in der Hand hielt.

Ben erwischte den Lichtschalter, Tom streckte die P6 nach vorn. Die Gestalt fuhr zusammen und drehte sich um.

Sie sahen in zwei große, dunkle Augen.

## 76.

»Hände hoch und an die Wand«, sagte Tom.

Max Traube ließ das Messer fallen und sah den Polizisten fassungslos an.

»Los, mach schon. Umdrehen und Pfoten an die Tapete!«

»Hören Sie nicht?« sagte Ben. »Es ist aus. Und das ist kein Film.«

Traube drehte sich um und ließ sich abtasten.

»Diesmal hat der Komiker gar keine Perücke dabei«, bemerkte Tom. »Er hat sich sicher gefühlt.«

»Ich verstehe nicht, was Sie meinen«, protestierte der Schauspieler.

»Dabei sind Sie ganz umsonst gekommen.« Ben knipste auch das Wohnzimmerlicht an. Machnitzkys Hände und Kinn waren inzwischen komplett blau verfärbt. Kleine Fliegen kreisten um seinen Kopf.

»Den hätten Sie gar nicht mehr umbringen können. Toter als tot geht nicht.«

»Wieso umbringen?« Seine Augen wanderten unruhig hin und her. »Nora sagte, ich sollte ihn nur zur Rede stellen. Er hätte sie damals auch mißbraucht.«

Ben lachte. »Und wozu das Messer?«

»Nora sagte, er sei gefährlich. Sie hat es mir gegeben.«

»Und Hänsel und Gretel heißt das andere Märchen«, sagte Tom. Ein *cooler* Spruch, dachte er. Gut, daß er ihn sich gemerkt hatte.

»Verdammt, sie hat mich reingelegt! Sie hat gesagt, sie würde mich heiraten, wenn ich Machnitzky dazu bringe, alles zuzugeben.«

»Das klingt so faul wie der da drüben«, grinste Tom und wies auf die Leiche.

»Was wollen Sie? Ich habe diesem Mann nichts getan!«

»Aber Fabian und dem Rest der Skatrunde. Das reicht wohl.«

Traubes Miene verfinsterte sich. Er schien seine Chancen auszurechnen. »Als Fabian umgebracht wurde«, sagte er leise, »war ich mit Nora ...«

»Sparen Sie sich ihre Ausreden für den Richter«, unterbrach ihn Ben. Er griff nach den Handschellen.

Traube zitterte vor Wut. Seine Stimme überschlug sich. »Sie glauben doch nicht, daß Sie Nora bekommen können? Nora würde nie mit Ihnen nach Südamerika gehen, auch nicht, wenn Sie mir die Morde anhängen!«

Ben ignorierte Toms erstaunten Blick. »Tom, du kannst den Streifenwagen herbestellen. Das Telefon ist auf der Kommode.«

Auf einmal ging alles sehr schnell. Traube bückte sich nach dem Messer. Noch im Hochkommen erwischte er Ben am Arm.

Ben schrie auf und griff dorthin, wo es brannte. Er fühlte, wie sein Hemd naß wurde. Als die Schrecksekunde vorbei war, sah er Traubes haßverzerrtes Gesicht. Der Schauspieler holte aus.

Ben wich zurück und stolperte über einen Sessel. Im Fallen räumte er die Picassos von der Wand. Das Glas des Bilderrahmens knirschte unter Traubes Füßen. Die Klinge blitzte auf. Ben trat nach Traube, doch der schien es gar nicht zu spüren.

Ben sah den Stoß kommen. Er versuchte zur Seite zu kriechen und Traube zugleich mit der Schuhspitze zwischen den Beinen zu treffen. Im selben Moment krachte ein Schuß. Traube brach über Ben zusammen. Das Messer fuhr in die Diele neben seinem Kopf.

Als Ben sich unter dem reglosen Schauspieler hervorgestrampelt hatte, stand Tom noch immer in der Wohnzimmertür und zielte. Ben sah, wie die Hände des Kollegen zitterten. Er schob ihm den zweiten Sessel hin.

»Scheiße«, sagte Tom. »Ich habe ihn erschossen.«

»Mach 'ne Kerbe in den Griff, Kumpel. Du hast mir das Leben gerettet.«

»Bist du sicher?«

»Es wird eine Untersuchung geben, aber keine Sorge: die Sache ist eindeutig.«

Ben stellte fest, daß Traube nicht mehr zu helfen war. Danach verständigte er die Kollegen und den Krankenwagen.

Tom saß reglos im Sessel. Ben nahm den jungen Kollegen in den Arm.

So trafen die Uniformierten sie an, die Minuten später in die Wohnung stürmten.

## 77.

Das *Notorious* hatte bis drei Uhr geöffnet, und so kurz vor Schluß war nicht mehr viel los. George winkte ihm müde zu, und Anita rief etwas zur Begrüßung, doch Ben setzte sich ohne Reaktion an einen Tisch.

Wie in Trance stierte er auf die Flaschen hinter der Bar. Mehrfach war er in den letzten Tagen nicht schnell genug gewesen. Nicht gut genug. Doch der Fall war gelöst. Ben fühlte, wie ganz langsam die Anspannung von ihm wich. Er konnte aufatmen.

Es pochte unter dem Verband, den die Sanitäter angelegt hatten, die Traube und Machnitzky abholen kamen. Er dachte an Tom. Vielleicht hatte der Kollege ihm wirklich das Leben gerettet.

Und Ben dachte an Nora. Er hatte versucht, sie zu erreichen, doch sie hatte nicht abgehoben. Wahrscheinlich schlummerte sie tief und fest im Dämmer ihrer Tabletten. Ben war froh über den Ausgang der Geschichte. Noras Unschuld füllte ihn mit Erleichterung.

Die Schauspielerin hatte ihm mehrmals Liebeserklärungen gemacht, und Ben war überzeugt, daß sie es ernst meinte. Aber er war sich auch im klaren darüber, daß diese Liebe nicht von Dauer sein konnte. Nora Fabian lebte in einer anderen Welt, so ähnlich sie sich in vielen Dingen auch waren.

Was Ben bleiben würde, war eine Einkaufstüte voller

Geld. Er beschloß, es mit Genuß zu verjubeln. Und danach wäre er wieder das, was er vorher gewesen war. Ein Bulle. Ein bißchen korrupt, ein bißchen kriminell. Ein ganz normaler Scheißbulle.

Nur eines wollte er nicht mehr sein: Der große Tröster.

Nie wieder die Kontrolle verlieren.

Der Chef des Ladens hantierte an der Kasse herum, George spielte etwas Populäres von Miles Davis, und Anita trat an Bens Tisch.

»Das Übliche?« fragte sie mit einem warmen Lächeln.

»Ja«, sagte Ben mechanisch. Als sie sich umdrehte, starrte er wieder auf den hautengen Stoff ihrer Dienstkleidung. Auch diesmal keine Spur eines Slips. Ihre Beine konnten sich wirklich sehen lassen.

Ben rief ihr hinterher: »Nein, ich hab's mir anders überlegt. Alkohol, bitte!«

Anita kam zurück und legte den Kopf schief. »Alkohol? Du?«

»Ja. Alkohol. Und außerdem – ich wollte dich mal was fragen.« Er lächelte sie an.

»Vergiß es! Sag mir lieber, was du unter Alkohol verstehst.«

Ben war ratlos.

»Wir haben 58 Sorten davon. Etwas präziser, bitte!«

Ben sah sich um. Rauchschwaden, die letzten Kneipenschwärmer. Vor jedem stand ein anderes Glas.

»Alt, Pils, Gin-Tonic?« drängte die Kellnerin. Sie stützte die Hände in ihre schlanke Taille und schüttelte das braune Haar energisch nach hinten.

»Wein«, beschloß Ben.

Anita seufzte. »Rot oder weiß?«

»Ist egal«, sagte Ben und strahlte sie an. »Ich bin farbenblind.«

Sie stutzte, dann begann sie zu grinsen. »Bist du nicht.«

»Okay, ein Glas trockenen Weißwein, bitte.«

Doch Anita machte keine Anstalten zu gehen.

Sie beugte sich weit über den Tisch, bis sich ihre Nasen fast berührten, und sagte mit einem verschwörerischen Lächeln: »Und was wolltest du mich fragen, Großer?«

»Vergiß es. Vielleicht ein andermal.«

## 78.

Ben stand an der dunklen Holztür, im Schatten des Vordachs und drückte auf den Klingelknopf.

Die Natur hatte den Regen der vergangenen Nacht eingeatmet, der neue Tag strahlte. Amseln zwitscherten, und es roch nach frischgemähtem Gras. Ben nahm sich vor, das bevorstehende Wochenende so viel wie möglich an der frischen Luft zu verbringen. Und möglichst nicht allein.

Eine ältere, beleibte Putzfrau in hellblauer Kittelschürze ließ Ben in die Villa. Nora sei im Garten beim Frühstück, erklärte sie ihm.

Er würde heute nicht viel arbeiten. Der Papierkram, die Nachgeburt, wie Ben es nannte, das alles konnte bis Montag warten. Sicher würden sie ihn heute zur Tötung Traubes vernehmen wollen. Der junge Swoboda würde Beistand nötig haben. Doch bevor Ben in die Festung fuhr, wollte er Nora sehen.

Ben trat in den Garten.

Er dachte an Noras Worte: *Wenn alles vorbei ist, fahren wir in Urlaub, wir beide.* Hand in Hand mit Nora durch Venedig. Oder ein einsamer Strand, eine tropische Insel in einem Meer voller Korallen und bunter Fische. Sie würden schwimmen, faulenzen und sich lieben. Bens Herz klopfte.

Nora saß hinter dem Hibiskusstrauch, mit dem Rükken zu ihm. Der Kimono glänzte golden in der warmen Morgensonne. Mit einem großen Messer schälte sie eine Grapefruit und löste die Filets aus der Frucht. Sie hatte ihn nicht kommen hören.

Ben blieb neben dem Gesträuch stehen, um den Anblick zu genießen. Eine Welle der Freude ging durch seinen Körper. Ein Gefühl des Verliebtseins, gegen das er sich nicht wehrte, auch wenn er wußte, daß es nicht für immer halten würde.

»Guten Morgen, Nora!« rief Ben.

Sie drehte sich um und lächelte. »Liebling!« antwortete sie und sprang auf, um ihn zu begrüßen. Er strahlte zurück und breitete die Arme aus.

Nora Fabian scherte sich nicht darum, daß sich ihr Haar in den Zweigen des Hibiskus verfing.

Ben erstarrte. Sein Verstand hatte Mühe, zu verarbeiten, was er sah. Es erschien ihm wie ein Film, der in Zeitlupe lief.

Nora kam noch immer lächelnd auf ihn zu. Erst als sie seinen Blick bemerkte, erkannte sie, daß die ganze Pracht der langen, blonden Haare zwischen den Blüten hängengeblieben war. Nora faßte sich an den Kopf und riß vor Schreck die Augen auf.

Ihre Haare waren zentimeterkurz, und sie waren grau gefärbt. Sogar daran hatte sie gedacht.

*Der Mörder muß sich tarnen, damit der Verdacht auf jemand anders fällt.*

Nora Fabian schrie. Ihr Kimono war verrutscht, doch sie achtete nicht darauf. Sie wühlte in der Mähne, die nicht vorhanden war. Die Perücke hing im Strauch. *Flora del mundo.*

Nora Fabian schrie und zitterte vor Wut.

*Die Frau, die sich in einen Mann verwandelte, indem sie ihr Haar abnahm.* Sie hatte Tom getäuscht, dachte Ben, und sie hatte ihn getäuscht. Ihn vor allem.

Ben griff nach den Handschellen. Ihm war, als hätte er es geahnt, als er sie eingesteckt hatte.

Es tat weh.

# Die schönsten Biergärten im Revier

## Biergartenführer Ruhrgebiet

In München und Umgebung sind Biergärten eine Weltanschauung. Bringt der Frühling die ersten wärmenden Sonnenstrahlen, dann schwärmen die Freunde dieser einzigartigen Freiluft-Kultur aus. Unter Schatten spendenden Kastanien sind alle gesellschaftlichen Schranken aufgehoben. Studenten und Schlipsträger hocken beieinander, um bei Maß und Brotzeit über Politik, Fußball oder das Wetter zu diskutieren.

Inzwischen findet diese Art des „Dolce Vita" aber auch nördlich des Weißwurst-Äquators eine hohe Akzeptanz, immer mehr Freiluft-Schänken nach bajuwarischem Vorbild wurden in den letzten Jahren eröffnet. Vor allem im Ballungsraum Ruhrgebiet, wo die Menschen danach dürsten, irgendwo im Grünen ihr Bier zu genießen. Statt eines süffigen Hellen wird hierzulande ein herbes Pils bevorzugt, statt einer Schweinshaxe darf's auch eine Currywurst sein.

Wir stellen die schönsten Biergärten des Reviers in einem handlichen Führer vor, geben Tipps und Hinweise zur Anreise, zu den Angeboten und zu Ausflugsmöglichkeiten.